KB049923

뭄찌빠

그 >>> 킬러

A~G >>> 전달자

이스마일 >>> 킬러

닐라 >>> 검은 고양이

김경령 순경 >>> Y시 경찰서 동부지구대 경관

박동열 순경 >>> Y시 경찰서 동부지구대 경관

지구대장 >>> Y시 경찰서 동부지구대 지구대장

서만수 기자 >>> 인터넷 언론 기자

애플전자 주인 >>>

김 대위 >>> 방공 포병 부대 장교

차 중사 >>> 방공 포병 부대 선임하사

피오나 정 박사 >>> 바이오쎌텍 한국법인 대표

이양 박사 >>> 바이오쎌텍 팜칭다오 연구원

리칭 >>> 바이오쎌텍 팜칭다오 연구원

피터 영 >>> 바이오쎌텍 CEO

〈레토〉이사회 의장 >>> 바이오쎌텍 대주주, 빅테크 기업 창업자

〈이데〉CEO >>> 바이오쎌텍 대주주, 빅테크 기업 창업자

〈자이〉그룹 회장 >>> 바이오쎌텍 대주주, 빅테크 기업 창업자

〈브람스〉회장 >>> 바이오쎌텍 대주주, 세계 최대 제약업체 총수

K >>> 피오나 정의 전 비서, 보디가드

한국추리문학선 15

묵찌빠

김세화 장편소설

바이러스 웨이브,
팬데믹을 불러온 거대한 욕망의 서막!

책나무

>>> 1

쫓는 자와 쫓는 자

발걸음이 경쾌하다. 투박한 스위스군 전투화를 신었지만, 뒤꿈치를 들고 가볍게 뛰는 아웃복서의 걸음걸이다. 검은색 장갑을 낀 손은 언제든 잽을 날릴 수 있게 리듬에 맞춰 작은 폭으로 흔든다. 검은색 마스크를 쓰고 검은색 후드티를 입었다. 후드는 덮어썼다.

곧 자정이다. 겨울바람이 차다. 거리는 한산하다.

앞서가는 남자는 흰색 셔츠에 은색 재킷을 걸쳤다. 흰색 농구화는 옷차림에 어울리지 않고 발도 커서 눈에 잘 띄었다. 마스크는 쓰지 않았다. 간혹 마주치는 행인의 찌푸린 눈살에도 아랑곳하지 않고 앞만 보고 걷는다. 남자의 키는 K보다 작아 보인다. 뚱뚱해서 그런지 왼쪽 어깨에 걸친 가죽 가방이 유치원생 가방 같다.

K는 그를 쉽게 제압할 수 있다고 생각했다. 하지만 누군가의 눈에 띌 수 있다면 계획을 포기해야 한다. 정 박사는 그 시각, 그 장소에 아무도 없을 거라며 K를 안심시켰다. CCTV 카메라도 없다고 했다. 승용차는 대기하고 있을까? 불안한 K는 정 박사를 떠올리며 마음을 진정시켰다.

K는 남자와 20미터 정도의 거리를 유지한다. 3초 안에 달려갈 수 있는 거리다. 남자가 왼쪽으로 방향을 바꿔 시장 골목 안으로 들어간다. 골목 안은 어둡고 적막하다. 가게 앞 텅 빈 진열대와 간판들이 K를 노려보는 것 같다. 남자의 걸

음이 빨라진다. K도 속도를 낸다. 목표 지점이 가깝다. K는 오른쪽 주머니에 넣어둔 작은 플라스틱 용기를 다시 확인한다. 정 박사가 준 일회용 주사기가 들어있다.

남자가 갑자기 걸음을 멈춘다. K는 재빨리 간판 뒤로 몸을 숨긴다. 인기척을 느꼈을까? 남자가 뒤를 돌아봤다. K는 숨을 죽인다. 잠시 시간이 정지된다. 남자는 몸을 돌려 다시 걸음을 재촉한다. K는 손목 스마트 워치를 들여다본다. 거리도, 시간도 얼마 남지 않았다. 맥박이 빨라진다. K는 속도를 높여 거리를 좁힌다.

남자가 시장 골목을 통과한다. 골목길보다 폭이 넓은 작은 광장이 그 앞에 있다. 왼쪽에 검은색 승용차 한 대가 주차되어 있다.

남자는 전자상점 간판 앞에서 걸음을 멈춘다. 1미터 높이의 노란색 플라스틱 간판이다. 애플전자. 검은색의 고딕체가 노란색 불빛 위에서 선명하게 보인다. 그는 간판을 등지고 돌아선다. 간판 불빛이 그를 등 뒤에서 비춘다. K는 몸을 낮추고 달리기 자세를 취한다. 남자와의 거리는 15미터.

남자는 담배를 물고 라이터를 켠다. 담배에 불을 붙인 뒤 연기를 흡입한다.

한 모금, 두 모금, 세 모금.

남자가 담배를 바닥에 던지고 밟으려 한다.

지금이다.

K는 100미터 달리기 선수가 스타트 건 소리와 동시에 뛰어나가듯이 빠른 속도로 남자 쪽으로 달려간다. 남자는 자신을 향해 공중으로 날아오른 물체가 무엇인지 인식하지 못한다. 사람이라는 것을 알아차렸을 때, 물체는 그를 스쳐 지나갔다. 물체의 오른발은 남자 뒤에서 다가오던 또 다른 검은 그림자의 턱에 일격을 날린다.

"헉!"

검은 그림자가 간판에 부딪히며 뒤로 쓰러진다. K는 뛰어올라 낙법을 쓰는 검은 그림자의 다리 사이 급소를 오른발 뒤꿈치로 내리찍는다.

"억!"

K는 주먹으로 급소를 세 차례 가격한다. 다시 뛰어오른 뒤 검은 그림자의 두 무릎을 두 발로 있는 힘껏 내리찍는다. 검은 그림자는 비명조차 지르지 못한다. K는 그의 멱살을 잡고 윗몸을 일으켜 오른쪽 주먹으로 관자놀이를 세 차례 가격한다. 검은 그림자는 기절했다. K는 검은색 마스크를 벗긴다. 백인이다. 검은 그림자의 가죽 재킷 주머니를 뒤진다. 아무것도 들어있지 않았다. 바지 주머니도 비었다. 그를 뒤집는다. 육중한 몸집이다. 재킷을 들어 올리고 허리를 본다. 흉기는 없다. 맨손으로 목표물을 제거하려 한 것이다.

몸을 더듬는다. 아무것도 만져지지 않는다. 전문 킬러다. K
는 소름이 돋는다. 죽일 수는 없다. 재빨리 피해야 한다. K
는 겁먹은 표정으로 얼어붙어 있는 은색 양복 남자의 팔을
잡는다. 그의 목소리가 떨린다.

"누, 누구요?"

K는 대답하지 않는다. 주위를 둘러본다. 반대쪽에 정차
해 있는 승용차로 남자를 끌고 간다. 뒷문 손잡이를 당긴다.
문이 열린다. K는 안도한다. K는 남자를 뒷좌석에 밀어 넣
고 그 옆에 앉는다. 남자는 입을 다물지 못한다. K는 오른쪽
주먹으로 남자의 머리를 강타한다. 남자가 옆으로 쓰러진
다. K는 주머니에서 주사기를 꺼낸 뒤 남자의 소매에서 팔
을 빼 액체를 주입한다.

K는 차에서 나와 운전석으로 자리를 옮긴다. 정 박사 말
대로 차 열쇠가 꽂혀 있다. 시동을 건다. 검은 그림자가 창
밖 어둠 속에서 꿈틀거린다. K는 자신이 놓친 것이 없는지
생각해내려고 하지만, 그럴 여유가 없다.

중국말로 중얼거리던 남자가 깨어난다. 정신을 차린 뒤
한국말을 한다.

"어디로 가는 거요?"

K는 대답하지 않는다.

"나에게 주사한 건 뭐요?"

K는 운전만 한다.

서울 시내로 들어왔다. K는 정 박사가 지시한 S 대학병원으로 차를 몬다. 병원 입구 안쪽에 선별 진료소가 보인다. K는 병원 입구에 차를 세운다. 목소리를 바꿔 위협적으로 그 남자에게 말한다.

"살고 싶으면 당분간 병원에 숨어있어요, 조금 전 바이러스가 몸에 퍼졌으니까. 차에서 내리면 선별 진료소로 바로 가요. 안 그러면 한 시간 안에 살해당할 거요. 내려요, 이양 박사!"

남자는 잠시 머뭇거렸지만, 알았다는 듯 차 문을 연다. K는 그가 선별 진료소로 들어가는 모습을 확인한다. 임무를 완수했다. 하지만 결정적인 실수를 했을지도 모른다는 생각이 머릿속에서 떠나지 않는다.

묵찌빠

>>> **2**

지구대 순경

"야가 또 왔네. 촌눔시키, 뭐더러 왔냐?"

박동열 순경이 지구대 안으로 들어서는 서만수를 보고 짜증냈다.

"이 쉐끼가, 니 보러 온 줄 아나?"

서만수는 퉁명스럽게 맞받아치면서 박동열 순경 옆에 있는 김경령 순경을 향해 마스크를 내린다. 잇몸을 드러내고 웃는다. 김 순경은 서만수의 존재를 무시한 채 PC 모니터와 신고 접수 기록을 번갈아 들여다본다.

박 순경이 못마땅하다는 듯 한마디 한다.

"그러면, 김 순경 보러 왔냐?"

비꼬는 말에 서만수가 발끈한다.

"자슥이, 기자가 경찰서 출입하는 거, 당연한 거 아이가?"

"촌눔시키, 완전 또라이 아녀? 여가 경찰서라고? 지구대다, 지구대. 경기도 Y시 경찰서 직할 동부지구대."

"경찰관이 있으면 경찰서지, 제목이 그리 중요하나? 직할이 뭐꼬? 직접 간할한다는 거 아이가."

"간할이 아니고 관할. 촌눔시키가 교횐지 성당인지 헷갈리는 모양이여. 니눔이 언제부터 기자라고…."

"자슥이, 아침부터 허파 디빌래?"

서만수가 목소리를 높이자, 김 순경이 고개를 들고 눈살을 찌푸린 채 박 순경과 서만수를 조용히 번갈아 보았다. 그

표정을 읽은 서만수가 눈치를 보면서도 김 순경을 보고 또 한 번 마스크를 내려 잇몸을 드러낸 미소를 날렸다.

"아, 예. 김갱랭 순경 표정만 봐도 뭔 뜻인지 압니다. 순순히 따라야지예."

김 순경은 눈을 찡그리며 고개를 숙인다. 박 순경은 서만수의 미소가 더 아니꼬웠다.

"마스크 벗지 말라고, 촌눔시꺄. 김갱랭이 아니라 김경령 순경이다."

"그래, 김갱랭. 똑바로 듣고 말해라, 자슥아!"

김 순경이 더는 못 참겠다는 듯 박 순경과 서만수를 노려보기 시작했다. 그 위세에 눌린 박 순경이 머리를 책상에 묻는다. 서만수는 얌전히 민원인 의자에 앉았다. 그를 보고 김 순경이 물었다.

"서 기자님, 저희가 도와드릴 일 있어요?"

김 순경의 말을 듣고 박 순경이 끼어들었다.

"기자님? 혼자서 인터넷 신문인지 엠튜브 방송인지 그런 거 하는 놈이라니께."

"자슥이 참말로, 아침부터…."

"내 말 틀렸나? Y시청이나 경찰서는 못 들어가니까 여기로 온 거 아녀?"

"내가 왜 몬 들어가, 자슥아!"

"그럼, Y시청 출입기자 명단에 니 이름 있냐? 다른 기자가 너 보고 기자 대접 하냐 말이여."

"출입기자가 백 명도 넘는다 아이가. 한 달에 한두 번만 가면 된다 아이가."

"월급 받으러?"

그 말이 떨어지자마자 서만수가 박 순경 자리로 달려가 멱살을 잡는다.

"이 쉐키 이거. 니 말 다했나?"

"다했는디, 워쩔텨? 또라이 시까."

서만수가 오른팔을 들어 주먹을 쥐었다. 박 순경이 때려 보라는 듯 눈을 크게 뜨고 얼굴을 들이댔다. 큰 얼굴이 더 크게 보였다.

"야!"

김경령 순경이 자리를 박차고 일어서며 고함을 지른다. 두 남자는 깜짝 놀랐다.

"너희들! 대학친구라고 안 했니? 밥도 같이 먹고, 술도 같이 처먹잖아. 만나기만 하면 완전 20세기 사투리나 지껄이고… 씨팔 진짜!"

서만수는 멱살을 풀고 의자로 돌아가 앉았다. 박 순경은 놀란 눈으로 김 순경을 올려다보았다. 김 순경은 모자를 집어 든다. 벌겋게 변한 그들의 얼굴을 째려보면서 문을 박차

묵찌빠

고 밖으로 나갔다.

"와! 김갱랭 맞나? 쬑이네. 심장이 멎는 줄 알았다 아이가."

"저런 건 처음인디. 오밀조밀한 얼굴, 단발머리, 아담한
자태."

"근데 동열아, 우리보다 두 살 어린데, 좀 심한 거 아 아
이가?"

"니가 심한 거지, 촌눔시꺄! 그나저나 선배들 있었으면 클
날 뻔했어. 모두 놀라 자빠졌을 거여."

"그래 말이다. 근데 촌눔, 촌눔 카지 마라, 부산이 와 촌이
가? 해운대 안 가봤나? 여수가 부산보다 크나?"

"부산 거쳐 서울에 왔다고 부산 사람이여?"

"그라믄, 니는 여수 사람이가? 니는 여수 거치지도 않고
서울로 안 왔나?"

"나가라! 일 좀 해야 겠다."

"사람도 안 돌아다니는 판국에 일은 무슨 일? 좀 있다가 밥
이나 묵으러 가자. 김 순경은 아까 뭘 그리 열심히 보드노?"

"밤에 신고 들어온 거 보고 있었는디, 어디 보자."

박 순경은 김 순경이 앉았던 책상 쪽으로 목을 늘리고 신
고 기록이 적힌 서류를 들여다보았다.

"신고 접수한 건디, 이게 뭐시라, 음… 별거 아녀."

"별거 아닌 게 뭔데?"

"요 앞 애플전자 말이여. 간판 쓰러트린 놈을 잡아달라는 거여."

"애플전자 간판? 누가 박살냈는데?"

"나는 모르지."

"김 순경, 애플전자 간 거 아이가?"

"간판 한 개 쓰러졌다고 갔것냐? 니눔 꼴 보기 싫어 나간 거지."

"어디 좀 보자."

서만수는 김 순경 자리로 갔다. 서류에 김 순경의 큼지막한 메모가 있다.

"글씨도 아담하고….'"

"간판 쓰러진 것도 기사로 쓰려고 그러냐?"

서만수는 박 순경 말을 무시하고 기록을 읽었다. 눈빛이 반짝였다.

"동열아, 나는 간다."

서만수가 나간다고 하자, 박 순경은 그가 김 순경을 쫓아갈 것이라 여겼다.

"촌눔시꺄, 가긴 어디 간다고 그러냐?"

"뭐하러 왔냐고 타박하니까 가는 거 아이가, 자슥아."

서만수는 박 순경에게 손을 흔들면서 지구대를 나선다. 박 순경은 순찰 나간 선배가 들어오면 뒤따라갈 생각이다.

묵찌빠

서만수가 김 순경과 단둘이 있는 것은 참을 수 없다.

서만수 예상이 맞았다. 김 순경은 애플전자에 있었다.

'모범 경찰 맞네. 간판 쓰러진 것까지 직접 조사하다니.'

서만수는 속으로 쾌재를 불렀다. 어떻게든 점심시간까지 끌어서 김 순경과 함께 밥도 먹고 커피도 마셔야겠다고 생각했다. 그는 애플전자 주인 이야기를 듣고 있는 김 순경 뒤로 조용히 다가갔다. 애플전자 주인은 두툼한 뿔테 안경을 꼈다. 신경질적인 표정에 날카로운 눈매는 그대로 드러났다.

그들 옆에 부서진 플라스틱 간판이 쓰러져 있다. 애플전자 주인이 서만수를 보았다.

"서에서도 오셨군."

서만수는 마스크 안에서 나오는 그의 목소리가 전자음 같다고 느꼈다. 김 순경이 뒤를 돌아보았다. 김 순경은 수첩과 볼펜을 쥐고 있었다. 서만수는 겸연쩍은 모습으로 김 순경 옆에 섰다.

"지나가다가…."

김 순경은 서만수 말에는 신경 쓰지 않고 애플전자 주인에게 말했다.

"경찰 아닙니다. 기자예요."

"기자? 기자처럼 안 생겼는데. 우락부락한 눈매가 꼭 경찰같이 생겼어. 기자라면 잘 됐어. 어디 기자요?"

"아, 네. 저는 엠튜브로 어르신들께 좋은 정보 전해드리고 있습니다."

"그래요? 그렇다면 잘 써주쇼."

"걱정 마이소. 근데 어르신, 추운데 가게 안으로 들어가면 안 되겠습니까?"

"내 정신, 들어와요."

애플전자 안은 따뜻했다. TV에서는 뉴스특보가 방송되고 있었다. 질병관리청장이 C-바이러스 변이 동향과 백신 대응력을 브리핑했다. 확진 환자 수는 늘었다 줄었다 반복하고 있다고 말했다. 중국 특파원은 당국이 지난시와 충칭시를 봉쇄했지만, 다른 지역에도 환자가 급격히 늘고 있다고 보도했다.

"제남 아니면 중경에서 시작된 게 맞는가봐. 지긋지긋하군."

애플전자 주인은 TV에서 눈을 떼고 김 순경과 서만수를 돌아본다. 그는 이야기를 처음부터 다시 시작했다. 김 순경은 싫은 표정 없이 주인의 설명을 메모했다.

"요즘 일이 많아. 사람들이 집에만 있으니까 가전제품을 더 많이 쓰나 봐. 수리 요청이 끊이지 않거든. 오늘도 일이 밀려서 새벽에 출근했는데 저 간판이 저렇게 박살 나 있는

묵찌빠

거야. 일부러 쓰러뜨리지 않으면 넘어갈 간판이 아니거든."

"그러니까 사장님은 누군가가 저 간판을 쓰러뜨렸다고 생각하시는 거죠?"

"당연하지. 일부러 그런 건 아니지만, 간판을 쓰러뜨린 건 사실이야. 내 눈으로 똑똑히 봤거든."

"직접 보셨다고요?"

"직접 본 건 아니고."

서만수가 끼어들었다.

"똑똑히 보셨는데, 직접 본 게 아니면 어떻게 보셨다는 건교?"

애플전자 주인이 손을 들어 잠시 기다리라고 했다. 그는 부품이 어지럽게 놓인 책상 위에서 소형 비디오카메라와 삼각대를 들고 왔다. 카메라를 삼각대에 끼워 세운 뒤 스위치를 켰다. 화면 덮개를 열고 김 순경과 서만수가 볼 수 있도록 그들 쪽으로 방향을 돌렸다.

"메모리 용량이 제법 큰 거야. 잘 보라고."

화면은 작았고, 영상은 어두웠다. 김 순경이 화면 쪽으로 머리를 기울였다. 서만수도 김 순경과 머리를 맞대고 화면을 들여다보았다. 서만수는 김 순경 어깨에 손을 살짝 얹으려고 슬며시 팔을 들었다. 그때였다.

"지금 뭣들 하는 겨?"

박동열 순경이 갑자기 문을 열고 들어왔다. 숨을 헐떡거린다. 달려온 것이다. 큰 얼굴에 작은 마스크가 들썩거렸다. 세 사람은 놀란 눈으로 그를 쳐다보았다.

"저런 웬수 자슥!"

서만수가 중얼거렸다.

"이거 큰 사건 맞지? 경찰이 여러 명 오는 거 보면 말이야."

애플전자 주인은 그들에게 말하면서 녹화된 동영상을 플레이했다. 김 순경을 가운데 두고 서만수와 박 순경이 양옆에서 화면 쪽으로 얼굴을 들이밀었다. 화면은 애플전자 반대쪽에 주차한 승용차에 맞춰져 있었다. 간판은 화면 왼쪽에 세워져 있었다. 화면 왼쪽 바깥에서 양복을 입은 뚱뚱한 남자가 상점 앞으로 다가왔다. 간판에서 발산되는 빛에 얼굴 윤곽이 드러났다. 그는 간판 앞에서 돌아선 뒤 주머니에서 담배를 꺼내 물었다. 라이터 불빛이 어두운 화면에 퍼졌다가 꺼졌다. 그는 담배 연기를 연거푸 세 번 내뿜었다. 그때 검은 그림자가 화면 오른쪽 바깥에서 안쪽으로 들어왔다. 검은 그림자는 카메라 쪽으로 얼굴을 한 번 돌리고는 뚱뚱한 남자 뒤로 접근했다. 침착하면서도 민첩한 동작이다.

"어머, 어머!"

검은 그림자의 등장에 김 순경이 놀란다. 서만수와 박 순경도 마스크 안에서 입을 벌렸다. 뚱뚱한 남자는 다 피우지

묵찌빠

않은 담배를 신발로 비벼 불을 껐다. 그 모습을 본 검은 그림자가 뚱뚱한 남자의 목을 감으려는 듯 오른팔을 들어 올렸다. 그 순간, 또 다른 검은 물체가 화면 왼쪽 바깥에서 날아와 검은 그림자와 충돌했다. 충격이 얼마나 센지 가늠이 됐다. 검은 그림자가 뒤로 넘어지면서 간판을 쓰러뜨렸다. 검은 물체는 그림자가 넘어지자 급소를 연타하고 주먹으로 다시 가격했다.

"어머, 어머!"

화면을 들여다보던 김 순경이 놀라면서 머리를 들었다. 서만수와 박 순경도 놀라며 허리를 세웠다. 검은 물체는 그 자리에서 뛰어올라 떨어지면서 그림자의 다리를 짓이겼다. 그런 뒤 검은 그림자의 멱살을 잡고 상체를 들어 올린 뒤 오른쪽 주먹으로 그의 얼굴 옆쪽을 세 차례 가격했다. 방어할 기회는 0.1초도 주지 않았다. 김 순경 얼굴이 파랗게 질렸다.

검은 물체는 그림자의 마스크를 벗기고 얼굴을 봤다. 그리고 그의 몸을 살핀 뒤 일어섰다. 검은 물체는 얼어붙어 있는 뚱뚱한 남자를 반대편에 주차된 승용차 쪽으로 끌고 갔다. 뒷문을 열고 그를 밀어 넣은 뒤 자신도 들어가 문을 닫았다. 조금 뒤 차에서 내려 앞문을 열고 운전석에 앉았다. 전조등이 켜졌다. 전조등은 화면을 하얗게 만들더니 오른쪽으로 금방 사라졌다.

"어머, 어머!"

"이게 뭐시여?"

"이거이 뭐꼬?"

"잠깐만 더 기다려 봐. 아직 안 끝났어."

애플전자 주인이 세 사람에게 말했다. 세 사람은 정지된 것처럼 보이는 화면을 계속 응시했다. 조금 뒤 쓰러져 있던 검은 그림자가 깨어났다.

"저 사람, 움직여요."

"설마 죽기라도 했을까봐 그려?"

"살아있네. 죽었으면 큰일이다 아이가."

검은 그림자는 양팔 포복으로 바닥을 천천히 기어서 왼쪽 화면 밖으로 사라졌다. 주인이 화면을 정지시켰다. 네 사람은 서로의 눈을 보면서 아무런 말도 하지 못했다. 김 순경이 주인에게 부탁했다.

"사장님, 한 번 더 보여주세요."

애플전자 주인이 처음 부분으로 화면을 돌렸다. 두 번째 플레이가 끝나자 김 순경이 머리를 들면서 말했다.

"검은 물체가 검은 그림자를 때려눕히고 사라지는 데 50초 걸렸어요."

세 사람 모두 김 순경을 바라봤다. 김 순경이 계속했다.

"격투를 시작한 시간은 어제저녁 10시 정각이에요. 50초 뒤에 때린 사람이 사라졌고, 10시 5분에 쓰러진 사람이 깨어나 화면에서 사라졌어요."

세 남자가 고개를 끄덕였다. 김 순경이 그들에게 물었다.

"저 차는 무슨 종류죠?"

박 순경이 말했다.

"낮에 촬영한 거면 모를까 화면으로 봐서는 알 수가 없을 거 같은디."

"소나타요."

애플전자 주인이 대답했다. 세 사람은 주인 쪽으로 고개를 돌렸다.

"사장님이 직접 촬영하신 건가요?"

주인은 손사래를 쳤다.

"그랬다면 나도 어떻게 됐을 거야."

"그럼, 어떻게 촬영하신 거예요?"

"그게 좀 복잡한데. 요즘 일이 많다고 했잖아. 어제저녁 밤 9시쯤에 일을 마쳤어. 불을 끄고 나가려는데 서랍에 뭘 넣어둔 게 생각난 거야. 그래서 그걸 챙기고 문 쪽으로 나가는데 저쪽에 승용차 한 대가 와서 멈추더니 양복 입은 남자가 그 안에서 내리는 거야. 바로 오른쪽 길로 뛰어가더라고."

세 사람의 시선이 주인 얼굴에 모아졌다.

"여기에 차를 대면 안 되거든. 아침부터 장사하는 사람이 있는데 한복판에 차를 대면 저쪽 가게는 문을 못 열잖아. 그런데 차를 대놓고 쏜살같이 도망치더라고. 그래서 그 사람 잡으려고 문을 열고 바로 나갔지. 근데 벌써 사라진 거야."

"쏜살같이 도망쳤다고요?"

주인은 김 순경 질문에 고개를 끄덕이며 다시 말을 이었다.

"그래서 핸드폰 번호를 놓고 갔는지 보러 갔지. 근데 핸드폰 번호가 없는 거야. 운전석 문을 열고 차 안을 들여다봤거든. 그런데 차 열쇠는 꽂혀 있는 거야."

"이상하긴 이상하네요."

김 순경이 고개를 갸우뚱거리자, 주인은 의기양양했다.

"그렇지? 나도 감이 좀 있거든. 뭔지는 몰라도 이상했어. 차 열쇠를 꽂아놓고 도망치는 게. 바쁜 일이 생겨서 차를 대놓고 일을 보고 올 수도 있겠지만, 근처에 주차장이 많은 걸 생각하면 왜 하필 여기까지 들어와서 차를 세우냐고. 그리고 열쇠를 꽂아놓으면 차를 도둑맞을 수 있거든."

"그래서 카메라를 설치하신 거예요?"

"그렇지. 내가 차 열쇠를 가져갈 수도 없고, 주인이 올 때까지 차를 지킬 수도 없고, 여기에 불법 주차한 사람이 누구인지도 알고 싶어서 승용차에 카메라 렌즈를 고정하고 퇴근한 거야."

두 사람의 대화를 듣던 박 순경은 전자상점 주인이 여간

묵찌빠

깐깐한 인물이 아닐 거로 생각했다. 끝까지 범인을 잡아달라고 할 것 같았다. 김 순경이 묻는다.

"차량 번호는 보셨어요?"

"봤지."

"잘됐네요. 차량 번호가 어떻게 되나요?"

"보긴 봤는데, 기억이 안 나."

김 순경은 피식 웃었다. 어두운 표정의 박 순경이 김 순경에게 물었다.

"이거 어떻게 처리해야 하지?"

"서에 보고해야죠."

"조폭들이 자기들끼리 싸우고 사라졌는데, 피해 신고가 들어오면 모를까, 우리가 할 수 있는 일이 있겠어?"

"담배 피우던 뚱뚱한 남자분이 납치당했을 수도 있잖아요. 사장님도 피해를 보셨고. 일단 지구대장님께 먼저 말씀드리죠."

주인이 김 순경을 거들었다.

"맞아. 여기 증거가 있으니까, 반드시 범인을 잡아서 보상받아야 한다니까."

박 순경이 주인에게 말했다.

"간판 가격이 얼마나 되는디요?"

"왜? 얼마 안 될까 봐? 돈이 문제가 아니야. 양심이 문제야, 양심."

상점 주인은 불쾌하다는 듯 박 순경을 나무랐지만, 박 순경 생각은 다른 곳에 가 있었다. 화면 속 인물을 찾아내는 것은 쉬운 일이 아니다. 얼굴도, 차량번호도 모른다. 누군가를 해치려던 검은 그림자가 자신이 폭행당했다고 신고하지는 않을 것이다.

그때까지 조용히 듣고 있던 서만수가 주인에게 말했다.

"사장님, 동영상을 저한테 보내주시면 안됩니까? 범인을 잡을 수 있을 것 같네예. 좋은 생각이 떠올랐습니다."

상점 주인이 반색했다. 순경 두 명은 뭔가 말을 하려다가 그만두었다.

"참, 기자라고 했지? 메일로 보내드리지. 물론 경찰한테도 보내고."

서만수는 김 순경이 들고 있던 수첩과 볼펜을 빌려서 메일 주소를 적은 뒤 한 장을 찢어 상점 주인에게 주었다. 김 순경도 자신의 메일 주소를 주었다.

세 사람은 애플전자에서 나왔다. 시장 골목은 조용했다. 문을 연 상점은 아직 없었다. 뭔가를 생각하던 김 순경이 두 남자에게 말했다.

"밤 10시 정각에 격투가 시작된 걸 보면 누군가가 계획한 사건이 아닐까, 하는 생각이 들어요. 양복 입은 남자가 애플전자 불이 꺼진 뒤에 승용차를 주차시킨 뒤 사라진 점도 이상하고요."

두 남자는 김 순경 말을 건성으로 들었다.

서만수는 동영상에 담겨 있는 싸움 장면이 사람들로부터 관심을 끌 것이라 여겼다. 다른 기자에게도 자신의 존재를 알릴 좋은 기회이다. 메이저 언론이다, 지역 언론이다, 하면서 거드름 피우는 아니꼬운 녀석들이 기자실 출입을 허락할지 모른다. 자신을 무시하는 경찰에 한방 먹일 수도 있다. 기회가 된다면 무엇이든 잡고 봐야 한다. 이대로 가다간 월세도 못 낼 판이다. 서만수는 자신의 작업장이자 주거지인 원룸을 향해 뛰었다.

박 순경은 서에 보고하면 지구대에서 신경 써야 할 일은 줄어들 거라고 스스로 위로했다. 하지만 김 순경이 사건의 진상을 밝혀내기 위해 직접 조사에 나선다면 자신을 끌어들일 것이다. 그렇게 한다면 우유부단하게, 복지부동의 자세로 일관할 것이다. 사람이 죽은 것도 아닌데 뭐가 문제란 말인가.

김 순경은 박 순경과는 달리 적극적인 성격이지만, 막상 사건을 마주하자 어디서부터 시작해야 하는지, 누구를 찾아 진술을 들어야 할지 막막했다. 명색이 치안을 담당하는 경찰 신분이지만, 수동적인 관찰자 입장에서 벗어난 적이 없었다.

지구대에 처음 왔을 때, 동네 어른들이 자신을 제복 입은 아가씨로만 보는 것 같아 불쾌한 적도 있었다. 지금은 혹시 생길지 모를 위험부담에 대한 면책 사유가 되는 것 같아 싫지는 않았다. 그런데 예사롭지 않은 사건을 만났다. 어제 이곳에서 벌어진 사건은 우연히 발생한 것이 아니라 계획된 것이다.

유능한 경찰이라면 사건의 냄새를 맡고 본질이 무엇인지 파악하려 들 것이다. 하지만 김 순경은 지금 어린아이처럼 백지 위에 서있었다. 공무원이 되어야 한다는 부모의 등쌀에 열심히 공부해 경찰이 됐다. 행정공무원이 되지 못한 것이 후회스러웠다.

묵찌빠

3

메이저 리그_석 달 전

"알파고가 이세돌을 이겼을 때 AI의 시대가 바로 열리는 줄 알았습니다. 하지만 아니었습니다."

레토 이사회 의장이 소파에 몸을 기대면서 침울한 표정으로 말했다. 오십대라 해도 믿을 정도로 젊어 보이는 칠십대다.

"레토는 소프트웨어 분야에서 세계를 선도했습니다. 여기 계신 분 모두 기술 분야에서 최고의 위치에 올랐습니다. 하지만 우리가 꿈꾸던 세상을 보기 위해서 얼마나 더 기다려야 할지는 알 수 없습니다. AI 자동차가 언제 상용화되겠습니까? 우리는 샴페인을 너무 일찍 터뜨렸습니다."

침묵이 흘렀다.

이데 CEO가 샴페인 잔을 테이블에 내려놓으면서 레토 의장에게 말했다. 중년의 금발 여성이다.

"알파고는 이세돌에게 한 차례 패배했습니다. 하지만 자율주행 차는 단 한 번의 실수도 용납할 수 없습니다. 뉴욕 같은 대도시에선 러시아워 때 반경 1킬로미터 안에 셀 수 없이 많은 차량과 사람이 동시에 움직입니다. 서로 충돌하지 않고 유기적으로 움직이려면 더 높은 수준의 기술이 필요합니다."

레토 이사회 의장이 고개를 끄덕였다. 그를 보면서 이데 CEO가 말을 이어갔다.

"기술 발전이 더디다는 의견에 동의합니다. 예를 들어 이데가 개발하는 드론도 기술적으로는 가장 앞서지만, 해결해야 할 과제가 많습니다. 경제성을 극대화하는 방안이 현재로선 제한적입니다."

이데 CEO는 테이블에 놓인 보고서를 들었다가 실망스럽다는 듯 팽개쳤다. 지난 10년 동안의 자본시장 동향을 간단하게 정리한 서류다.

또 침묵이 흘렀다. 굵은 목소리가 침묵을 깼다. 상하이에서 온 자이그룹 회장이다. 50대 초반의 그는 날카로운 눈매에 신소재의 안경을 쓰고 있었다.

"사람들은 미래 세계를 상상하기만 합니다. 한 발짝만 내디디면 볼 수 있고 만질 수도 있는데 말입니다. 자이그룹은 기술 특허를 가장 많이 보유하고 있지만, 아직도 초기 단계에 머물러 있는 부분이 많습니다. 기술 진보를 앞당기기 위해서는 강력한 자극이 필요합니다."

자이그룹 회장은 작심한 듯 세 사람을 향해 말했다.

"이런 상황에서 미국은 중국과 기술전쟁에 열을 올리고 있습니다. 중국의 추월을 두려워하는 것일까요? 미래에는 GDP로 국가 서열을 매기는 것, 군사력을 우위에 두는 것, 국경을 고집하는 것 등은 의미가 없습니다. 세계는 기술로 통합될 것입니다. 기술이 정치보다 위에 있을 겁니다. 모두가 기술 발전의 중요성을 깨달아야 합니다. 그런데 현실은 그렇지 않습니다."

그의 말을 듣던 세 사람 가운데 브람스 회장이 큰 소리로 웃었다. 큰 몸집의 영국인으로 팔십대 후반이다. 브람스는 헬스케어 부문 세계 최대 기업이다.

"하하하⋯. 어떻게 해야 모두가 기술 발전의 진정한 의미를 깨닫게 될까요? 인간은 자원을 가공해서 문명을 이루었습니다. 문명은 사람과 사람, 도시와 도시, 국가와 국가를 연결하면서 자본을 흐르게 했습니다. 이 흐름이 끊어진다면 자본주의는 파멸합니다. 다행스러운 것은 전쟁, 대공황, 금융 위기에도 자본의 흐름은 단절되지 않고 세상에 자양분을 공급했습니다. 글로벌 밸류 체인은 끊어질 때마다 복구됩니다."

브람스 회장의 말에 세 사람은 숨을 죽였다. 브람스 회장은 샴페인을 한 모금 마시고 그들의 얼굴을 차례로 바라보았다.

"사람 간 접촉은 여러 가지 이유로 단절될 수 있습니다. 하지만 그 단절이 오히려 기술 발전을 촉진하는 계기가 될 수 있습니다. 기술 발전이 뭐겠습니까? 궁극적으로 노동하지 않고, 움직이지 않고, 다른 사람을 직접 만나지 않고 편리하게 사는 게 아닐까요? 수렵 생활을 하던 사회에서 농업사회로, 거기서 또 산업사회로 발전한 것은 힘들게 일하는 사회에서 손끝만 까딱해도 살아갈 수 있는 안락한 사회로 전환했다는 의미 아니겠습니까? 이런 식으로 발전하다 보면 결국 AI시대가 올 겁니다. 다만, AI시대를 좀 더 앞당길 수는 없을까, 이것이 문제인데, 그 방법은 간단합니다. 인류가 지금의 시스템이 불편하다는 것을 깨닫도록 하면 됩니다."

네 사람은 현안이 생길 때마다 시애틀 인근 바닷가에 있는 브람스 회장의 별장에 모여 정보를 교환하고 의견을 나눴다. 회의실 통유리를 통해 바다가 보였다. 브람스 회장은 거센 파도를 바라보면서 말했다.

"이번 겨울에는 거대한 파도가 세상을 덮칠지도 모르겠습니다. 우리가 출자한 바이오쎌텍이 홍미 있는 보고서를 보내왔습니다. 새로운 것을 발견한 것 같습니다. 바이오쎌텍에 대한 자금 지원이 필요합니다."

브람스 회장은 보고서 내용을 세 사람에게 브리핑했다. 세 사람은 신중한 태도로 귀를 기울였다.

레토 이사회 의장은 의미심장한 미소를 지었다.

이테 CEO는 표정 변화가 없었다.

자이그룹 회장은 놀란 얼굴이었다. 그는 고개를 갸우뚱하기도 했다.

누구도 질문하거나 의견을 말하지 않았다. 브람스 회장

이 의도하는 것이 무엇인지 이해했기 때문이다. 그들은 결과를 분석하고 평가하기만 하면 된다. 책임은 브람스 회장에게 있다. 분명한 것은 조만간 기술을 개발하고 지배하는 소수와 그 기술의 혜택을 보는 다수로, 세상은 명확하게 구별될 것이다.

4

숨겨진 열쇠

사이렌이 주변 소음뿐만 아니라 다른 차의 속도까지 흡수했다. S 대학병원을 출발한 구급차는 교통신호를 무시하고 서울 외곽에 있는 공공기관 연수원으로 향했다. 임시 생활치료시설로 사용되는 곳이다. 바이러스 변이가 계속되고 중증 감염자가 줄어들 기미를 보이지 않자 당국은 공공 연수원까지 치료시설로 활용했다.

구급차 문이 열렸다. 방호복을 입은 요원이 차에서 내리라고 지시했다. 연수원은 산으로 둘러싸인 계곡에 있었다. 한눈에 보아도 오래된 건물이다. 이양 박사는 숨을 크게 쉬었다. 깨끗한 공기를 몸 안에 가득 넣고 싶었다.

현관으로 들어서자 의료진이 방금 도착한 환자들과 면담했다. 이양 박사 차례가 되었다. 여성 면접관의 목소리는 카랑카랑했다.

"성함을 말씀해주세요."

"이양입니다."

"선생님은 어제 S 대학병원으로 직접 가서서 신고하셨네요. 사흘 전에 중국 칭다오에서 오셨고요."

"네."

"칭다오면 지난에서 가깝지 않나요?"

"지난은 몇 년 동안 가본 적 없습니다."

"한국에 오신 뒤에 사람이 많이 모이는 장소에 방문한 적

묵찌빠

이 있습니까? 백화점이나 시장 같은 곳 말이죠."

"없습니다."

면접관은 고개를 갸우뚱했다.

"어디에서 감염됐는지 조사해야 할 거 같은데, 칭다오엔 여행 가신 겁니까?"

"아니요."

"무슨 일을 하십니까?"

"중국에서 사업하고 있습니다. 사업 때문에 서울에 자주 옵니다. 서울에도 S 대학병원 근처에 숙소가 있습니다."

그때 뒤에 서있는 환자가 기침하면서 오래 걸린다고 불평했다. 힘들어 보였다.

"일단 방으로 안내해드리겠습니다. 방에 들어가시면 허가 없이 나오실 수 없습니다."

오래된 건물이라서 매우 낡았다. 내부 조명도 어두웠다. 바닥에는 낡은 카펫이 깔려 있었다. 복도 벽은 나무와 벽돌 모양의 플라스틱 패널로 되어 있었다. 천장 표면은 석면이다. 천장엔 구멍이 뚫린 부분도 있었다. 그 안으로 어지럽게 엉킨 전선 가닥들이 보였다. 이양 박사는 혀를 찼다. 치료시설로 사용하기에는 적합하지 않았다.

그의 방은 5층이다. 방에도 카펫이 깔려 있다. 침대와 옷장, 책상과 의자, 그리고 책상 위에 전화기가 놓여있었다. 이양 박사는 창문을 열려고 했지만 고정되어 있었다. 블라인드를 내리고 가방에서 노트북을 꺼냈다. 그는 바이오셀텍 한국법인의 피오나 정 대표와 주고받은 메일을 지웠다. 조금 고민하다가 다른 메일들도 지웠다. 문서가 든 폴더를 삭제했다. 그림 폴더도 지우고, 결국 화면에 있는 폴더들을 다 지웠다. 핸드폰 통화 기록과 문자도 지웠다.

이양 박사는 침대 위에 누워 지난밤 겪은 일을 몇 번이고 다시 생각했다. 두려웠다. 시간과 장소는 피오나 정 대표가 알려줬다. 정 대표는 그곳에서 자신이 보낸 사람을 만나라고 했다. 이양 박사는 자신의 안전에 문제가 생기면 숨겨놓은 자료가 공개될 수 있다고 정 박사에게 말했다. 정 박사는 어떤 경우든 이양을 지켜주기로 약속했다. 그런데 킬러가 왔다. 킬러로부터 자신을 보호해준 사람도 왔다. 대체 누가 킬러를 보냈을까? 보호자는 피오나 정 박사가 보냈을까? 알 수 없다.

이양 박사는 기다리는 것 말고는 다른 방법이 없었다. 생활치료시설을 나갈 수도, 중국으로 갈 수도 없다. 나가는 것이 오히려 더 위험할 수도 있다.

리칭은 먼저 연락하지 않을 것이다. 이양 박사가 그렇게 당부했기 때문이다. 리칭의 존재가 드러나면 안 된다. 이양

묵찌빠

박사는 곧 누군가 자신에게 접촉을 시도할 것으로 예상했다. 그때까지 섣부르게 행동하지 않기로 했다.

*　*　*

악몽이었다. 그에게 살해당한 자들이 피투성이 얼굴로 그의 목을 졸랐다. 한 명을 떼어내면 또 다른 얼굴이 달려들었다. 죽어가는 순간이거나 숨진 직후의 표정이었다. 비명을 질렀다. 자신의 비명에 놀라 깨어났다. 핸드폰을 보았다. 정오가 넘었다. 커튼을 걷었다.

그는 어젯밤 모텔에 도착하자마자 자신의 급소를 살폈다. 뜨거운 물을 뿌리기 위해 살짝 들었을 때 몹시 아팠다. 터지지 않은 게 다행이다. 그는 진통제를 주사했다. 무릎에 압박붕대를 감았다. 얼굴에는 연고를 발랐다. 더 이상의 치료는 필요 없을 것 같았다. 그는 보드카를 목 안으로 들이부었다. 침대에 쓰러져 바로 잠이 들었다. 지금도 온몸이 욱신거렸다. 하지만 하루만 더 지나면 몸 상태는 정상으로 돌아올 것이다. 그는 심리적인 안정을 찾기 위해 자기최면을 걸었다. 지난밤 당한 일을 천천히 복기했다.

의식을 잃었다고 생각하지 않았다. 상대로부터 여러 차

례 가격을 당하면서 정신을 못 차렸지만, 곧바로 지각능력을 되찾았다. 목표물을 승용차로 데려갈 때 군화의 뒤꿈치와 경쾌한 걸음걸이도 기억했다.

상대는 마스크를 벗기고 얼굴을 확인했다. 왜 얼굴을 보았을까? 프로는 아니다. 움직임은 놀랄 만큼 빨랐지만, 주먹은 강하지 않았다. 육중한 덩치도 아니다. 상대로부터 여러 대를 맞았어도 머리와 턱뼈가 날아가지 않았다. 무릎도 부서지지 않았다. 상대는 무방비 상태를 이용해 총알 같은 속도로 달려들었다. 그렇지 않았다면 그는 상대를 단숨에 제압할 수 있었을 것이다. 상대는 목표물만 가로챘다. 목표물의 목숨을 구했거나 납치했거나 둘 중 하나다. 상대는 외국인이 서울 근교 소도시 뒷골목에서 죽은 채로 발견되는 상황을 피했다.

그는 어젯밤 시장 골목 옷가게 진열대 뒤에서 한 시간 정도 몸을 웅크리고 있었다. 처음에는 그곳을 벗어나야 한다고 생각했지만, 상대가 돌아오지 않을 거라는 확신이 들자 몸을 회복하는 것이 먼저라고 판단했다. 손으로 급소와 무릎을 마사지하며 근육을 이완시켰다. 어디선가 검은 고양이가 나타났다. 그는 고양이를 가슴에 안고 마음을 진정시켰다. 고양이는 따뜻했다. 체온이 유지되고, 맥박도 정상으로 돌아왔다.

그는 구두 깔창 밑에 넣어두었던 한국 지폐를 꺼냈다. 천천히 일어섰다. 고양이를 안고 큰길로 나왔다. 새벽바람이 매서웠다. 거리엔 사람이 없었다. 사거리에서 길을 건넌 뒤 동쪽으로 10분을 걸었다. 북쪽으로 방향을 틀고 10분을 더 걸었다. 안고 있던 고양이를 그곳에 놓아줬다. 서울로 가는 택시를 잡아탔다. 목적지에 이르러서는 5분 정도 걸어가야 되는 지점에서 내렸다. 그는 돌고 돌아 종로 뒷골목 모텔로 돌아왔다.

그는 상황을 이해하려고 두뇌 회전 속도를 최대한 높였다. 아마추어에게 당한 것은 치욕이다. 한국에서는 목표물을 제거하고 신속하게 출국하기가 쉽다고 판단했다. 자만했다. 얼굴까지 노출됐다. 상대를 찾아내야 한다. 그 배후도 찾아야 한다. 그는 계획을 미리 알았을 가능성이 있는 자를 꼽아 보았다.

목표물을 제거해 달라고 그에게 요청한 전달자.

전달자에게 의뢰한 의뢰자.

목표물 제거를 방해하고 그 목표물을 가로챈 상대.

그 상대의 배후.

목표물이었던 은색 양복의 뚱뚱한 남자도 알았을까? 자신을 제거한다는 계획을 알았다면 그 장소에 나오지 않았을 것이다.

그는 침대에서 일어났다. 짐을 쌌다. 큰 가방에 옷과 노트북, 비상약, 전자 장비를 챙겨 넣었다. 휴대용 가방은 큰 가방 안에 넣었다. 지갑과 여권, 핸드폰은 주머니에 넣었다. 서울역 물품 보관소에 넣어둔 또 다른 노트북과 핸드폰은 한국으로 다시 들어올 때 찾기로 했다. 그는 끝으로 방을 둘러보았다. 흘린 물건은 없었다. 무거운 몸을 이끌고 방문을 열었다. 그는 자신에게 처음으로 패배를 안긴 상대를 찾아내 부숴버리겠다고 다짐했다.

* * *

"보고하자고?"

지구대장의 작은 눈이 커졌다. 그는 몸을 사리는 편이다. 정년퇴직이 얼마 남지 않았다.

"네."

김경령 순경이 또렷하게 대답했다. 박동열 순경은 지구대장 눈치만 살폈다.

"동영상만 보고 간판 쓰러뜨린 놈을 어떻게 찾아. 본서 수사과 형사들이 나와서 이런 사건까지 맡겠어? 그렇다고 우리가 찾을 수도 없잖아. 맞은 놈이 맞았다고 하지도 않고.

이런 게 어려운 거라고. 가만히 놔두면 아무것도 아닌데 건 드리면 무지하게 복잡해지는 거."

"맞아요. 사건이 예사롭지 않아요. 일단 서에 보고하는 게 좋을 것 같아요."

"내 말은, 이 사건을 건드리면 예사롭지 않게 된다는 거지. 보고하면 뭔가 조치해야 하잖아."

"그렇다고 덮을 수는 없잖습니까?"

"덮긴 누가 덮어. 박동열, 너는 어떻게 생각해? 왜 가만히 있는 거야?"

"네? 아, 예. 저는 그러니까…."

"박 순경도 서에 보고해야 한다고 했어요."

김 순경이 박 순경 대신 말했다. 지구대장은 눈치만 보는 박 순경 태도가 못마땅했다. 보고하는 것도 문제이지만, 김 순경 성격에 너무 상세하게 보고서를 작성하면 긁어 부스럼 이 날 수도 있다.

"김 순경 생각이 그렇다면 서에 보고하고 알아서 해. 내 말은, 이게 경찰 인력을 따로 투입할 정도의 사건이냐, 이 말이야. 그러니까 요점만 간단하게, 형식에만 맞게 보고서 를 써. 서너 줄만 쓰라고. 무슨 말인지 알겠지?"

"알겠습니다, 대장님. 제가 알아서 하겠습니다."

김 순경은 지구대장이 발을 빼고 싶어 하는 것 같아서 자기가 알아서 하겠다고 했지만, 막막했다.

박 순경 핸드폰이 울렸다.

"뭐? 엠튜브 보라고?"

핸드폰을 귀에 댄 박 순경이 김 순경을 보면서 말했다.

"만수가 엠튜브에 동영상 올렸다는디. 아까 애플전자 주인에게 동영상을 달라고 하더니만 올려버린 모양이여."

지구대장은 사무실 PC로, 박 순경과 김 순경은 핸드폰으로 엠튜브를 열었다.

'서만수 기자의 Y시 사건 톡톡'

서만수가 못이 박히도록 떠들어댄 채널이다.

'테러인가? Y시에 무슨 일이?'

서만수가 올린 동영상 제목이다. 조회 수가 계속 올라갔다. 댓글도 잇달았다. 서만수의 댓글도 보였다.

'Y시 경찰, 바빠지겠습니다. 열심히 하시기 바랍니다.'

박 순경이 김 순경을 보며 말했다.

"이 또라이 시키, 우리더러 바빠지겠다고 야지를 놓고 있잖아."

지구대장의 입에서도 욕이 튀어나왔다.

"이런 기레기 같은 놈. 사람 귀찮게 만드네. 그나저나 끌려간 남자는 어떻게 찾아야 하는 거야? 납치된 거야, 피신한 거야?"

묵찌빠

＊＊＊

K는 이양 박사를 S 대학병원에 내려놓은 뒤 승용차를 30분 거리에 있는 인적 드문 야적장으로 몰고 가 주차했다. 정 박사가 말한 위치다. 정 박사는 누군가가 야적장에 와서 승용차를 회수해갈 것이라고 했다. K는 택시를 두 번 갈아타고 자신의 승용차가 있는 유료 주차장으로 갔다. 거기서 은신처로 돌아왔다.

K는 자신의 집을 은신처라고 생각했다. 은신처는 신축된 아파트 단지에서 차를 타고 5분 정도 올라가야 도착할 수 있는 숲속에 있다. 전에는 식당으로 쓰였던 2층의 목조 건물이다. 아파트 단지가 들어선 뒤 휴일만 되면 많은 등산객이 K의 은신처를 지나갔다. 식당을 하던 전 주인이 집을 다시 팔라고 했지만, K는 거절했다. 평일은 대체로 조용한 편이고 밤에는 귀신이 나올 분위기다. 문을 잠그지 않고 지내도 아무도 침입하지 않는다. K가 살기에는 안성맞춤이다.

K는 은신처 옥상으로 올라갔다. 좁은 공간이지만, 혼자서 숲을 감상할 수 있다. 가벼운 운동화와 나무 곤봉 여러 개를 옥상에 두고 다양한 방식으로 무술을 단련했다. 북쪽 1시 방향으로 L타워 상층부가 보인다. 그 근처에 피오나 정 박사가 대표인 바이오쎌텍 한국법인이 있다.

K는 바이오쎌텍 한국법인 쪽을 바라볼 수 있는 이 은신처가 좋았다. 정 박사가 마련해준 보금자리다. 정 박사는 의학 분야에서 알아주는 천재였다. 어린 K를 맡은 뒤 엄마처럼 키우고 가르쳤다. K에게 참과 거짓의 판단 기준은 언제나 정 박사였다.

K는 태권도와 복싱에 심취했다. 격투기도 배웠다. 대학에서는 경제학을 공부하면서 무술을 익히는 데 더욱 정진했다. 마음만 먹으면 국가대표도 되었겠지만, 자신이 노출되는 게 싫었다. 무술을 시작한 것은 중학교 2학년 때, 약한 아이만 폭행하는 녀석들을 패주다가 좀 더 잘 싸우기 위해서 체계적으로 배우고 싶다는 생각이 들어서였다. 실력이 빠르게 늘었다. 자신감도 커졌다. 동네 깡패들까지 때려주고 싶다는 생각이 들었다. 그래서 그들을 가혹하게 때리고 짓밟았다. 그 중에는 지역 조폭도 있었고 제법 싸움깨나 하는 자도 있었지만, K에게는 상대가 되지 못했다. 두 세 명이 한꺼번에 달려들어도, 흉기를 들고 덤벼도 마찬가지였다. 사고칠 때마다 정 박사에게 혼이 났다. 그러면서 철이 들었다.

중국을 오가던 정 박사가 한국법인 대표가 되어 서울에 정착하자 K는 정 박사의 자식 같은 수행비서가 되었다. 5년 동안 정 박사와 고락을 같이 하다가 1년 전, 정 박사에게서 독립했다. 과묵한 천재가 가끔씩 하는 잔소리를 견딜 수 없었다. 정 박사는 집을 구해주면서 취직하지 말라며 몇 년 동안의 생활비를 미리 주었다. 그래서 K는 독립한 뒤에도 정 박사가 일을 맡길 때면 지체 없이 달려갔다. 그래도 이번처럼 킬러로부터 사람을 구하라는 지시는 처음이었다. K는 다시 생각해도 소름이 끼쳤다.

K는 몸을 양옆으로 흔들며 심호흡했다. 공기가 차갑지만 깨끗했다. 지난밤 있었던 일을 머릿속에서 복기했다. K는 현장을 벗어날 때 실수가 있었는지 생각해낼 경황이 없었지만, 시간이 지나자 무엇을 잘못했는지 깨달았다. 킬러의 마스크를 벗긴 것이다. 킬러는 자신의 얼굴을 본 K를 추격할 것이다. 킬러는 무방비 상태로 당했다. 하지만 온몸이 돌덩이 같았다. 또 한 차례 맞대결한다면 절대로 이기지 못할 것이다. 불안감이 밀려왔다. 이번 일의 앞뒤 맥락을 모르기 때문에 더 불안하다. 난생처음 본 킬러의 존재. 누가 보냈는지, 정 박사가 왜 이양 박사를 킬러로부터 구하라고 했는지, 이양 박사는 누구이며 정 박사는 왜 바이러스를 주사한 뒤 그를 병원에 보내라고 했는지, 의문이 꼬리를 물었다. 예감이 좋지 않았다.

K는 뛰어서 산에 올랐다. 보통 왕복 세 시간 거리를 정해서 운동했다. 등산객 산책로를 출발해 숲속 길로 산을 타기도 하고, 산등성이에 있는 암자를 거쳐 정상 부근을 왕복하기도 했다. 암자로 가는 길은 계단이 많아서 훈련 코스로는 최적이다. 간혹 정상에 있는 방공 포병 부대를 크게 한 바퀴 돌아 내려오기도 했다. 그 길은 숲이 깊다. 평일 아침에는 등산객이 드물어 마음껏 체력을 단련했다. 은신처로 돌아오면 음식을 해 먹고 차를 마셨다. K의 유일한 행복이다.

정 박사로부터 문자가 온 것은 오후 4시였다.

'엠튜브에서 서만수를 검색해봐.'

동영상을 본 K는 몸이 굳어졌다. 이양 박사와 자신이 카메라에 찍혔다. 킬러는 깨어나 어디론가 사라졌다. 이양 박사의 존재가 노출됐다. K 자신도 노출됐다. 킬러도 동영상을 볼 것이다. 킬러와 다시 대면할 수 있다는 생각에 불안이 공포로 바뀌었다. 이양 박사를 어떻게 해야 할지 더 막막했다. 그러면서 처음의 질문으로 되돌아왔다.

'이양 박사는 도대체 누구일까? 그를 죽이려던 킬러는 또 누구일까? 정 박사는 왜 이양 박사를 S 대학병원으로 보내라고 했을까?'

동영상의 조회 수는 90만 개가 넘었다. 댓글도 늘고 있었다. 화면은 흔들리지 않았다. 마치 CCTV 카메라처럼 한 개의 샷으로 고정됐다. 누군가가 카메라를 잡고 촬영했다면 아래, 위, 또는 옆으로 화면이 움직였을 것이다. 카메라는 삼각대에 고정된 상태로 작동했음이 틀림없다. 촬영한 사람은 누구일까? K의 마음이 무거워졌다.

5

게임의 시작

그는 저녁 7시 홍콩 첵랍콕 국제공항에 도착했다. 가방을 찾아 세관을 통과한 뒤 물품 보관소에서 또 다른 가방을 찾았다. 택시를 타고 삼수이포 카페 거리에서 내렸다. 거기서 그는 자신의 대형 가방 두 개를 끌고 아파트까지 걸어갔다. 모두가 바쁘게 사는 곳이다. 주민들은 이웃에 관심이 없다. 일 년에 한두 번 나타났다 사라지는 백인에게는 더욱 그렇다.

그는 새 노트북을 꺼냈다.

지금은 2월이다. 오늘은 수요일이다. 올해 연도에 2를 곱하고 수요일을 숫자로 환산한 3을 곱했다. 그리고 7로 나눴다. 남은 숫자의 두 번째 자릿수는 7이다. 7을 요일로 환산하면 일요일이다. 그는 일요일용 메일 주소로 전달자에게 문자를 보냈다. 전달자의 일요일 암호는 'G'다. 발신인의 일요일 암호명은 '재규어'다.

To : G

'목표물 제거 실패. 나머지 돈은 지급하지 말 것.'

From : Jaguar

그는 침대에 누워서 답을 기다렸다. 10분 뒤에 답이 왔다.

묵찌빠

To : Jaguar

'지금 있는 곳은?'

From : G

To : G

'중국 남쪽.'

From : Jaguar

'칭다오로 가라.'

'이유는?'

'내일 밤 12시 새 목표물을 제거하라. 위치 좌표 보낸다.'

'목표물 정보 달라.'

'연구원. 방어 능력 없다.'

'비용은?'

'한국 임무와 같다. 1/2 입금한다. 1/2은 목표물 제거 후

'입금한다.'

'한국에선 보디가드 있었다. 누구인가?'

'모른다.'

'한국 임무, 실패한 사실 알았나?'

'몰랐다.'

'칭다오 목표물도 보디가드가 있나?'

'모른다.'

'한국 임무, 의뢰자가 누구인가?'

'대답할 수 없는 질문이다. 임무 마치면 연락해라.'

일요일용 계좌에 돈이 입금됐다. 전달자는 미국 달러만 사용한다. 그는 다른 계좌로 이체했다. 좌표와 107이라는 숫자도 왔다. 그는 레토 지도에서 좌표를 검색했다. 1층짜리 긴 건물이 여러 채 보였다. 가장 끝에 있는 건물, 가장 끝 방이다. 건물 옆에는 숲이 있다. 북쪽에는 축구장 정도 크기의 건물 세 동이 있다. 규모가 큰 회사 같았다. 레토 지도에는 '바이오쎌텍 팜칭다오'라고 적혀 있다.

G는 20년 전 베이루트에서 함께 일했던 모사드 요원이 소개한 브로커다. G를 통해 거래하는 의뢰자는 국가 정보 기관이나 마피아라고 그는 생각했다. 비용 규모가 크기 때문이다. 그는 G와 접선 방식을 수시로 바꿔가면서 거래했다. 직접 만나거나 정보를 교환한 적은 없었다. 관계를 오랫동안 지속할 수 있었던 이유다. 하지만 이번에는 의뢰자가 누구인지 알아야 한다. 그는 어떻게 하면 G를 만날 수 있을지 생각해보았다. 당장은 아이디어가 떠오르지 않았다. 그는 주머니마다 지퍼가 달린 활동복 바지와 셔츠를 입었다. 지갑과 핸드폰, 여권, 마스크, 장갑을 챙겼다. 2월의 청다오는 서울만큼 춥다. 그는 두꺼운 파카를 꺼냈다.

밤, 12시 5분 전이다.

그는 숲속 나무 뒤에서 1층 건물 끝 방을 주시했다. 방문에 숫자 107이 적혀 있다. 107호실은 한 시간 전 도착했을 때부터 조명이 꺼져 있었다. 다른 방들도 마찬가지다. 정적이 감돈다. 건물 앞에는 '바이오쎌텍 팜칭다오'간판이 서 있다. 건물은 연구원 숙소 같았다.

그는 12시 1분 전에 침입할 예정이다. 하지만 의문이 생겼다. 의문이 점점 커졌다. G가 자정이라고 명시한 점이다. 모든 방에 불이 들어오지 않는 것도 이상했다. 만일 목표물이 숙소 안에 있다면 시간이 중요한 것은 아니다. 장소와 목표물만 정확하게 특정할 수 있다면 유리한 시간과 방법을 선택하는 것은 업무 수행자가 정하는 것이 자연스럽다. 현장 상황을 고려해야하기 때문이다.

목표물은 밤 12시에 107호로 돌아오는 것일까? 3분 전인데, 그럴 가능성은 낮다. 한국에서의 실패를 상기하자 커진 의문이 의심으로 바뀌었다. 그는 기다렸다. 12시가 되어도 107호로 들어가는 사람은 없었다.

그는 107호실 앞으로 조용히, 빠르게 뛰어갔다. 문 앞에 섰다. 문을 조금 밀었다. 문이 뒤로 밀렸다. 그는 순간적으로 문 옆으로 비켜섰다. 머리가 복잡해졌다. 마음을 진정시켰다. 부자연스러운 상황이다. 그는 몸을 숙였다. 건물 뒤로 돌아갔다. 창문을 밀어보았다. 열렸다. 커튼이 있다. 그는 멈췄다. 다시 몸을 숙였다. G는 사전 답사 시간을 주지 않았다. 목표물이 107호실 안에 있다면 안전 상태가 너무 허술하다. 그는 함정이라고 직감했다. 주변을 살폈다. 숲속에는 인기척이 없다. 그는 소리를 죽이며 숲속으로 빠르게 뛰어

묵찌빠

갔다. 건물 앞 방문과 건물 뒤 창문이 모두 보이는 곳에 자리를 잡고 기다렸다.

자정이 지났다. 10분, 20분, 30분.

건물 뒤쪽에서 소리가 났다. 창문이 열리는 소리다. 그는 창문이 더 잘 보이는 곳으로 이동해 나무 뒤에 숨었다. 작은 물체가 107호 안에서 빠르게 창문을 뛰어넘어 밖으로 나왔다. 그리고 몸을 숙였다. 민첩했다. 체구가 크지 않은 동양인 남자다. 동양인 남자는 107호실 안에서 그를 기다리고 있었던 것이다.

동양인 남자는 몸을 숙인 채 건물을 돌아서 문 앞쪽으로 갔다. 동양인은 문 앞에 아무도 없다는 것을 깨닫고 그가 있는 숲을 응시했다. 어둠 속에서도 나무 옆에 서 있는 그를 발견했다. 잠시 주저하는 듯했다. 그러더니 빠른 속도로 그를 향해서 달리기 시작했다. 두 손에는 팔뚝보다 긴 시퍼런 칼이 들려 있었다. 그는 먹이의 목을 노리는 암사자처럼 동양인의 움직임을 주시했다. 그러면서 달빛을 반사하며 앞뒤로 빠르게 움직이는 날카로운 금속의 리듬에 호흡을 맞췄다.

40미터, 30미터, 20미터, 순식간에 거리가 좁혀졌다. 10미터 앞까지 오는 데 5초도 걸리지 않았다.

"억!"

달려오던 동양인 남자가 앞으로 고꾸라졌다. 충격이 컸

다. 주먹만 한 돌로 얼굴에 카운터를 맞은 것이다. 동양인의 몸이 바닥에 닿기 전에 그는 달려가 공중으로 몸을 날렸다. 육중한 몸의 파괴력으로 엎어진 동양인의 등을 짓밟아 척추를 끊어버렸다. 그리고 발로 등을 누르고 늘어진 두 팔을 끊어내듯 뒤로 들어 올려 거꾸로 회전시켰다. 어깨뼈가 우두둑하며 부서지는 소리를 냈다. 그는 무릎으로 목 뒤 아래쪽에 압박을 가하면서 두 손으로 동양인의 머리를 뒤로 들어 목을 꺾었다. 동양인의 움직임이 멈췄다. 고통은 잠시였을 것이다.

그는 칭다오 공항으로 갔다. 새벽 비행기를 타고 홍콩으로 돌아왔다.

올해 연도에 2를 곱하고 금요일을 숫자로 환산한 5를 곱했다. 그리고 7로 나눴다. 남은 숫자의 두 번째 자릿수는 8이다. 8을 요일로 환산하면 월요일이다. 그는 월요일용 메일 주소로 전달자에게 문자를 보냈다. 전달자의 월요일 암호는 'A'이다. 발신자의 월요일용 암호명은 '코브라'다.

To : A
'의뢰자가 누구인지 알려주면 두 배 주겠다.'
From : Cobra

묵찌빠

곧바로 답이 왔다.

To : Cobra

'모른다.'

From : A

'의뢰자가 A를 통해 코브라에게 썼던 방식을 역으로 활용
하겠다.'

'불가능하다. 엠튜브 봐라.'

A는 대화방에서 나갔다. A는 당분간 그의 메일을 받지 않
을 것이다.

그는 엠튜브를 열었다. A가 보라고 한 것은 무엇일까? A
와 그가 공통으로 알고 있는 내용일 것이다. 그는 검색창에
'Y시'라는 글자를 넣었다. 여러 개의 동영상 가운데 눈에 띄
는 것이 나왔다. 조회 수가 2백만 명이 넘었다. 클릭했다.
순간, 그의 동공이 커졌다. 자신이 무차별적으로 얻어터지
는 동영상이다. 댓글도 계속 늘었다. 그는 마음을 진정하고
상황을 정리했다.

A나 의뢰자에게 접근하는 것은 불가능하다. 의뢰자의 의

도도 짐작할 수 없다. 하지만 최초의 목표물, 번개 같은 속도로 자신을 무력화시킨 존재, 엠튜브 동영상, 바이오쎌텍 팜칭다오, 이런 것들은 이번 일과 관련된 것처럼 보였다. 단서를 찾을 수 있을 것 같았다.

그는 가방을 새로 꾸렸다. 노트북 두 개와 일부 장비들, 나머지 여권을 넣은 가방은 첵랍콕 공항 물품 보관소에 넣었다. 가방 한 개만 항공기에 실었다.

인천 공항에 도착한 뒤 공항철도를 타고 서울역으로 갔다. 서울역 물품 보관소에서 다른 노트북과 핸드폰이 든 가방을 찾았다. 그는 택시를 타고 Y시로 이동했다. 시장 근처 호텔을 찾았다. 호텔 직원은 방금 입국한 외국인에게 아무런 질문도 하지 않았다. 이름만 호텔인 10층의 모텔이다. 그는 10층 방을 얻었다. 창문을 열면 애플전자가 가깝게 내려다보인다.

그는 모자와 마스크를 쓰고 애플전자로 갔다. 상점 안에서는 주인으로 보이는 중년 남자가 작업대 위에 작은 전자 제품을 올려놓고 수리하고 있었다. 그는 상점 주인의 성격, 현재의 재정 상황, 상점의 규모를 생각해보았다. 그러다가 불현듯 떠오른 아이디어를 생각하고 미소 지었다. 그는 호텔 방으로 돌아왔다.

그는 레토 지도를 이용해서 호텔과 애플전자 사이의 거리를 측정했다. 직선거리로 50m 정도다. 그가 묵고 있는 방은 10층에 있다. 높이는 30m 정도 될 것이다. 그는 피타고라스정리를 활용해 계산해보았다. 자신이 있는 호텔 10층 방과 전자상점 간 직선거리는 58.3m 정도로 나왔다. 그는 레이저 측정기로 거리를 재보았다. 60m 조금 넘는다. 그는 만족했다.

한국에서의 임무가 실패로 끝난 뒤 '서만수'라는 한국 엠튜버가 동영상을 공개했다. 의뢰자는 전달자를 통해 그를 '바이오쎌텍 팜칭다오'로 유인해 살해하려고 했다. 지금은 인과관계를 추론할 수 없지만, 분명한 점도 있다.

의뢰자가 결정적인 실수 한 가지를 한 것이다.

의뢰자는 그를 팜칭다오에서 죽이려고 했다. 왜 그런 선택을 했을까? 의뢰자는 자신의 정보를 노출할 수도 있다는 위험성을 간과했다. 팜칭다오로 유인해 그를 살해하려는 계획이 실패할 줄은 생각 못한 것이다. 그는 의뢰자가 바이오쎌텍 팜칭다오와 관련이 있을 것으로 생각했다.

그는 노트북을 열고 '레토' 검색창에서 '바이오쎌텍 팜칭다오'를 찾았다. 수백 개의 정보가 나왔다. 바이오쎌텍 팜칭다오 홈페이지를 열었다. 큰 회사다. 홈페이지를 읽는 데 한 시간 이상 걸렸다. 대표와 이사, 기술고문의 사진과 경력을 꼼꼼하게 살폈다. 그들 모두를 한 명씩 따로 검색했다. 그들

의 이름과 사진이 나온 기사, 동영상, 그들이 쓴 논문 제목
이 셀 수 없을 만큼 많이 나왔다. 하지만 그는 거기서 어떤
단서도 발견할 수 없었다.

그는 본사인 '바이오쎌텍'을 검색했다. 바이오쎌텍은 세계
최고의 빅테크 기업인 '레토', '이데', '자이', '브람스'가 1/4씩
출자해 2011년 설립한 다국적 종합 제약회사다. 본사는 런
던에, 연구소는 미국 매릴랜드와 중국 칭다오에 있다. 칭다
오 연구소가 바로 바이오쎌텍 팜칭다오이다. 바이오쎌텍은
제약 부문 특허를 백 개 이상 보유하고 있다. 세계적인 제약
회사로부터 임상실험을 의뢰받아 결과를 제공하고 약품의
주문과 생산, 유통까지 대행하는 방식으로 매출을 올렸다.
세계 주요 도시마다 지사나 현지 법인을 갖고 있다. 서울에
도 현지 법인이 있다. 바이오쎌텍의 최근 주가는 200달러를
오르내리고 있다. 2016년 나스닥에서 주당 75달러에 공모했
는데 상장 첫날 종가가 102달러였다. 지금은 거기서 두 배가
더 올랐다. 미국과 중국 정부로부터 C-바이러스 백신 개발
을 위해서 거액을 지원받기로 했다는 공시도 있었다.

바이오쎌텍 본사 홈페이지를 열었다. CEO는 엔지니어
출신의 '피터 영'이다. 기업 홍보영상을 열었다. 팜메릴랜드
와 팜칭다오 캠퍼스 전경, 내부 시설, 연구원들이 고글을 쓰
고 실험하는 모습이 소개됐다. 팜칭다오 연구원들이 잔디

밭 테이블에 앉아 웃으면서 이야기하는 영상도 있었다. 모델을 출연시키지는 않았다. 평범한 연구원의 모습이다. 그들 쪽으로 다른 연구원 두 명이 다가오다가 화면 오른쪽으로 방향을 바꿔 지나갔다. 그 장면에서 해외 지사와 현지 법인을 소개하는 그래픽 화면으로 전환됐다.

그 순간!

그의 뇌세포 활동이 정지됐다. 강렬한 전기 자극을 받은 것 같았다. 그는 화면을 세우고 바로 앞 장면으로 돌렸다. 화면을 멈췄다. 그는 팔짱을 끼고 노트북 모니터가 뚫어지도록 노려봤다. 연구원들이 잔디밭에서 이야기하는 장면은 4초였다. 그들에게 다가오던 두 명의 연구원도 같은 시간 화면에 등장했다. 두 명의 연구원 가운데 왼쪽의 머리 짧고 살이 찐 연구원을 주목했다. 그는 그 연구원의 모습을 여러 장 캡처해 저장했다.

그는 이데가 제공하는 3D 복원 앱을 열었다. 캡처한 그 연구원의 모습을 입력했다. 3D 복원 앱은 그 연구원을 360도 각도에서 볼 수 있는 입체적인 형태로 재구성했다. 그는 연구원이 입은 흰색 가운 위에 은색 계통의 양복을 입혔다. 그리고 연구원의 모습을 돌려보았다. 그의 얼굴에 회심의 미소가 떠올랐다. 수많은 아이디어와 전략이 그의 머릿속으로 물밀듯이 밀려들어 왔다. 애플전자 간판 불빛에 잠시 드러났던 얼굴 윤곽, 담배를 피우던 뒷모습, 그가 애플전자 앞에서 제거하려 했던 목표물, 그가 지금 보는 모니터 속의 남자다.

그는 바이오쎌텍의 한국법인 홈페이지를 열었다. 대표 사진과 이름을 보았다. 50대 초반의 여성으로 미소 짓는 얼굴이 지적으로 보였다. 의학 박사로 소개되었다. '피오나 정'

그는 태풍을 일으킬 수 있다고 생각했다. 이 게임의 설계자가 수면 아래에서 숨죽이고 있다면 숨을 쉬기 위해 머리를 내밀 때까지 태풍을 불러 거센 파도를 일으키고 흔들어대는 것, 효과적인 전략이다.

***

'하늘에서 돈이 떨어지다니!'

꿈은 아니다. 하나님이 주신 것도 아니다. 어디서, 어떻게 떨어졌는지, 누가 떨어트렸는지 모를 뿐이다. 애플전자 주인은 뛸 듯이 기뻤다. 그렇다고 소리쳐 환호하지는 않았다. 남이 알아서 좋을 건 없다. 불안한 구석도 있지만, 향긋한 돈 냄새에 불안감은 순식간에 달아나 버렸다.

'이유를 알 필요가 있을까? 알아서 뭣 하게?'

애플전자 주인은 자꾸만 터지는 웃음을 속으로 삭였다.

묵찌빠

자그마치 2천만 원이다. 하늘에서 주인이 내려와 돌려달라고 하면 그때 돌려주면 그만이다. 사실 그는 아침부터 우울했다. 새로 주문 제작한 간판이 마음에 들지 않았다. 간판을 쓰러뜨린 사람을 찾지 못했고, 생돈을 지출하는 것도 아까워 새 간판 만들기를 주저했다. 하지만 아무리 오래된 전자 상점이라고 해도 간판 없이 장사하는 것은 30년 이상 전자제품을 다뤄온 엔지니어로서 위신이 서지 않는다고 생각했다. 그래서 고민 끝에 간판 가게 최 사장에게 보통 수준으로 만들어 달라며 간판을 주문했다. 비용은 많이 줄 수가 없다고 했다. 혹시나 했지만, 아침에 최 사장이 만들어 온 새 간판을 보니 여간 촌스러운 것이 아니었다. 애플전자 주인은 쓴맛을 다시면서 전자제품을 수리하며 하루를 보냈다. 그리고 밤 9시쯤 일을 마쳤다.

문을 밖에서 잠근 뒤 새로 만든 보기 싫은 간판을 가게 앞 중앙에 옮겨 놓았다. 그리고 돌아섰다. 바로 그때였다. 하늘에서 작은 주머니가 얼굴 앞으로 떨어졌다. 그는 깜짝 놀라 뒷걸음쳤다. 발아래에 떨어진 것을 내려다보고 다시 하늘을 올려다보았지만, 주머니를 떨어트린 조물주는 보이지 않았다. 그는 주머니를 집어 들고 가게 안으로 다시 들어갔다. 주머니는 검은 천으로 만들어졌다. 주머니 윗부분에는 손가락을 끼워서 들 수 있는, 반지 모양의 플라스틱 링이 양쪽에 박혀 있었다. 조물주는 손가락을 그 두 개의 링에 끼우고 있다가 손가락을 펴면서 아래로 떨어뜨렸을 것이다.

주머니 안에는 5만 원짜리 묶음 네 개가 들어있었다. 한 묶음이 100장이다. 그는 한 순간도 망설이지 않았다. 네 개의 돈다발을 재빨리 코트 안주머니에 넣고 발걸음 가볍게 상점을 나왔다. 입에서는 휘파람이 절로 나왔다. 그는 따뜻한 보금자리를 그리면서 인적 없는 어둠에서 벗어났다.

***

바이러스가 유행하기 전에는 자정이 넘어도 술에 취한 동네 아저씨들이 예사로 지구대를 드나들었다. 서로 멱살 잡고 싸우다가 심판이 필요하다며 지구대를 찾는 사내들도 있었다. 지금은 인적이 끊겼다. 그러니까 사고도 없다. 요즘 같은 시기에는 지구대 밤 근무가 어렵지 않다. 오히려 무료할 지경이다.

박동열 순경은 배에서 나는 꼬르륵 소리가 더 크게 들렸다. 자정이 되면 배가 고파서 그냥 넘길 수가 없다. 박 순경은 컵라면에 뜨거운 물을 붓고 라면이 익기를 기다렸다. 냉장고에서 김치도 꺼냈다. 침이 돌았다. 컵라면이 없다면 길고 긴 겨울, 야간 근무를 어떻게 할 수 있을지 상상만 해도

묵찌빠

끔찍했다.

　김경령 순경은 옆에서 졸고 있다. 김 순경은 라면 냄새를 싫어했다. 박 순경이 냄새를 풍기며 소리 내 먹는 것은 더 싫어했다. 함께 먹자고 하면 인상을 썼다. 그렇다고 라면을 못 먹는 것도 아니다. 박 순경은 김 순경이 동네 식당에서 김밥과 라면 먹는 것을 여러 차례 보았다.

　책상 위에는 김 순경이 읽던 만화책이 있었다. 김 순경은 인물을 예쁘게 그린 로맨스를 좋아했다. 야간 당직을 설 때마다 만화책을 가져와서 읽었다. 사무실에서는 웹툰을 보지 않았다. 업무용 PC를 사용해야하기 때문이다. 핸드폰으로 웹툰을 보는 것도 눈치를 보았다. 박 순경이 보기에 근무시간에 PC나 핸드폰은 안 되고 종이 만화책을 보는 것은 용서된다고 생각하는 김 순경을 이해할 수 없었다. 몰래 하는 것은 안 되고 드러내놓고 하는 것은 된다고 생각하는 것일까? 아니면 종이 만화책을 교양서적으로 이해하는 것일까? 어쨌든 김 순경은 만화책이든 교양서적이든 책만 펴면 10분쯤 지나 졸고 간혹 입술 왼쪽으로 침을 흘릴 때도 있다. 깰 때는 본능적으로 왼손으로 입술을 닦는다.

　김 순경은 지구대 문이 열리면서 들려온 여자아이의 울음소리에 잠을 깨며 침을 닦았다. 왼손이 마스크에 닿자 마스크 안으로 손을 넣고 입술 주위를 훔쳤다. 옆에서 풍겨온 라면 냄새에는 인상을 쓰며 박 순경을 흘겨보았다.

아이는 엄마 손을 잡고 있었다. 네댓 살 정도 되어 보이는데, 다른 팔로는 흰색 고양이 인형을 안고 있었다. 아이가 울면서 말했다.

"닐라 찾아주세요, 앙…. 아저씨들이 찾아준다고 했어요, 앙…."

김 순경은 닐라가 고양이 아니면 강아지라고 생각했다.

"닐라? 고양이, 아니면 강아지?"

"검은 고양이."

"언제 없어졌어?"

"할머니하고 집에 왔는데 없어졌어요."

엄마가 아이의 어깨를 토닥거렸다.

"고양이가 크면 집을 자주 나간다고 아무리 말을 해도 울기만 해요."

"단독주택에 사시는 모양이죠?"

"네. 닐라는 요즘 밖으로 자주 나갔어요. 그런데 오늘은 나가서 들어올 생각을 안 하는 거예요. 아이는 울기만 하고."

김 순경과 박 순경은 엄마의 의도를 알아차렸다. 박 순경이 큰 얼굴로 웃으면서 말했다.

"아가야, 엄마 말씀이 맞는디, 자고 나면 닐라가 집에 들어와 있을 거여."

묵찌빠

"아가 아닌데요. 날라가 아니고 닐라예요, 앙…."

"미안, 미안. 닐라! 아저씨가 순찰하다가 닐라 보면 꼭 집으로 데려갈게. 닐라는 어떻게 생겼어?"

"코가 검고, 눈이 검고, 등하고 꼬리가 검어요."

김 순경이 아이를 보고 말했다.

"우리 친구 말 잘하네. 이름이 뭐야?"

"윤지요."

"윤지? 예쁘네. 어머니, 댁은 어디세요?"

"시장 옆 주택가에서 살아요."

박 순경은 일이 생각보다 잘 풀렸다고 생각했다. 하지만 컵라면이 불어터졌다. 아이 엄마는 고맙다며 인사를 했다. 아이도 울음을 그쳤다. 지구대 안이 다시 조용해졌다. 그때였다.

펑!

적막한 겨울밤 폭발 소리가 동네를 깨웠다. 엄마는 급히 몸을 숙여 아이를 안았다. 박 순경과 김 순경은 놀란 눈으로 서로를 쳐다보았다. 안쪽 휴게실에서 잠시 눈을 붙이던 지구대장이 눈을 비비며 뛰어나왔다.

"박 순경, 무슨 소리지? 뭔가 폭발한 거 같은데."

"……."

박 순경은 멍한 상태로 지구대장 얼굴만 바라봤다.

"어느 쪽이지?"

지구대장의 다급한 질문에 김 순경이 대답했다.

"시장 쪽 같은데요."

"김 순경은 일단 서에 보고해. 소방에도 연락하고. 박 순경은 따라와."

"그, 그냥 가요? 초, 총이라도 갖고 가야 안 될까요?"

"총? 총은 무슨 총? 얼른 가자. 김 순경도 서에 보고한 뒤 따라와. 그리고 맞아, 총! 올 때 그거 뭐지? 얼마 전에 새로 받은 전자총 있잖아."

"테이저건 X2 말입니까?"

"그래, 그걸 가져와."

지구대장은 지구대를 나섰다. 박 순경과 아이, 아이 엄마도 뒤를 따라갔다. 열린 문틈으로 찬바람이 지구대 안으로 세차게 들어왔지만, 김 순경 얼굴은 화끈거렸다. 전화기를 들었다. 마음이 바빠졌다.

김 순경이 현장에 도착했을 때, 상황은 이미 끝난 것 같았다. 불이나 연기는 보이지 않고 매캐한 냄새만 났다. 화약 냄새 같기도 했다. 수십 명이 현장을 둘러싸고 있었다. 상인과 주민들이다. 김 순경은 그들 틈을 뚫고 들어갔다. 무엇이 어디서 폭발했는지 쉽게 눈에 띄지 않았다.

묵찌빠

지구대장과 박 순경, 소방대원 두 명이 전파사 쪽을 바라보고 있었다. 조금 전 지구대를 찾아온 윤지와 윤지 엄마도 보였다. 서만수는 언제 왔는지 핸드폰으로 현장을 촬영하고 있었다. 전파사 맞은편에 있는 소방서 지휘 차의 전조등이 조명 역할을 했다.

김 순경은 서만수가 촬영하는 것이 무엇인지, 그의 핸드폰이 겨냥한 피사체를 찾았다. 플라스틱 새 간판이 또다시 박살났다. 애플전자 유리문도 깨졌다. 아마도 폭발이 있었다면 플라스틱 간판에서였고, 유리문이 깨진 것은 그 충격 때문이라고 김 순경은 생각했다. 서만수가 촬영을 마쳤는지 김 순경 앞으로 왔다.

"김갱랭 순경 나왔는교? 박 순경하고 오늘 당직인 모양이지예?"

"수고가 많으시네요."

"소리 듣고 바로 쫓아왔다 아입니까? 폭발 소리를 듣자마자 여기인 줄 알았죠. 후후…."

지구대장은 소방대원과 이야기를 나누고 있었다. 김 순경은 서만수를 피하고 싶어서 지구대장이 있는 곳으로 갔다.

"대장님, 불은 안 났습니까? 무엇이 터진 겁니까?"

"저 간판이 터진 거 같은데 불은 붙지 않았어. 그런데 펑 소리가 왜 그렇게 크게 들렸는지 모르겠네. 소방서는 우리보다 멀리 있어서 그런지 들질 못했대. 하지만 우리 귀에는 크게 들렸잖아?"

지구대장은 김 순경에게 확인했고 김 순경도 맞장구를 쳤다.

"맞아요. 엄청나게 크게 들렸어요. 뭐가 터진 거예요?"

"잘 모르겠다고 하네. 저기 사장님이 오시네. 사장님, 이 쪽입니다."

애플전자 주인은 자신의 가게를 바라보면서 천천히 걸어왔다. 김 순경 눈에는 그가 사색에 잠겨 있는 학자 같았다. 지구대장이 그에게 말했다.

"사장님, 안 됐습니다. 그래도 큰 피해는 없는 거 같네요. 저 간판에서 폭발이 난 거 같은데 화재는 안 났습니다. 근데 유리문은 다 깨졌어요. 내부는 어떤지 한 번 살펴보세요."

주인은 고개를 끄덕이고 애플전자 쪽으로 걸어갔다. 그는 가게를 대충 둘러보더니 곧바로 지구대장에게 왔다.

"유리문 나간 거 말고는 피해는 없습니다. 청소만 하면 될 거 같네요."

김 순경은 애플전자 주인의 태도가 간판이 쓰러졌다고 신고했을 때와는 전혀 다른 느낌을 받았다. 뭔가 모르게 변한 것 같았다. 지구대장이 물었다.

"간판이 폭발했는데 뭐든 이상하거나 생각나는 거 없습

묵찌빠

니까?"

"새로 주문한 간판인데 오늘 아침 설치했거든요. 간판가게 최 사장에게 물어봐야 할 거 같군요. 전선이 합선됐나? 아니면 부실 제작을 했나?"

김 순경은 애플전자 앞으로 다가갔다. 아까부터 눈에 걸리는 것이 있었다. 처마 밑에 긴 형태의 조각이 대롱대롱 매달려 있었다. 전에는 못 본 조각이었다. 길이 50cm, 폭 15cm 정도의 직사각형 모양의 플라스틱이다. 그 플라스틱에는 영문 글자를 인쇄한 시트지가 붙어 있었다. 김 순경은 상점 주인에게 큰 소리로 물었다.

"사장님, 처마에 긴 조각이 매달려 있는데, 보이세요? 이게 뭐죠?"

애플전자 주인은 그 조각을 물끄러미 바라보다가 김 순경에게 소리쳤다.

"내가 단 게 아닌데."

"네? 그럼 누가 매단 거죠?"

"내가 퇴근할 때까지는 없었는데."

김 순경은 그 조각을 다시 천천히 살펴보았다. 김 순경은 조각에 쓰인 영문 글씨가 어떤 회사의 홈페이지 주소가 아닌가 생각했다. 그녀는 그 조각에 쓰인 글씨를 유심히 바라보면서 소리 내 읽었다.

6

마이너 리그

피오나 정 박사가 탄 에어프랑스 항공기는 드골 국제공항에 착륙했지만, 도착 예정 시간에서 20분이 지나도록 터미널에 안착하지 못했다. 진눈깨비가 내려서 그런다고 했다. 그녀는 마음이 급했다. 시계를 보았다. 오후 7시 30분이다. 9시까지 바이오셀텍 파리지사로 가야 한다.

정 박사는 자리에서 일어났다. 퍼스트 클래스 승객은 그녀 말고 없었다. 승무원은 항공기가 터미널에 도착할 때까지 앉아있어야 된다고 했다. 정 박사는 연착을 불평하면서 승무원 말을 무시하고 1층으로 내려갔다. 출입구 앞에는 젊은 한국인 부부와 아이 둘이 문이 열리기를 기다리며 서 있었다. 네 살 정도 된 남자아이는 엄마 등에 업혔고, 열한두 살 정도 된 여자아이는 아빠 손을 잡고 있었다.

"8시 10분 마드리드 행 비행기로 갈아타야 하는데 터미널 도착이 늦어져서 출입구 앞에 와서 기다리고 있습니다."

프랑스인 여성 승무원이 그 가족이 출입구 앞에 서 있는 이유를 설명하며 양해를 구했다. 정 박사는 고개를 끄덕이며 큰 아이에게 웃으면서 말했다.

"스페인 여행 가는 거야?"

"아빠 회사가 스페인에 있어요."

여자아이가 웃으면서 대답했다. 출입구가 열렸다. 정 박사는 뒤로 물러섰다. 그들은 고맙다고 인사하면서 밖으로 나간 뒤 뛰어갔다. 엄마 등에 업혔던 남자아이도 내려서 뛰었다. 강아지 같았다. K의 어릴 적 모습을 연상케 했다.

피터 영은 가능한 한 빨리 런던 본사로 오라고 했다. 유럽으로 가는 항공편이 줄어든 상태였다. 오늘 한국에서 유럽으로 가장 빨리 갈 수 있는 항공기는 파리로 가는 에어프랑스였다. 정 박사는 파리에서 만나자고 했다. 피터 영도 런던에서 파리로 왔다. 상황이 긴박하게 돌아간다고 생각한 것이다.

정 박사는 9시 5분 전 파리지사에 도착했다. 생각보다 도로가 한산한 편이었다. 파리지사는 마들렌 역과 오페라 광장 사이 카푸신대로에 있다. 파리 지사장과 그의 비서가 현관에서 정 박사를 맞아 2층 접견실로 안내했다. 접견실 앞에는 피터 영의 수행비서가 기다리고 있었다. 건장한 체격이다. 정 박사는 핸드폰을 가방에 넣은 뒤 수행비서에게 주었다. 몸에는 아무것도 없다는 뜻으로 손을 흔들었다. 수행비서는 웃으면서 문을 열었다.

키 큰 중년의 영국 신사가 정 박사를 웃는 얼굴로 맞았다. 피터 영이다. 정 박사가 접견실로 들어가자 밖에서 문이 닫혔다.

"백신 효과에 의문을 제기하는 과학자가 늘고 있어요."

정 박사의 말에 피터 영이 피식 웃었다.

"안정적인 백신을 개발하려면 훨씬 더 긴 시간이 필요합니다. 몇 달 만에 개발한 백신에서 백 퍼센트 효과를 기대한다는 것은 무리죠. 그렇다고 지금 유통되고 있는 백신을 거부할 수도 없죠. 우리가 백신 시장을 선점한 것이 중요합니다."

"매출이 폭발적으로 늘었습니다. 글로벌 제약회사의 파워를 확인하고 있어요."

"정치적인 파워이기도 하죠."

"주가도 계속 오르고 있습니다. 투자를 받는 것도 훨씬 쉬워졌어요."

피터 영은 피오나 정이 왜 그 같은 말을 하는지 짐작했지만, 모른 체 했다. 그는 진지한 표정으로 물었다.

"이양 박사는 어디에 있습니까?"

"서울 근교 생활치료시설에 격리되어 있습니다."

"바이러스에 감염됐습니까?"

"네."

잠시 침묵이 흘렀다. 피터 영은 무언가를 골똘히 생각하더니 걱정이 된다는 듯 이마를 찡그리며 피오나 정에게 말했다.

"바이오쎌텍은 사람들 입에 오르내리면 안 됩니다."

"잘 알고 있습니다."

"엠튜브에 나온 그 사람, 누구입니까?"

정 박사는 대답하지 않았다. 또 침묵이 흘렀다.

"그 사람이 이양을 구했더군요."

정 박사를 보는 피터 영의 눈매가 매섭게 변했다. 정 박사는 피터 영과 대결을 벌이듯 지지 않고 눈싸움에 맞섰다. 정박사가 목소리를 내리깔며 말했다.

"상황은 늘 변하게 마련이죠."

정 박사의 대답은 피터 영에겐 도전적인 것이다. 피터 영은 이양 박사에 대해 더 이상 묻지 않았다. 정 박사는 자신의 통제권 안에 이양 박사가 있다는 것을 피터 영이 인정한다고 생각했다. 이제는 요구사항이 무엇이었는지 재확인시켜주어야 할 때다.

"바이오쎌텍 한국법인에 투자가 필요합니다."

피터 영의 머리는 복잡한 계산으로 가득 찼다. 정 박사가 계속했다.

"한국 제약회사들도 팜칭다오에 임상을 의뢰합니다. 한국 법인에 연구, 생산 시설을 확충하면 그 물량을 다 받을수 있습니다. 자금과 인력이 필요합니다."

"그 문제는 조금 더 생각해보자고 하지 않았나요?"

"한국은 의료 기반이 훌륭합니다. 공공의료 체계도 앞서있습니다. 바이오쎌텍 발전에 좋은 조건을 제공하고 있습니다."

"팜칭다오와 중복되지 않나요?"

"일본과 동남아, 미국, 심지어 중국 제약회사로부터도 의뢰가 들어올 겁니다. 팜칭다오만으로는 부족합니다. 백신 때문에 깨닫게 된 사실이지만, 앞으로 제약 수요는 우리가 예상하는 것보다 큰 폭으로 증가할 겁니다. 지금이 우리 사업을 확장할 기회입니다."

"긍정적으로 검토해보겠소."

"백신 수요가 늘고 있지만, 그뿐만이 아닙니다."

피터 영은 자신을 설득하려는 천재 의학자가 또 무슨 이야기를 하려고 하는지 은근히 겁이 났다.

"거의 모든 국가가 바이러스 퇴치에 열을 올리고 있습니다. 감염자 수를 경쟁적으로 줄이려고 하면서 방역체계의 우수성을 정치적인 선전 수단으로 삼고 있습니다. 마스크를 강요하고 발생 장소, 사업장, 일부 지역, 심지어는 도시 전체를 폐쇄하는 국가도 있습니다."

"나도 뉴스를 보고 있습니다."

"그렇게 되면 모든 생물의 진화과정에서 필요한 자연면역 기능이 약화된다는 것이죠. 인간은 공기 중의 무수한 바이러스를 체내에 받아들이고 이를 퇴치시키면서 면역력을 증진시켜 왔습니다. 하지만 외부와의 단절과 직장 폐쇄, 모든 인류의 마스크 사용은 자연면역의 기회를 빼앗고 있습니

묵찌빠

다. 특히 성장기의 아이들은 자연면역에 더 많이 노출되어야 하는데 반대로 가고 있습니다."

피터 영은 피오나 정이 무엇을 말하려고 하는지 알 것 같았다. 그녀는 계속했다.

"인류의 면역기능이 갈수록 약해지는 만큼 바이오쎌텍의 바이러스 방어 기능은 더욱 더 강하게 만들어야 합니다."

"공포는 인간을 약하게 만들지요."

피터 영은 미간을 찌푸리면서도 고개를 끄덕였다. 정 박사가 예상한 대로 피터 영은 자신의 제안을 거부하지 못했다. 정 박사는 피터 영에게 고맙다는 말을 계속 되풀이 했다. 자신의 요구가 받아들여진 것을 기정사실화한다는 인상을 주기 위해서였다. 대화는 30분 정도 더 계속됐지만, 같은 주제는 반복하지 않았다. 정 박사는 바이오쎌텍의 미래 청사진만을 거론했다.

정 박사는 접견실에서 나왔다. 정 박사는 수행비서로부터 백을 돌려받고 1층 현관으로 내려왔다. 파리 지사장이 부른 택시가 밖에서 기다리고 있었다. 정 박사는 만면에 웃음을 짓는 지사장과도 작별했다.

거리는 한산하다. 택시는 예약한 호텔로 달렸다. 맛있는 음식과 최고급 와인을 즐길 것이다. 정 박사의 머릿속에는 바이오쎌텍 한국 법인의 미래가 그려졌다. 그녀는 일이 뜻대로 잘 풀리고 있다고 생각했다.

'좋아. 매우 좋아! 잘했어!'

정 박사는 피터 영을 영국 유학 시절 만났다. 이후 서로의 소식을 주고받으면서 지금까지 교류하고 있다. 피터 영은 엔지니어 출신이다. 정 박사는 그를 통해서, 피터 영은 그녀를 통해서 최첨단 생명공학의 비전을 이해할 수 있게 되었다.

피터 영은 정 박사가 연구책임자로 일하던 칭다오지역 제약회사를 비롯해 여러 개의 제약회사를 인수합병하면서 바이오쎌텍의 몸집을 키웠다. 인수합병 때마다 빅테크 기업들의 투자를 받았다. 특히 브람스와 긴밀한 관계를 유지했다. 바이오쎌텍이 한국 법인을 설립하면서 정 박사는 자연스럽게 한국 법인 대표를 맡았다. 정 박사는 제품 유통만 하는 한국 법인을 더 키우고 싶었다. 그 기회를 얼마 전에 잡았다. 그 기회를 살릴 수도 없앨 수도 있는 열쇠가 이양 박사이다.

이양 박사는 정 박사가 칭다오에 있을 때 알게 된 연구원이다. 한국인 아버지와 중국인 어머니를 둔 이양 박사는 정 박사와 마찬가지로 제약업계가 알아주는 수재였다. 한국말로 소통하는 수재. 그들은 칭다오에서 친해질 수밖에 없었다.

가방 안에 넣어둔 핸드폰이 울렸다. 박 비서가 보낸 메시

묵찌빠

지가 도착했다. 한국은 새벽 다섯 시다. 박 비서는 정 박사의 일에 한 마디의 의견도 제시하지 않는 사람이다. 승용차를 애플전자 앞에 주차한 사람도, 야적장에서 회수한 사람도 박 비서이다. 이유는 묻지 않는다. 박 비서는 시키는 대로만 한다. 하지만 회사 관련 정보를 얻을 경우에는 정 박사에게 곧바로 전달한다. 박 비서는 프랑스 시간으로 밤 10시라는 것을 알고 있다. 정 박사는 불길한 예감이 들었다. 메시지를 열었다.

'대표님, 방금 엠튜브에 나온 기사입니다.'

정 박사는 기사를 클릭했다. 무슨 내용인지 바로 이해할 수 없었다. 기사를 읽다가 함께 게시된 동영상을 클릭했다. 배경은 전에 본 동영상에 나왔던 시장 같았다. 소방차가 보였다. 화재인가? 하지만 불길은 보이지 않았다. 많은 사람이 한 곳을 바라보고 있었다. 동영상 촬영자는 개념 없는 아마추어 같았다. 깨진 플라스틱 조각, 유리 조각 영상들을 무질서하고 편집되지 않은 날것의 형태로 보여주었다. 한 여성 경관이 동영상 속에 등장했다. 화면은 그 여성 경관의 뒤를 졸졸 따라다녔다. 여성 경관은 지붕 처마에 매달려 있는 작은 플라스틱 간판 조각 앞에 멈춰 섰다. 화면이 경관의 뒤쪽에서 앞쪽으로 이동했다. 거기서 여성 경관의 얼굴을 확대했다가 뒤로 빠지면서 얼굴과 플라스틱 간판 조각을 함께 담았다. 여성 경관이 간판을 보고 읽는 소리가 동영상 오디오를 통해 들렸다. 정 박사는 자기도 모르게 비명을 질렀다. 놀라서 뒤돌아보는 택시기사에게 다급한 목소리로 말했다.

"호텔 말고 드골 공항으로 가주세요."

정 박사는 핸드폰 화면으로 다시 시선을 고정했다. 여성 경관이 고개를 갸우뚱하면서 그 플라스틱 간판에 쓰인 글씨를 다시 소리 내 읽었다.

"바이오쎌텍 닷 컴(biocelltech.com)?"

7

감자, 싹, 잎

그는 김 순경의 일거수일투족을 노트북 모니터를 통해 지켜보고 있었다. 재킷 오른쪽 가슴에 이름표가 보였다. 카메라 렌즈를 확대했다. 여성 경관의 한글 이름 아래로 알파벳 대문자가 적혀 있었다.

KIM.

킴은 플라스틱 조각에서 눈을 떼지 않았다. 그는 킴의 행동에 흥미를 느꼈다.

핸드폰 카메라로 애플전자 주변을 촬영한 남자의 행위도 흡족했다. 남자는 엠튜브에 동영상을 올린 서만수일 것이다. 서만수 같은 부류는 항상 목적을 갖고 행동하는 사람이다.

애플전자 주인의 행동은 그의 예상을 벗어나지 않았다. 주인은 단 한 번 가게를 둘러보았을 뿐이다. 놀란 표정이 아니라 의문에 잠긴 표정이었다. 한국 돈 2천만 원이 자기 앞에 떨어진 이유가 무엇인지 혼란스러울 것이다.

그가 사용한 드론은 이데의 최첨단 제품이다. 180도로 회전하는 카메라 렌즈가 달려있다. 어떤 물체든 500그램까지는 아래쪽에 걸어 운반할 수 있다. 원형 모양에 두 개의 프로펠러가 달려있는데 엔진 소리가 들리지 않았다.

애플전자 주인은 밤 9시에 가게를 나섰다. 불을 끄고 밖으로 나와 문을 잠근 뒤 간판을 가게 앞 가운데로 밀어서 옮겼다. 그는 드론 카메라로 주인의 행동을 지켜보고 있었다.

돈 주머니는 드론 아래 고리에 걸려 있었다. 그는 주머니를 전자상점 주인의 머리 위에 떨어뜨리기 위해 시험 운전까지 했다. 실전에서는 머리를 맞추지 못하고 얼굴 앞으로 떨어뜨리고 말았다. 연습 때와 달리 드론의 갈고리가 미세하긴 하지만 늦게 작동했기 때문이다.

주인이 곧바로 머리를 들어 위를 보았을 수도 있었다. 다행스럽게도 전자상점 주인의 시선은 발밑으로 떨어진 주머니를 먼저 쫓았다. 주인이 머리를 들기 전에 그는 드론을 지붕 위로 숨길 수 있었다. 그는 아무런 이유 없이 돈다발을 받은 애플전자 주인이, 아무런 이유 없이 간판이 폭발했다고 떠들지는 않을 것이라 예상했다. 이상한 일이 계속 발생하면 생각이 많아져 어정쩡한 상태가 된다. 희비극이 연달아 오면 더욱 그렇다. 갑자기 횡재를 한, 이어서 약간의 불행이 온, 붕 뜬 느낌. 그는 그 점을 노렸다.

그는 애플전자 주인이 퇴근하고 한 시간 뒤 호텔에서 나왔다. 늦은 밤, 시장은 전처럼 적막했다. 바이오셀텍 홈페이지 주소를 붙인 플라스틱 조각은 그가 만들었다. 애플전자 전면은 지붕이 길게 나와 있는 구조이다. 그 처마 밑에는 처마를 받쳐주는, 길쭉한 철골 받침들이 일렬로 있었는데 윗부분이 들떠 있어서 작은 공간이 생겼다. 그는 플라스틱 조각 양쪽에 연결해 놓은 철사 끈을 그 공간을 이용해 걸었다.

그리고 상점 앞에 세워진 간판을 본래 있던 자리에서 5m 정도 반대 방향으로 옮겼다. 폭발할 때 주변의 피해를 최소화하기 위해서였다. 그런 뒤 입간판 하단에 사각형 모양의 작은 플라스틱 통을 붙였다. 통 안에는 화약과 기폭제를 넣었다. 작은 규모의 폭탄이다.

깊은 겨울밤, 폭발 소리는 크게 나겠지만, 불꽃은 전자상점에 옮겨 붙지 않을 거라고 계산했다. 그는 호텔로 돌아오면서 주차장 구석에 덮개를 씌운 오토바이를 점검했다. 좁은 길을 가는데 필요할 것으로 보여 빌린 것이다. 그리고 10층 방으로 올라갔다.

펑!

예상보다 폭발 소리가 크게 들렸다.

그는 곤충 모양의 드론을 날렸다. 장수풍뎅이보다 조금 큰 최첨단 소형 드론이다. 눈에 카메라 렌즈가 달려있다. 날갯짓을 하며 비행하지만 소음이 없다. 배터리 성능도 좋았다. 판매자는 50분까지 사용할 수 있다고 했다. 리모컨과의 거리도 500m까지 가능하다. 중동지역에서 서방의 정보기관이 사용하는 첩보 드론이다.

곤충 드론은 폭발 후 거리 상황을 카메라로 촬영해 전송했다. 어두워서 화질이 좋지 않았지만, 바이오쎌텍 홈페이지 주소를 적은 플라스틱 조각이 처마 밑에 대롱대롱 매달린 것을 확인할 수 있었다. 그는 드론을 처마 밑 다른 철골 받침 위에 앉혀놓고 현장 상황을 계속 모니터했다.

* * *

K는 문자 알람 소리에 깼다. 새벽 5시가 조금 넘었다.

'서만수가 엠튜브에 올린 기사를 봐. 현장에 가보는 게 좋 겠어.'

정 박사의 메시지는 간단했다. K는 침대에서 일어났다. 서만수가 올린 기사를 찾았다. K의 눈에는 여성 경관과 처 마에 매달린 조각이 제일 먼저 들어왔다.

'바이오쎌텍 닷컴?'

유리문이 깨진 전자상점 전면도 보였다. K는 정 박사에 게 문자를 보냈다.

'바이오쎌텍 홈페이지 주소는 뭐죠? 이양 박사와 관계가 있나요?'

'이양 박사는 바이오쎌텍 연구원이야.'

K는 정 박사의 문자를 보고 바이오쎌텍 홈페이지 주소를 전자상점 앞에 게시한 자가 누구인지, 짐작할 수 있었다. 홈 페이지 주소를 상점 앞에 달아놓은 이유는 누군가에게 보여 주려고 한 것이다.

K는 바이오쎌텍 홈페이지를 찾았다. 홍보영상에서 이양 박사의 모습을 발견하는 데는 많은 시간이 걸리지 않았다. 이양 박사를 처음 봤을 때도 느꼈지만, 그의 얼굴, 체구, 걷는 모습은 다른 사람과 구별됐다.

K는 상대가 흔들기를 시작했다고 직감했다. 신호를 보낸 것이다. K는 주목을 피하려면 이른 아침에 가보는 것이 낫다고 생각했다. 어떤 옷을 입을까 고민하다가 좋은 생각을 떠올렸다.

***

"만수야, 너 진짜 빠르다. 벌써 동영상 올렸대. 아침은 먹고 나왔냐?"

"아니, 니는 먹었나?"

"아침 챙겨 먹을 시간이 어디 있냐? 보고서 쓴다고 정신 없었는디. 조금만 기다려, 다 썼은께."

박동열 순경은 지구대장에게 보고서를 보냈다고 말했다. 지구대장은 자신의 자리에서 PC 문서를 열었다.

"대장님이 보시고 서에 넘겨주세요. 저는 밥 좀 먹고 오겠습니다."

"그래, 얼른 먹고 와라. 바로 퇴근하지 말고."

묵찌빠

"네. 김 순경, 밥 먹으러 가요."

PC에 얼굴을 파묻고 있던 김경령 순경이 자리에서 일어섰다. 그 모습을 본 서만수가 싱글거렸다. 세 사람은 지구대에서 나와 시장 입구에 있는 국밥집으로 향했다. 아침 공기가 매서웠다.

"김 순경! 사무실에서 뭘 그렇게 열심히 봤는교?"

서만수가 웃으면서 김 순경에게 물었다.

"서 기자님, 혹시 못 보셨어요?"

"뭘요?"

"바이오쎌텍."

"봤어예."

"찾아보셨나요?"

"뭘요?"

"바이오쎌텍."

"봤다니까요."

"바이오쎌텍 홈페이지에 들어가 보셨어요?"

"네?"

"바이오쎌텍 홈페이지 주소 보셨다면서요?"

"봤다니까 자꾸 그러네. 바이오쎌텍 닷 컴!"

"바이오쎌텍! 근데 안 들어가 보셨어요?"

"어딜요?"

"바이오쎌텍."

"아뇨."

"밥 먹으러 가요."

"네. 밥부터 묵고 얘기합시다, 바이오쎌텍, 헤헤…."

"바이오쎌텍!"

세 사람은 순두부 식당에 들어갔다. 보통 때라면 아침 손님이 많을 텐데 자리가 텅 비었다. 여주인이 반겼다. 시장에서 30년 넘게 식당을 하고 있는데 맛이 일품이어서 많은 사람이 찾았다.

"김 순경, 오랜만이네. 어서 와."

"안녕하세요, 사장님. 아침 일찍 나오셨네요."

"아침 손님이 없어서 일손을 잠시 쉬게 했어. 내가 직접 나올 수밖에. 이대로 가다간 새벽 장사는 포기해야겠어."

"힘내세요, 사장님. 바이러스는 곧 없어질 거예요."

"그러면 얼마나 좋겠어."

식당 주인은 주방으로 들어갔다. 서만수는 김 순경에게서 눈을 떼지 못했다.

"김 순경은 그래서 바이오쎌텍에 들어가 봤어예?"

"바이오쎌텍."

"네, 바이오쎌텍."

옆에 있던 박 순경이 웃었다. 서만수도 바보스럽게 웃

었다.

"네, 들어가 봤어요."

"뭐 좋은 거 있습디까?"

"모르겠어요. 다시 꼼꼼하게 봐야겠어요. 서 기자님도 들
어가 보세요. 박 순경도 보고요. 누군가 그 주소를 거기에
걸어 놓은 이유가 분명히 있을 거예요."

박 순경은 하품했다.

"퇴근하면 쉬어야지. 한잠도 못 잤는데. 김 순경도 좀 쉬
라고."

순두부국 세 그릇이 나왔다. 밤새 추위에 떨었다. 국밥 먹
는 데만 정신이 팔려 세 사람은 아무런 말도 하지 않았다.
서만수는 뭔가 생각난 게 있다는 표정으로 집에 가겠다며
먼저 일어섰다.

"만수 저눔시키, 집에 갈 거면 도대체 식당엔 왜 따라온
거여?"

박 순경은 툴툴거리면서 서만수 것도 함께 계산했다. 김
순경은 자기가 먹은 것은 자기가 내겠다고 했다. 박 순경은
지구대로 돌아갔다. 김 순경은 애플전자 쪽으로 발걸음을
옮겼다.

***

그는 창문을 조금 열고 애플전자를 내려다보았다. 킴이 나타났다. 그는 리모컨으로 곤충 드론의 전원을 켰다. 노트북 화면에서 킴을 쫓았다. 킴은 드론 밑을 지나쳐 전자상점 안으로 들어갔다. 그는 드론을 날려 킴이 무엇을 하는지 추적하려다가 다른 사람이 애플전자 쪽으로 다가오는 것을 보고 멈췄다. 그는 다가오는 피사체에 곤충 드론 렌즈의 초점을 맞췄다. 피사체의 걷는 모습을 노트북 화면에서 확대했다. 발뒤꿈치를 든 가벼운 걸음걸이다.

"아!"

그는 자신도 모르게 신음 소리를 냈다. 모든 감각이 깨어나고 있었다. 머리털이 섰다. 피는 빠르게 온몸을 돌며 가능한 많은 양의 산소를 뇌로 전달했다. 피사체는 천천히, 주저하는 모습으로 애플전자로 접근했다. 그리고 처마에 매달린 플라스틱 조각을 유심히 살펴보았다. 그는 피사체의 모습을 최대한 확대했다. 검고 긴 머리에 검은색 선글라스, 검은색 마스크를 끼고 있었다.

피사체가 가벼운 뒷걸음으로 화면에서 조금 멀어졌다. 피사체는 그 위치에서 상점 안을 들여다보았다. 그는 곤충 드론의 렌즈를 정상 비율로 환원했다. 노트북 화면에 피사체가 머리부터 발끝까지 풀 샷으로 잡혔다. 짧은 원피스 위에 모피 재킷을 걸쳤다. 그 아래로 검은색 스타킹이 단단해 보이는 다리를 감싸고 있었다. 그리고 도저히 잊을 수 없는 신발이 그의 기억에서 떠올랐다.

검은색 가죽 전투화.

그는 그녀의 모습이 주변 상황과 어울리지 않는다고 생각했다. 너무 눈에 띄는 옷차림이다. 그는 그날 자신을 때려눕혔던 검은 물체가 여성인 줄은 꿈에도 생각하지 못했다. 지금은 모든 것을 이해할 수 있었다. 그는 튕겨나가는 스프링처럼 방에서 나왔다.

* * *

김경령 순경은 그녀가 마치 인조인간 같다고 생각했다. 표정이 없다. 애플전자 주인과 관계가 있는 사람일까? 선글라스를 낀 그녀는 바이오쎌틱 홈페이지 주소가 적힌 플라스틱 조각을 유심히 들여다본 뒤 몇 걸음 물러서서 가게 안쪽을 보고 있었다. 김 순경은 그녀에게 다가갔다.

"실례지만 이곳 사장님 찾아오셨어요?"

그녀의 눈은 선글라스 안에서 김 순경을 내려다보았다.

"사장님은 안 계시는데요. 폭발 때는 퇴근하신 뒤라 해를 입지는 않으셨어요."

"친구가 맡긴 물건이 있다고 해서 왔어요."

"그러시군요. 어떤 물건이죠?"

"말해도 몰라요."

그녀는 쌀쌀맞게 대답했다. 김 순경은 그녀가 건방지다고 생각했다.

"안으로 들어가서 물건을 찾아보시죠. 혹시 폭발 때 충격으로 문제가 생겼을 수도 있으니까요. 사고가 발생한 장소니까 저희가 관리하는 거예요."

그녀는 말이 없었지만, 그녀의 시선은 선글라스 안에서 가게 안쪽을 향해 움직이고 있었다. 그녀는 가게 안으로 천천히 들어갔다. 김 순경은 따라갔다. 뒷모습이 강해 보이는 그녀. 김 순경은 괜히 주눅 들었다.

"가게는 유리문만 깨졌어요. 안에 있는 물건은 영향 받지 않은 거 같은데, 그래도 잘 살펴보세요. 중요한 물건인 모양이죠?"

김 순경은 계속 말을 걸었지만, 그녀는 무시했다. 그녀는 잠시 상점 안을 살펴본 뒤 돌아섰다.

"찾으시는 게 없나요?"

그녀는 대답이 없었다. 김 순경은 자신을 무시하는 그녀의 태도에 기분이 상했다. 그녀의 시선은 김 순경의 허리 쪽

묵찌빠

을 향했다. 김 순경도 자신의 허리를 보았다. 전기총이 보였다. 폭발 소리가 났을 때, 지구대장이 준비하라고 해서 차고 나왔는데 지구대에 반납하는 것을 까맣게 잊고 있었다. 그녀가 피식 웃었다. 그러고는 김 순경을 어깨로 밀치며 가게 밖으로 나갔다. 김 순경은 거의 넘어질 뻔했다.

"아니 왜 사람을 밀치고 그래? 묻는 말에는 대답도 안하면서!"

김 순경이 목청을 높이자, 그녀가 걸음을 멈추고 김 순경 쪽으로 몸을 돌렸다. 김 순경은 움찔했다. 자기도 모르게 전기총 위로 손이 또 올라갔다. 그녀는 김 순경에게 다가왔다. 그리고 몸을 굽혀 김 순경 얼굴에 자신의 얼굴을 들이댔다. 선글라스 안의 눈매가 매서웠다. 그녀는 김 순경을 노려보더니 다시 몸을 돌려 상점 밖으로 나갔다. 김 순경도 그녀를 쫓아 밖으로 나갔다.

'뭐 저런 게 다 있어.'

김 순경은 한마디 하려고 했지만 겁이 나서 목소리가 나오지 않았다. 그녀가 시장 골목 안으로 걸어갔다.

그때였다.

푸른색 헬멧을 쓰고 선글라스와 검은색 마스크, 검은색 재킷을 입은 건장한 남자가 오토바이를 타고 미끄러지듯이 다가왔다. 그는 방금 시장 골목 안으로 들어간 여성의 뒷모습에서 시선을 떼지 않았다.

아침 시장은 조용하다. 김 순경과 그녀, 그리고 그녀에게 시선을 고정한 오토바이 남자. 그렇게 세 사람뿐이다. 김 순경은 오토바이 남자를 주시했다. 어디서 나타났는지 검은 고양이 한 마리가 그의 왼쪽 무릎 위로 올라갔다. 그는 처음엔 놀랐지만, 그 고양이를 알고 있는 것처럼 반기면서 왼손으로 부드럽게 쓰다듬었다. 그 모습을 본 김 순경의 뇌리로 하나의 이미지가 스쳐갔다.

"닐라?"

김 순경은 검은 고양이가 자연스럽게 남자의 무릎에 올라간 것을 보고 그 남자가 이 동네에 처음 온 것이 아님을 직감했다.

그는 고양이 머리를 몇 차례 쓰다듬은 뒤 바닥에 내려놓았다. 그리고 오른손으로 무엇인가를 조작했다. 어디서 날아왔는지 조그만 물체가 김 순경의 어깨 위를 지나 그의 주위를 한 바퀴 돌더니 시장 골목 안쪽으로 날아 들어갔다. 그는 그 물체를 따라 오토바이를 천천히 몰았다.

김 순경은 오토바이를 탄 남자가 애플전자에서 방금 나간 이상한 여자를 추격하는 것이 분명하다고 생각했다. 김 순경은 오토바이 남자를 빠른 걸음으로 쫓아가면서 핸드폰을 꺼냈다.

"동열 씨, 뭐해요?"

"왜요?"

"순찰차 몰고 큰길로 나와요."

"순찰차? 왜 그러는디?"

"나오라면 나와요. 오토바이를 쫓아가야겠어요."

"오토바이? 무슨 오토바이?"

"가면서 설명할 테니까 빨리 나와요?"

"대장님한테는 뭐라고 하고요?"

"빨리 나오라니까!"

오토바이는 사람이 걷는 속도로 가고 있었다. 앞에서 걸어가던 그 여자는 시장 골목에서 큰길로 나가 오른쪽으로 사라졌다. 시야에서 사라졌는데도 오토바이 남자는 서두르지 않았다.

***

그는 모니터를 보면서 곤충 드론을 100미터 거리에서 따라갔다. 드론은 그녀의 승용차를 10미터 뒤에서, 지상 10미터 높이로 쫓아가고 있었다. 서울은 대부분 비행 금지 구역이다. 허가받지 않고 드론을 띄우면 경찰이 검문할 것이다. 곤충 드론은 눈에 띄지 않는다.

그녀가 승용차의 속도를 높였다. 앞차를 추월할 때는 민첩했다. 그녀는 한강 다리를 넘어 남쪽으로 승용차를 달렸다. L타워를 지났다. 조금 뒤 아파트 단지를 지나 산으로 향했다. 숲으로 들어가는 것일까? 그는 드론과 거리를 좁혔다. 그녀의 승용차가 어린이 놀이터와 공터를 지나 산길에 접어들고 있었다.

그는 곤충 드론이 나무와 충돌하지 않도록 공중으로 높이 올렸다.

30미터, 50미터, 80미터.

모니터 화면에 보이는 피사체들이 점점 더 작게 보였고, 숲은 더 넓게 보였다. 숲속에 구멍이 뚫린 듯 작은 공간이 보였다. 그곳에 집 한 채가 있다. 주변에 다른 인공물은 보이지 않았다. 그녀의 승용차가 숲속의 그 집 앞에서 멈췄다.

그는 그녀를 잡았다고 확신했다. 밤에 다시 돌아오기로 했다. 그는 드론을 수거한 뒤 오토바이를 돌렸다.

* * *

"저 오토바이 세워요."

"왜요?"

"검문해야겠어요."

묵찌빠

"검문? 그런 거 해본 적 없는디."

"그래도 해요."

"그런 거 할 수 있어요, 우리가?"

"우리가 못하면 누가 해요? 경찰관 직무집행법에 있잖아요."

"거기 뭐라고 돼 있는디?"

"수상하면 검문할 수 있다고 되어 있어요."

"저 오토바이 남자가 뭐가 수상한디?"

"무슨 남자가 용기가 없어요?"

"용기? 용기랑 뭔 상관이드라고. 뭔가 수상한 게 있어야 말이제."

"왜 수상하지 않아요? 어떤 이상한 여자를 쫓아갔단 말이에요."

"그 이상한 여자가 어디 있는디?"

"에잇 씨팔 진짜! 됐어, 20세기!"

김경령 순경은 순찰차에서 내렸다. 박동열 순경도 운전대를 놓고 따라 내렸다. 박 순경은 내키지 않았지만 순찰차 쪽으로 다가오는 오토바이 남자를 향해 손을 들었다. 남자는 오토바이 속도를 줄였다. 박 순경이 몸을 빳빳하게 세우고 오토바이 남자에게 경례했다.

"실례합니다. 잠시 검문 있겠습니다."

오토바이 남자는 두 사람을 번갈아 보았다. 그리고 김 순경 가슴에 달린 이름표에 눈길을 맞췄다. 김 순경이 그에게 말했다.

"실례합니다. 신분증 보여주시겠어요?"

오토바이 남자는 김 순경을 물끄러미 쳐다볼 뿐 아무런 반응을 보이지 않았다. 김 순경이 다시 말했다.

"기분 나쁠 수도 있겠지만, 신고가 들어와서 그러는 겁니다. 그냥 절차니까 이해해 주세요. 누가 이곳을 지나갔는지, 기록만 하면 되거든요. 신분증만 얼른 보여주시고 가시면 돼요."

그래도 오토바이 남자는 아무런 반응이 없었다. 김 순경은 살짝 짜증이 났다. 좀 더 강한 어투로 얘기해야겠다고 생각했다. 하지만 김 순경이 입을 열기 전에 그는 헬멧을 벗고 선글라스와 마스크도 벗었다.

"어머!"

"어!"

김 순경과 박 순경은 순간 당황했다. 그는 웃고 있었다. 짙은 갈색 머리의 백인이었다. 그는 김 순경을 보면서 말했다.

"메이 아이 헬프 유?"

"아, 저, 도움은 필요 없고, 음, 플리즈 패스포드…."

"오케이, 오케이. 댓스 오케이. 바이 바이."

김 순경이 우물쭈물할 때 박 순경이 손을 흔들며 가라고

묵찌빠

했다. 오토바이 남자는 김 순경에게 윙크하고 마스크와 선글라스를 낀 뒤 헬멧을 썼다. 그리고 천천히 오토바이를 몰면서 그들을 지나갔다.

"그냥 보내면 어떻게 해요?"

"뭘 어떻게 혀? 궁금하면 쫓아가서 검문하던가?"

"사람 놀려요? 씨팔 진짜!"

김 순경이 또 욕을 뱉자 박 순경은 입을 다물었다. 김 순경은 조수석에 앉아 문을 쾅 닫았다. 박 순경은 살살 운전석 문을 닫고 시동을 걸었다.

"잠깐만요."

"또 뭔디?"

"앞으로 가요. 계속 가 봐요."

"앞으로 왜 가요, 숲인디?"

"저 이상한 남자가 쫓아간 이상한 여자가 있을 거예요."

"이상한 여자? 그 여자 뭐가 이상한디?"

"아주 건방지고 거만해요."

"뭐여?"

"어서 가리니까요. 고, 고!"

"고는 무슨 고."

"빨리 안 가?"

박 순경은 투덜거리면서 차를 숲속으로 천천히 몰았다.

밤새워 일하고 퇴근 시간이 훨씬 지났는데도 김 순경한테 잡힌 게 억울했다. 게다가 김 순경은 박 순경의 속을 뒤집어 놓았다.

"오토바이 탄 그 남자, 영화배우 같지 않아요? 얼굴도 그렇지만 체형이 누구와 달리 어른 같네요."

묵찌빠

8

첫 대결

보이지 않는 위험이 다가오고 있다. 대비하려면 이번 사건의 내막을 알아야 한다. 정 박사는 K에게 숨기는 것이 있다.

K는 종일 인터넷에 묻혀 살았다. 바이오쎌텍을 자세히 알고 싶었다. 하지만 킬러가 왜 바이오쎌텍 주소를 드러내 보여주었는지 알 수 없었다. 이양 박사와 어떤 연관성이 있는지도 짐작조차 할 수 없었다.

K는 은신처 옥상으로 올라갔다. 겨울 숲속의 하루는 일찍 저문다. 벌써 어두워졌다. K는 팔을 벌렸다. 깨끗한 공기를 마셨다. 몸을 오른쪽으로 비틀어 뒤를 보았다. 다시 왼쪽으로 비틀어 뒤를 보았다.

그 순간.

옥상 계단을 올라오는 존재의 반짝반짝 빛나는 눈동자와 마주쳤다. K는 본능적으로 몸을 돌렸다. 그 눈동자를 향해 몸을 날리면서 다리를 송곳처럼 뻗었다.

김경령 순경은 자신의 얼굴을 향해 날아오는 운동화 밑바닥을 보았다. 피할 수 없었다.

"억!"

눈에서 불이 번쩍했다. 그러면서도 상대가 순간적으로 멈칫한 것을 느낄 수 있었다. 뒤로 넘어가는 자신을 상대가 빠르게 잡아준 것도 감지했다. 방금 자신이 당하는 장면을 본 적이 있다고 생각했다. 자신에게 날아온 이단옆차기는

묵찌빠

그날 밤 애플전자 앞에서 다른 남자에게도 가해졌던 그 일 격의 모양새이다. 바닥에 쓰러진 김 순경의 상체를 안으면 서 K가 말했다.

"아침에 본 그 아가씨?"

"아가씨가 아니고 경찰관이다."

김 순경은 K의 손길을 뿌리치고 몸을 일으켜 앉으며 말했 다. 얼굴 전체가 후끈거렸다.

"어떻게 올라온 거야?"

"반말하지 마요. 나이 차이가 많아 보이지만."

"여기까지 왜 올라온 거지?"

"당신을 쫓아온 남자를 쫓아온 거예요."

K는 김 순경의 말을 이해할 수 없었다.

"아침부터 오토바이 탄 남자가 당신을 쫓아다녔어요. 갈 색 머리 백인. 그 사람은 사라졌다가 조금 전 나타났어요. 내가 숲속에서 망을 보고 있었거든요. 그가 방금 이 집으로 들어왔단 말이에요. 그 자를 쫓아 여기까지 올라온 거예요."

K는 충격을 받은 듯했다. 일어섰다. 계단 쪽을 보았다. 두 주먹을 쥐었다. 계단을 조심스럽게 밟는 소리가 들렸다. 소리가 멈췄다. 그는 빨랐다. 건장한 남자의 몸체가 계단을 튀어 오르며 옥상으로 날아올랐다.

김 순경은 본능적으로 그를 향해 전기총을 뽑았다. K는 이단옆차기를 날렸다. 그는 왼발로 김 순경의 전기총을 걸어차면서 K의 옆차기를 X자 팔뚝으로 막았다.

K는 강철과 같은 그의 팔뚝에 튕겨 뒤로 넘어졌다. 남자가 K의 몸을 짓밟기 위해서 점프했다. K는 그의 두 발을 피하면서 일어나 옆에 세워놓은 곤봉을 잡고 남자의 정수리를 겨냥해 곤봉을 날렸다. 하지만 그는 몸을 옆으로 가볍게 피하면서 오른쪽 주먹을 앞으로 쏠리는 K의 정면을 향해 날렸다. K는 몸을 뒤로 젖히면서 그의 팔 밑을 통과한 뒤 몸을 돌려 그를 향해 자세를 잡았다.

순간 정적이 흘렀다.

두 주먹을 쥔 그의 모습은 K를 압도했다. 공격할 곳이 없었다. K는 장대높이뛰기를 하듯이 곤봉을 바닥에 짚고 옥상 옆 지붕 위로 뛰어올라 몸을 돌리면서 자신을 따라 지붕으로 올라오는 그를 향해 45도 각도로 곤봉을 내리쳤다. 그는 곤봉을 왼쪽 팔뚝으로 막으면서 오른손으로 곤봉을 잡아 빼앗았다. 물러서는 K를 향해 수평으로 휘둘렀다. K는 몸을 숙여 곤봉을 피했지만 마치 야구방망이처럼 돌아가는 곤봉의 속도와 각도에 전율했다. 겁이 났다. 그는 K를 보며 씩 웃었다. 그와 K, 서로의 능력을 알게 된 것이다.

그는 팔을 벌려 곤봉을 두 손으로 잡고 무릎에 내리쳐 두 조각을 냈다. 그리고 K에게 흔들어 보여준 뒤 건물 밖 아래

묵찌빠

로 던져버렸다. K는 그가 곤봉을 버렸어도 맨손 대결은 무의미하다고 생각했다. K는 그에게 옆차기를 시도하면서 뒤로 피하는 그를 지나쳐 건물 아래로 몸을 날렸다. 그리고 숲으로 뛰었다. 단거리 육상 선수처럼 최대한 속도를 냈다. 뒤를 돌아보았다. 그가 2층에서 뛰어내리는 것이 보였다.

K는 속도를 조금 줄였다. 추격자와 간격을 10미터 정도로 유지했다. 거리가 너무 벌어지면 쫓아오지 않을 수도 있다. 그는 몸이 육중하다. 1킬로미터만 달려도 지칠 것이다. 숲속 길도 전혀 알지 못한다. 모르는 산길은 더 힘들다. 그의 순간 속도가 빨라도 산길에서는 자신을 잡을 수 없다고 K는 판단했다. K는 그를 숲속 깊은 곳으로 끌어들여 길을 잃게 만든 뒤 집으로 돌아와 중요한 짐을 챙겨 몸을 피하기로 했다.

K는 등산객이 이용하는 산책로로 그를 유인했다. 가로등이 50미터 간격마다 설치되어 있다. 경사도는 완만하다. 예상대로 그의 달리기 속도는 빠르지 않았다. 그래도 K는 거리를 유지했다. 가로등 열 개를 지났다. 그의 숨소리가 K의 귀에 닿았다. 지나치는 가로등이 한 개씩 더 늘어날 때마다 그의 숨소리는 더 거칠어졌다. K는 뒤를 돌아보았다. 그와의 거리가 점점 더 멀어졌다.

K는 속도를 늦췄다. 가로등 스무 개를 지났다. 1킬로미터를 달린 것이다. K는 등산객 산책로에서 벗어나 오른쪽으로 방향을 바꿨다. 가파른 계단길이다. 아침 운동 때 자주 뛰어오르던 길이다. 이 길에도 가로등이 설치되어 있다. 500미터 정도 올라가면 계단이 없어지고 산길이 나온다. 거기서 500미터 더 올라가면 암자다. 그도 계단을 뛰어오르기 시작했다. K는 그를 유인하기 위해서 뛰다가 걷다가를 반복했다. 온몸이 땀으로 범벅이 됐다. 한겨울 추위는 느낄 수 없었다.

그가 걷기 시작했다. K도 그와 속도를 맞췄다. 걷던 그가 멈췄다. K를 잡을 수 없다고 판단한 것일까? 그러면 계획이 틀어진다. K는 주변을 보았다. 굵은 나뭇가지가 몇 개 떨어져 있었다. 그 가운데 가장 큰 것을 집어 들었다. 그가 경계하며 방어 자세를 취했다. 전력을 다해 내려치면 그가 막아내거나 피할 때 후퇴할 수 없다. K는 굵은 나뭇가지 하나를 도끼를 던지듯 회전시키며 그에게 던졌다. 그는 한 손으로 잡았다. 순간, K는 다음 동작이 떠오르지 않았다. 그는 방금 잡은 나뭇가지를 버리고 큰 호흡을 하며 숨을 안정시켰다.

K는 그에게 영어로 말을 걸었다.

"총은 세관에 두고 왔나?"

그는 반응이 없었다. 먹이를 코앞에 둔 사자처럼 느긋했다.

묵찌빠

"나는 바이오쎌텍과 관계없어."

K는 순간 자신이 실수했다고 생각했다. 바이오쎌텍을 말하는 게 아니었다. 그가 K를 무표정하게 올려다보았다. 가로등 조명 아래 서 있는 그의 모습은 강인한 전투 로봇 같았다. 심호흡을 멈춘 그가 K를 아래위로 훑어봤다. 무슨 의미일까? 말을 하려는 것일까? 아니면 그만 포기하고 돌아서려는 것일까? K는 그의 행동 양식을 모른다. 그가 무릎을 약간 굽혔다. K는 그때야 그가 무엇을 하려는지 알아차렸다. 그는 한 번에 세 계단씩, 단숨에 뛰어올라 K를 덮쳤다. K는 순간적으로 계단을 오르기 위해 돌아섰지만, 왼쪽 어깨에 강한 충격을 느꼈다. K는 앞으로 넘어지는 몸을 두 손으로 지탱하고 일어나 계단 위로 뛰어올랐다. 그의 숨소리가 목 뒤에서 느껴졌다. 공포심은 K에게 힘을 주었다. K는 있는 힘을 다해서 뛰고 또 달렸다.

계단이 끝났다. 여기서부터 암자까지는 500미터, 산길이다. 헉헉거리는 소리가 멀어졌다. K는 속도를 줄이며 뒤를 돌아보았다. 그가 30미터 정도 뒤에서 따라오는 것이 보였다. 비로소 어깨 통증을 느꼈다. 왼쪽 팔을 가슴에 붙였다. 어깨뼈가 골절된 것 같았다. K는 자신의 판단이 잘못됐음을 깨달았다.

그는 포기하지 않을 것이다.

암자가 보였다. K는 그와의 거리를 더 벌렸다. 물 마실 시간을 벌기 위해서다. 암자에 도착했다. 불이 꺼져 있었다. 마지막 가로등이 밝은 달과 함께 암자를 비췄다. K는 암자 옆 약수터로 가서 약수 한 사발을 마셨다. 약수터 위쪽 산길로 30미터 정도 더 올라갔다. 거기서 그가 올라오기를 기다렸다.

그의 모습이 나타났다. 그도 약수를 마셨다. 얼굴과 머리에도 뿌렸다. 거친 숨을 몰아쉬며 K를 노려보았다. K는 산등성이 두 개를 넘어 2킬로미터 정도 더 유인하기로 했다. 정상에 올라갈 수는 없다. 방공 포병 부대가 주둔하고 있기 때문이다. K는 그를 정상 너머 반대쪽으로 유인한 뒤, 오른쪽으로 정상을 돌아 산 아래로 내려가기로 했다.

산길이 좁아졌다. 칠흑처럼 어두워졌다. 달빛마저 없다면 아무것도 보이지 않는 완벽한 어둠이 길을 가로막았을 것이다. 간혹 산 아래 가로등, 산 정상의 방공 포병 부대 불빛이 숲속을 밝혔다.

K는 자신만 아는 길로 그를 끌어들였다. K는 정상을 오른편에 두고 크게 원을 그렸다. 그의 거친 숨소리가 가깝게 들려왔다. K는 발걸음 소리와 숨소리를 죽였다. 그는 처음 와보는 깊은 산속의 등산로다. 산 정상의 방공 포병 부대를 좌표 삼아 내려갈 수는 있겠지만, 두 시간 이상은 걸릴 것이

묵찌빠

다. 반면, K는 그와 달리 한 시간 안에 집으로 돌아갈 수 있다. 그 전에 뭔가를 해보고 싶었다. 승산이 매우 높다고 생각했다. 산세가 험한 곳이 있다. 매복하고 있다가 그를 아래로 밀어버리는 것이다. 적당한 곳에 이르렀다. K는 수풀 뒤에 몸을 숨겼다. 숨소리를 죽였다. 그리고 기다렸다.

그의 인기척이 느껴졌다. 그의 숨소리는 규칙적이다. 어둠 속에서도 길을 잘 찾았다. 경험이 있는 것일까. 그의 발소리가 가깝게 들려왔다. 바로 앞까지 왔다. K는 수풀 안쪽에 있고, 그는 그 반대편 등산로를 걷고 있다. K는 슬그머니 다가가 오른쪽 어깨로 있는 힘을 다해 그를 밀었다. 그의 측면을 정확하게 조준했다. 그는 몸을 주춤했지만 한 걸음도 밀리지 않았다. K는 당황했다. 몸을 돌려 산비탈 위쪽으로 몸을 날리며 달아나려고 했지만 그에게 발목을 잡히면서 바닥에 떨어졌다. 손의 압력이 대단했다. 발목에 족쇄가 채워진 느낌이었다. 그가 K의 발목을 당겼다. 죽음의 공포가 느껴졌다. K의 손에 무엇인가 미끄러운 것이 닿았다. K는 그것을 집어 그의 얼굴 쪽을 향해 던졌다. 그가 당황하며 외마디 비명을 질렀다. 족쇄가 풀어졌다. K는 그의 두 무릎을 오른쪽 어깨로 몸을 던지듯이 밀어버렸다.

"억!"

그가 경사면 아래로 굴렀다. 나무에 몇 번 부딪히는 소리가 났다. K는 살았다는 안도감에 숨을 길게 내쉬었다. 왼쪽 어깨의 통증이 다시 살아났다. K는 뛰어서 암자까지 내려왔다. 거기서부터는 전속력으로 달렸다. 온몸이 땀으로 젖었다. 태어나서 처음으로 느낀 죽음의 공포였다.

* * *

김경령 순경의 몰골이 말이 아니었다. 한 손으로는 아이스 팩을 얼굴에 대고 한 손으로는 전기총을 K에게 겨누었다. 왼쪽 눈은 거의 감겨 있었다. 잔뜩 겁먹은 표정이다. K는 김 순경을 안심시켰다.

"병원부터 가야 할 것 같은데."

"김 순경이라고 불러요. 당신도 좋아 보이지 않아요."

"장난감부터 치워."

"여기는 무슨 일로 왔어요?"

"내 집이야. 김 순경이 내 집에 침입한 거야."

"조사하는 거예요."

"그래서 내 노트북도 보고 책상도 뒤졌나? 영장이라도 갖고 온 거야?"

"그 남자뿐만 아니라 당신도 궁금해졌어요."

"궁금하다고 마음대로 뒤지는 거야? 장난감부터 치우라

니까."

"얌전히 있을 거죠?"

K는 웃음이 나왔다. 김 순경은 전기총을 넣었다.

"당신은 누구죠? 그날 애플전자 앞에서 그 남자를 때려눕힌 사람 맞죠? 당신을 쫓아온 외국인은 당신에게 얻어터진 그 남자고요. 당신이 납치한 남자는 지금 어디 있어요? 어떻게 했어요. 죽인 거 아니죠?"

"납치한 게 아니고 구한 거야. 안전한 곳에 잘 있어."

K는 침실에서 여러 벌의 옷을 가지고 나와 거실 한 편에 있는 큰 배낭에 넣었다. 노트북도 접어 넣었다. 지갑과 돈도 챙겼다. 다친 몸에도 움직임은 민첩했다.

"어깨를 다쳤죠?"

"조금."

"그 외국인은 어디 있죠?"

"곧 올 거야."

"그를 피해서 가나요?"

"김 순경도 피해. 무슨 일을 당할지 모르니까?"

"나는 경찰이에요."

"그가 누군지 모르면 의미 없어."

"그는 누구죠?"

"몰라."

"당신부터 조사해야 할 것 같아요."

"내가 무슨 잘못을 했나? 누가 나를 신고했어?"

"궁금한 점이 많아서 그래요."

K는 배낭을 오른쪽 어깨에 멨다. 움직일 수 없는 왼쪽 팔의 통증에 얼굴이 일그러졌다. 김 순경은 그런 K를 바라만 보고 있었다. 김 순경은 이럴 때 어떻게 해야 하는지 알 수가 없었다.

"김 순경, 나도 궁금한 것이 많아. 그렇다고 경찰에 신고해서 그가 누군지 알아봐달라고 할 수는 없어. 경찰은 못 찾거나 안 찾을 거야. 지금은 피해를 보았다고 신고한 사람이 아무도 없거든. 무슨 말인지 알겠어?"

김 순경은 K가 처음엔 로봇 같았으나 지금은 뭔가 통할 수 있는 상대 같기도 했다.

"지금은 뭐가 뭔지 모른다는 얘기야. 김 순경이나 나나."

K는 돌아서서 집을 나가려다가 문득 생각난 듯 김 순경을 돌아보며 말했다.

"핸드폰 전화번호 알려줘."

김 순경은 고개를 끄덕였다. 번호를 찍어 주려고 손을 내밀었다.

"아니, 불러 봐."

김 순경은 번호를 불렀다.

묵찌빠

"이름이 뭐예요?"

"알아서 뭐하게?"

"뭐라고 불러요?"

"K."

"K?"

"그래."

"김 씨예요? 나도 K인데."

그때, 현관문이 부서질 정도로 큰 소리가 났다. K는 민첩한 동작으로 배낭을 바닥에 내려놓고 몸을 굽혔다. 김 순경은 전기총을 뽑아 들고 현관 쪽을 겨냥했다. 김 순경은 몸을 떨었다.

"어떻게 해요?"

"그는 아닐 거야. 벌써 내려왔을 리 없어."

두 사람은 긴장하면서 현관문을 주시했다. 밖에서 목소리가 들렸다.

"김 순경! 안에 있어요?"

"김갱랭 순경, 안에 있으면 문 좀 열어 보이소!"

김 순경은 안도의 숨을 내쉬었다. 김 순경은 현관 쪽을 보고 소리쳤다.

"잠시만 기다려요."

김 순경은 K를 안심시키며 말했다.

"지구대 동료하고 인터넷 신문 기자예요. 문 열어줄게요."

K는 김 순경을 가로막았다.

"인터넷 신문 기자? 서만수?"

"네."

"잠깐만, 내가 나간 다음에 열어."

"네?"

"내가 한 이야기 잘 새겨. 지금은 아무것도 몰라. 김 순경도 동료들에게 설명할 수 없을 거야. 일이 번거로워지면 진실을 아는 게 어려워질 거야."

K는 다시 배낭을 오른쪽 어깨에 메고 옥상으로 통하는 계단에 올라섰다.

"아, 잠시만요."

김 순경이 K를 보고 소리쳤다. K가 돌아섰다.

"당신을 체포해야겠어요."

"뭐?"

"그때 그 남자, 당신이 차에 태우고 납치했잖아요. 그 사람 어디 있어요?"

"장난 해? 납치가 아니라 구출한 거라고 했잖아."

K는 계단을 올라갔다. K의 뒷모습을 보면서 김 순경은 현관문을 열었다.

"아니, 이게 뭐여? 어떻게 된 거여? 누가 이런 거여?"

묵찌빠

"김 순경, 와 그라요? 우짜노."

"무슨 일이 있으면 연락을 해야지."

"안 되겠다, 동열아. 빨리 시동 걸어봐라. 김 순경, 나한테 업히소. 병원부터 가야겠어."

두 사람은 사색이 됐다. 김 순경이 오히려 그들을 진정시켰다.

"괜찮아요."

"괜찮기는. 빨리 경찰부터 불러야겠어. 만수야, 112 신고부터 해봐라."

"야 이 자슥아, 니가 경찰 아이가. 112 신고하면 가장 가까운 곳에 있는 경찰부터 수배할 거 아이가? 또라이 쉐까, 정신 좀 차리라."

"그러면 서초경찰서에 신고하면 되잖아, 촌눔시꺄!"

"진정들 해요. 범인은 벌써 도망갔어요."

"범인? 누가 그랬는디?"

"아까 아침에 본 그 외국인이에요."

"그놈이? 왜?"

"그 외국인이 저도 죽이고, 이 집 주인 여자도 죽이려고 했어요. 여자는 도주했고, 외국인은 그 여자를 쫓아갔어요."

"뭐시여?"

"뭐라꼬? 와 쫓아가는데?"

"몰라요. 저는 그 여자를 보호하려다가 맞은 거예요."

"보호? 보호받아야 할 사람이 누굴 보호한다고 그라는교? 아니, 안 되겠어. 김갱랭 순경 얼굴 사진 한 장 찍고 수배 때리자."

"안 돼요!"

"야 이눔시까! 뭔 개소리 하고 자빠졌어."

김 순경과 박 순경은 서만수를 말렸다.

"일단 병원부터 가요. 범인을 봤으니까 인상착의를 Y시 경찰서에 보고할게요. 수배를 요청해야겠어요."

"그러는 게 좋겠어. 이 집 여자 주인은 어떻게 된 거여?"

"모르겠어요, 도망쳤어요, 나중에 신원을 조사해야겠어요."

김 순경은 두 사람을 데리고 밖으로 나왔다. 박 순경이 순찰차 시동을 걸었다. 김 순경이 조수석에 앉았다. 서만수는 뒤에 앉았다.

"서만수 기자님은 어떻게 알고 오신 거예요?"

"자는 내가 불렀어. 김 순경이 핸드폰도 안 받고, 문자 메시지도 안 읽고, 지구대에도 연락이 없다고 해서 만수한테 같이 오자고 했어."

"일마가 겁이 많으니까 나를 불렀다 아이가. 김 순경이 위험에 빠졌다는데 당연히 내가 나서야 하지 않겠는교?"

"생각해줘서 고맙네요."

묵찌빠

"하마터면 큰일 날 뻔했어. 다시는 혼자 다니지 말아요."

"이 쉐끼, 완전 또라이 아냐! 김 순경 혼자 두고 너만 도망쳐놓고, 지금 그게 할 말이고?"

"알았다, 시꺄! 앞으로 김 순경 집까지 붙어 다닐 테니께 방해하지 마라."

"이 쉐끼 이거, 또라이 중에서도 개또라이 아이가? 누가 너더러 김 순경 집까지 붙어 다니게 한다 카드나? 너 같은 또라이가 붙어 다니면 김 순경이 좋아하겠나?"

박 순경과 서만수는 씩씩거렸다.

"제발 좀 조용히들 해요. 아파 죽겠어요."

순찰차는 어두운 숲속을 나와 도시의 밝은 빛 안으로 들어갔다. 김 순경은 안도했지만, 얼굴은 더 아팠다. 얼굴에 흉터가 생길 수도 있다는 생각이 들자 덜컥 겁이 났다.

* * *

과학자들은 C-바이러스가 다양한 변종을 만들어내고 있다고 강조했다. 다국적 제약회사들은 변종이 나올 때마다 그에 맞는 백신을 신속하게 생산할 수 있다고 호언장담했다. 미국과 유럽의 정치인들은 바이러스의 공격으로부터 인간을 지킬 것이라고 국민을 안심시켰다.

이양 박사는 최근 뉴스의 흐름을 보고 바이오쎌텍의 미래 성장 가치가 매우 클 것으로 확신했다. 그렇다면 그 과실을 자신도 따야 한다. 아니, 자신이 먼저 가져야 한다. 하지만 당장은 자신에게 닥친 위험에서 벗어나야 한다.

이양 박사는 팜칭다오에 휴가를 연장하겠다는 메일을 보냈다. 일주일 휴가를 냈지만, 그 안에 돌아가기란 어려웠다. 아무 말 없이 회사에 출근하지 않으면 상황이 복잡해진다. 이양 박사는 칭다오에 있는 리칭이 보고 싶었지만, 상황이 파악될 때까지 인내심을 갖고 기다리기로 했다. 리칭의 존재는 계속 숨겨야 한다. 최후의 경우 두 사람의 목숨을 구하는 길은 그 방법 말고는 없다.

이양 박사는 홍콩의 인터넷 신문에서 놀랄만한 기사를 발견했다. 칭다오 공안이 바이오쎌텍 팜칭다오 연구소에서 신원을 알 수 없는 30대 남자의 시체를 발견해 수사 중이라는 기사다. 공안이 나섰다면 타살사건이란 얘기다. 이양 박사는 소름이 돋았다. 팜칭다오에서의 타살사건은 이양 박사를 더 불안하게 했다.

놀랄만한 기사가 하나 더 있었다. 미국의 한 의학연구소가 처음 발견한 바이러스 표본을 중국 실험실로 보낸 일이 밝혀졌다는 뉴스다. 미국 대통령이 중국에서 바이러스가 발생했다고 말하자, 중국의 일부 과학자들이 바이러스가 처

　　　　　　　　　　　　묵찌빠

음 발견된 곳은 미국의 실험실이라고 주장한 것과 일맥상통했다.

미국 언론이 어떻게 알았을까? 중국 측 누군가가 분명 정보를 흘렸을 것이다. 두 개의 기사는 바이오쎌텍을 주시하라는 메시지를 담고 있다. 적어도 이양 박사에게는 그랬다.

이양 박사는 피오나 정 대표에게 만나자는 메일을 보냈다.

>>> **9**

킬러 본능

숲속의 집은 조용했다. 불은 꺼져 있었다. 승용차도 보이지 않았다. 그는 숨겨놓은 오토바이에서 곤충 드론과 리모컨, 모니터를 꺼내 배낭 안에 넣은 뒤 어깨에 멨다. 손전등도 챙겼다. 그리고 산을 오르기 시작했다. 산책로를 따라 오르다가 암자로 향하는 계단을 올랐다. 암자에서 약수를 마시고 잠시 쉬었다. 또다시 정상을 향해서 걸었다. 거기서부터는 손전등을 켰다. 정상 군부대까지 두 시간 걸렸다.

그는 여자에게 일격을 당했다. 불행 중 다행으로 절벽 아래로 떨어지진 않았다. 경사도가 가팔라 구르긴 했지만 쌓인 낙엽 덕분에 무사했다. 나무에 부딪혀 생긴 타박상은 가벼웠다. 길은 잃어버렸다. 정상에 올라가 주변 지형을 살펴야했다. 하산할 길을 찾는 일차 방법이다. 하지만 벽돌 담장이 가로막고 있어서 산 정상을 오르는 것이 불가능했다. 그는 담장 안에 무엇이 있을지 궁금했다. 군부대라는 것을 아는 데는 긴 시간이 필요치 않았다. 담장에 군부대 마크가 그려져 있었다. 초소가 있는 정문도 곧 눈에 들어왔다. 수도 서울에 있는 산 정상에 군대가 주둔해있다니! 그는 놀랐지만 새로운 아이디어를 떠올렸다. 그래서 곤충 드론을 가져온 것이다.

그는 군부대 벽돌 담장에 기대어 잠시 쉬었다. 곤충 드론을 꺼냈다. 모니터를 켜고 리모컨을 조종해 드론을 담장 위

묵찌빠

로 날렸다.

부대 영역은 넓다. 밤이 깊고 고요하다. 정문 초소 안에는 경비병 두 명이 앉아 있다. 한 명은 정문 밖을 보고 있고, 다른 한 명은 졸고 있다. 부대 안에는 크고 작은 건물이 여러 채 보였다. 병사들 숙소와 병기 창고다. 중앙에는 2층 건물이 있다. 부대 본부일 것이다. 1층 사무실에 불이 켜져 있다. 상황실이다.

부대 북쪽 높은 지역에는 작은 진지들과 큰 창고가 몇 개 있다. 하늘을 겨냥하고 있는 날씬한 형태의 화기 석 대가 흐린 조명에 빛을 발했다. 발칸포다. 그는 이 부대가 방공 포병 부대임을 알았다. 진지 옆 창고 건물 안에는 호크 미사일이나 패트리어트 미사일 발사 차량이 있을 것이다. 진지 앞쪽 초소에는 소총을 든 병사 두 명이 서울의 야경을 바라보고 있다.

한국은 수십 년 동안 평화로웠다. 지금은 경제 대국이다. 처음 본 서울은 상상을 초월할 만큼 발전한 모습니다. 그런데 서울 근교 산 정상에 중무장 부대가 주둔해 있다. 북한 전투기나 미사일을 방어하기 위해서일 것이다. 하지만 테러리스트한테 점령당하면 어떻게 될까? 그에겐 이해할 수 없는 일들이 갈수록 늘었다.

군부대 담장은 벽돌로 되어 있다. 그 담장을 지지해주는

H빔이 5m 간격으로 세워져 있다. 담장 위에 철조망을 둘러 외부로부터의 침입을 막았다. 담장은 낮고, 원형 모양의 철조망은 위협적으로 보이지도 않았다. 수십 년 전에 설치한 것이 틀림없다. 병사들은 아마도 외부 침입을 경험한 적이 없을 것이다.

그는 단박에 뛰어올라 담장 윗부분을 잡았다. 철조망 지지 철근을 잡고 담을 넘어갔다. 녹슨 철조망에 소매를 조금 긁혔을 뿐 별다른 문제는 없었다.

그는 몸을 굽혔다. 창고 건물 여러 채가 있는 쪽으로 소리 없이 다가갔다. 창고 건물이 모여 있는 지역은 정문 경비병이나 발칸포 진지 경계병에게서 가장 멀리 떨어진 구석이다. 군인들 숙소와도 거리가 있었다. 그는 가장 안쪽에 탄약창이 있을 것으로 예상했다. 틀리지 않았다. 부대 담장 바로 앞에 있는 한 창고 건물 앞에 경비병 두 명이 경계 근무를 하고 있었다. 그는 경비병의 눈을 피해 그 건물 뒤편으로 돌아갔다.

탄약창은 창문이 없는 경우가 대부분이다. 하지만 이곳 탄약창에는 폭이 좁고 긴 창문이 하나 있었다. 기존 건물을 탄약창으로 활용한 것이다. 그는 창틀을 잡고 창문을 밀었다. 창문은 삐걱거리면서 조금씩 열렸다. 그는 동작을 멈추고 자세를 낮췄다. 기다렸다. 탄약창 출입구 앞 경비병의 움

묵찌빠

직임은 없었다. 건물 뒤쪽에서 나는 삐걱 소리를 듣지 못한 것 같았다.

수십 년 동안 전쟁 없이 보낸 국가의 병사라면 이 시간에 외부 침입자가 있다는 것은 상상도 못할 것이다. 그는 조심스럽게 창문을 조금씩 더 밀었다. 그리고 안으로 들어가기 위해 발돋움할 준비 자세를 취했다.

2미터 거리에 있는 병사와 눈이 마주친 것은 그때였다. 그는 깜짝 놀랐다. 그리고 앞에총 자세로 이빨을 부딪치며 떨고 있는 병사의 모습을 보고 한 번 더 놀랐다. 병사는 무엇인가 말하려고 했지만, 어떻게 대처해야 하는지 잊은 것 같았다. 어깨를 들썩거리며 떨기만 할뿐 총을 겨누고 암구호를 외치지도 않았다. 암호를 잊은 모양이다.

그는 병사에게 조용히 다가갔다. 그리고 병아리의 얼굴에 라이트 훅을 날렸다. 병사는 비명 한번 지르지 못하고 그대로 고꾸라졌다. 이번엔 쓰러진 병사 뒤에서 총을 겨누고 있는 또 다른 병사가 나타났다. 병사는 그를 향해 무엇인가를 중얼거렸다. 암호를 대라거나 누구냐고 묻는 말일 것이다.

그는 그 병사에게 태연히 다가갔다. 그 병사도 지금 처한 상황을 이해하지 못할 것이다. 이번에는 레프트 훅을 날리려고 했다. 하지만 그의 주먹이 나가기 전에 그의 눈에서 뭔가 번쩍했다. 개머리판에 얼굴을 가격 당한 것이다. 보통사람 같으면 기절해 쓰러졌다. 하지만 그는 몸이 기우는 찰나에도 본능적으로 다리를 걸어 병사를 넘어뜨렸다. 병사의 몸에 올라타 레프트 훅을 날렸다. 그 병사도 잠잠해졌다.

그는 병사의 헬멧을 벗기고 손전등으로 얼굴을 비쳤다. 한국군 병사는 모두 이렇게 어린가? 분쟁지역에서는 구경도 할 수 없는 어린 병사다. 전쟁을 겪은 군인은 경비 서는 데도 허술하지 않지만, 상대를 가격할 때도 온 힘을 다한다. 그는 배낭에서 가는 밧줄을 꺼내 두 병사의 손목과 발목을 뒤로 묶었다. 병사들의 야전상의 안쪽을 칼로 오려내 입에는 재갈을 물렸다. 병사 두 명을 가볍게 처리했다.

문제는 보초 교대 시간이 언제인지 모른다는 점이다. 그는 서둘렀다. 창문을 통해 창고 안으로 들어갔다. 손전등을 켰다. 나무 상자가 창문 안쪽에 쌓여 있어서 그것들을 밟고 창고 바닥으로 내려섰다. 한쪽 벽에 쌓아 올린 나무 상자들 가운데 한 개를 열었다. 발칸포 탄약을 담은 박스들이 그 안에 들어있었다. 반대쪽 벽에 쌓은 나무 상자도 열었다. 개인화기 탄약이 든 플라스틱 상자다. 그는 손전등으로 주위를 천천히 비췄다. 가장 안쪽 벽에 닭장처럼 칸을 만든 철제 구조물이 보였다. 칸마다 상자가 여러 개 들어있는데 크기와 모양이 달랐다. 그는 작은 나무 상자를 열었다. 안에는 플라스틱 상자가 두 개씩 다섯줄이 들어있었다. 플라스틱 작은

묵찌빠

상자를 열었다. 권총과 탄창이 들어 있었다. 그것들을 꺼냈다. 그러고는 나무 상자를 원래의 위치에 갖다 놓았다.

그는 물러서서 철제 구조물을 천천히 다시 살펴보았다. 가장 아래 칸 구석에 긴 플라스틱 상자 두 개가 겹친 채 놓여 있었다. 그는 위에 있는 것을 꺼냈다. 묵직했다. 바닥에 상자를 내려놓았다. 손전등을 입에 물고 상자를 열었다. 그는 하마터면 물고 있던 손전등을 떨어뜨릴 뻔했다. 그는 흥분한 상태로 손전등을 비추면서 부속품을 한 개씩 감상했다. 그의 얼굴에 미소가 번졌다. 상자 안에는 조준경과 탄창, 소음기, 받침대가 소총과 함께 들어있었다. 소총의 길이는 1미터를 훨씬 넘었다. 멋지고 날렵했다. 처음 보는 소총이다. 그는 핸드폰을 꺼내 레토 검색창에서 한국군의 개인화기를 찾았다. 조금 전에 꺼낸 권총은 K-5 권총이다. 페이지를 넘겼다. K시리즈 가장 뒷부분에 지금 눈앞에 있는 소총이 나와 있다. K-14. 한국산 저격용 소총이다.

10

드러나는 욕망

"연준이 기업 채권을 사는 것은 현명한 일이라고 생각합니다."

레토 이사회 의장은 블룸버그와 인터뷰에서 특유의 달변으로 앵커의 질문에 답했다. 피오나 정 박사는 화면에 시선을 고정했다. 앵커가 질문했다.

"언론은 연준이 신용도가 떨어진 채권도 매입한다고 보도했습니다. 기업의 신용도도 문제지만, 그런 식으로 달러를 푼다면 인플레이션을 용인하는 것이 아닐까요? 오히려 테이퍼링을 해야 하고 기준 금리도 올려야 한다는 목소리도 있습니다. 달러를 계속 공급한다면 거품이 터질 것으로 전망하는 학자들이 많습니다."

"연준이 기업의 신용도를 평가하는 것은 그들 일입니다만, 쓰레기 채권을 매입하지는 않을 겁니다. 분명한 것은 변동성이 클 때 우려되는 기업의 흑자 도산이나 이로 인해 발생할 수 있는 금융 위기를 사전에 막을 수 있다는 겁니다. 인플레이션의 핵심 원인은 수요와 공급의 불균형입니다. 지금은 시장이 균형을 유지하고 있습니다. 이삼 분기가 지난 뒤 시장 상황을 보고 인플레이션에 대한 대비를 해도 늦지 않을 것입니다. 저는 인플레이션을 걱정하는 것보다 돈이 미래 가치를 찾아가는 현상에 주목하고 싶습니다."

"빅테크 기업 주가가 오르는 것을 자산 가치의 재평가라

묵찌빠

고 보시는 겁니까?"

"대체로 그렇습니다. C-바이러스가 자산 재평가를 앞당겼습니다. 지금은 사업가가 비즈니스를 위해서 여객기를 이용할 필요가 없습니다. 바이러스 팬데믹 현상이 끝나도 그럴 겁니다. 여행 수요를 제외하면 말이죠. 저는 세계 각국에 있는 현지 법인 대표들과 회의할 때 레토가 개발한 화상 연결 프로그램을 이용합니다. 여객 수요는 감소하는 반면 인터넷과 소프트웨어 수요는 폭증하고 있습니다. 시장에서 사람들은 항공사 주식을 사지 않고 레토를 삽니다. 상품을 온라인으로 주문하고 드론으로 배달받습니다. 테슬라도 인터넷을 통해서 구입합니다. 차량 정보를 스스로 업그레이드하며 운전자는 차량에 부착된 PC를 통해서 보험을 듭니다. 모든 결재는 온라인을 통해서 합니다. 이 모든 것을 가능하게 하는 시스템은 우리 레토의 소프트웨어입니다. 하드웨어는 중국의 '자이'나 한국의 '삼성'이 제공한 부품으로 만듭니다."

"C-바이러스의 확산이 역설적으로 시장의 변화를 앞당겼다는 말입니까?"

"진보를 앞당긴 것이죠. 어차피 AI의 시대는 예고되어 있습니다. AI라는 것은 노동을 줄이기 위한 시스템 아닙니까? 그렇게 본다면 C-바이러스는 사람 손으로 움직이는 세계를 자동화된 세계로 발전시키는 촉진제 역할을 하는 것이죠."

"방금 든 생각인데, 당신은 AI의 시대가 바이러스 팬데믹으로 인해서 조금 더 앞당겨질 거라고 예상하는군요. 인간의 육체는 갈수록 게으르고 나약해지겠군요."

"하하…, 그런 상상을 할 수도 있습니다. 그러나 사람들은 브람스가 제공하는 프로그램에 따라 운동하고 브람스의 플랫폼을 이용해 건강 상태를 진단합니다. 건강에 이상이 있으면 브람스 AI의 처방을 받고 수술을 하거나 약을 먹게 될 겁니다. 노동 시간의 감소가 곧 육체의 약화는 아닙니다."

"좀 더 근본적인 질문을 하겠습니다. 가치의 재평가가 진행되고 있다는 주장에는 많은 사람이 동의할 수도 있습니다. 하지만 한편으론 일자리가 줄어들고 빅테크 대주주인 당신과 대다수의 가난한 호모사피엔스 간의 빈부 격차가 더 벌어질 겁니다. 그렇게 되면 가난한 사람들은 당신이 만든 AI 제품을 구입하지 못해 결국 당신도 파산하지 않겠습니까? 물건을 살 사람이 그만큼 줄어들 테니까요."

"저의 파산이라는 말은 적절하지 않습니다. 공멸한다는 말이 더 정확합니다. 공멸을 막으려면 기본소득을 공유하는 것이 필요합니다. 산업이 재편되면 인력시장 구조도 조정될 겁니다. 과도기에는 많은 실업자가 발생할 것으로 학자들은 예상합니다. 그렇기 때문에 실업자를 위해서 또는

묵찌빠

소득이 줄어든 사람을 위해서 기본소득을 제공하는 것입니다. 공존시스템을 유지하기 위해서 말입니다. 헨리 포드는 경기가 좋지 않을 때 차량 가격을 내리고 근로자의 임금을 인상했습니다. 돈이 풀려야 자신들이 만들어내는 차가 팔리기 때문입니다. 우리가 시장을 지금 상태로 유지하려면 구매력이 유지되어야 합니다. AI시대로 발전하는 과정에서 실업자가 증가하면 모든 사람이 기본적으로 일정한 부분의 소득이 있어야 합니다. 직업을 잃은 사람들이 자본에 예속되지 않도록, 그러니까 최소한의 자유를 잃지 않도록 하기 위해서라도 말입니다."

"방금 공존시스템이라고 하셨습니까? 기본소득 공유제가 공존을 위해서인지 당신 같은 빅테크 기업가를 위한 것인지 혼동이 되는군요."

사회자와 레토 회장이 서로를 보고 웃었다. 피오나 정 박사는 C-바이러스가 전 세계 구석구석에 퍼지고 변종도 계속 발생할 것으로 내다봤다. 그렇게 전망하는 과학자는 피오나 정뿐만이 아니다. 결국에는 인류가 서로 만남을 줄이고 상호 소통을 AI에 맡길 것이다.

메타버스의 등장이 이미 그걸 증명했다. 돈의 흐름이 새로워졌다. 바이러스 팬데믹이 예견됐을 때, 주식시장의 모든 지수가 30% 이상 폭락했다. 하지만 시간이 지나자 최첨단 기술기업들의 주가는 바이러스 유행 전의 주가를 회복했다. 그리고 시장에 돈이 풀리자 빅테크 기업이나 인터넷 플랫폼 기업은 연일 고가를 경신했다. 바이오쎌텍 같은 종합 제약회사에도 투자자들이 몰렸다. 바이러스가 조만간 퇴치될 것으로 전망됐지만, 비대면의 세계는 이미 수백 걸음 앞서버렸다. 되돌리는 것은 불가능하다.

비서가 바이오쎌텍 CEO인 피터 영으로부터 전화가 왔음을 알려주었다. 약속된 전화였다. 피오나 정 박사는 습관적으로 전화기 스피커를 켰다. 피터 영의 비서가 피오나 정을 확인한 뒤 피터 영과 연결했다.

"피오나? 한국 상황은 많이 호전되었죠? 모두가 한국을 다시 보고 있어요. 공공의료체계가 잘되어 있다는 평가가 많습니다."

"여기도 문제점이 없는 건 아닙니다. 하지만 공공부문에 대한 의식이 높아요. 정부와 공공기관이 국민 눈치를 많이 봅니다. 국민도 정부 통제에 잘 따르고 있습니다. 모든 것이 예상대로 순조롭게 되어가고 있습니다."

"유럽과 미국이 문제입니다."

"그렇습니다. 하지만 바이오쎌텍의 주가는 매일 올라가고 있습니다. 우리 대주주인 빅테크 기업들의 주가도 연일 신 고가를 기록하고 있습니다."

묵찌빠

피오나 정은 한국 법인의 사업 확대가 필요하다는 주장을 에둘러 강조했다. 그 뜻을 알았는지 피터 영이 피오나 정에게 이사회 결정을 전했다.

"이사회는 한국 법인에 집중 투자하는 데 찬성했습니다. 팜칭다오처럼 실험실을 신설하고 인력 보강을 할 수 있도록 팜칭다오와 같은 규모로 지원할 겁니다. 피오나의 역할이 커졌습니다. 바이오쎌텍의 한국 법인이지만, 한국의 제약 업계에서 큰 비중을 차지하게 될 겁니다."

"한국에서는 큰 시너지를 낼 것으로 확신합니다."

"한 가지만 주의하면 됩니다. 무엇을 주의해야 하는지 알겠죠?"

"물론입니다."

피오나 정은 뛸 듯이 기뻤다. 드디어 목적을 이룬 셈이다. 하지만 마지막 과제를 해결해야 한다. 그녀는 이양 박사로부터 온 메일을 보고 조금만 기다리라고 답변했다. K는 전자상점 폭발 사고 후 궁금한 것이 있다고 했다. K도 이해시켜야 한다.

피오나 정은 앞으로 벌어질 일들을 곰곰이 생각하면서 늘 보던 인터넷 신문을 읽기 시작했다. 스페인 통신사 기사가 눈에 들어왔다. 스페인에서 사는 한국인 일가족 네 명이 바이러스 확진 환자와 접촉해 호텔에 격리되었는데, 아이 두 명의 체온이 39도까지 올라가도 바이러스 검사조차 못하고 있다는 내용이었다. 마드리드에서도 확진 환자와 사망자가 너무 많아 외국인은 제대로 된 치료를 받지 못하는 상황이었다. 그들은 한국으로 귀국을 원하고 있으나 당장 아이를 치료해야 하고 항공편을 잡기도 어렵다고 했다. 기사에는 한국인 일가족 사진이 실려 있었다. 에어프랑스 항공기 안에서 피오나 정이 만난 가족이었다.

11

추격자들

"이양 씨와는 어떤 사이죠?"

"중국 칭다오에서 함께 일했습니다."

간호사의 질문에 K는 부드러운 말씨로 응했다.

"면회는 할 수 없습니다. 전화로 용건을 전하실 수 없나요?"

"무슨 일인지 전화를 받지 않습니다. 이 메모리카드를 꼭 전해야 합니다. 칭다오에 있는 동업자가 이걸 전하고 답을 받아야만 큰 손실을 막을 수 있다고 했어요. 그러니까 지금 있는 곳만 알려주세요. 이 메모리만 전하면 되니까요."

간호사는 주저했다. 민원인에게 많은 시간을 할애할 여유는 없었다. 빨리 해결하는 편이 나았다.

"신분증 좀 보여주세요."

K는 주민등록증을 보여주었다. 간호사는 K의 인적 사항을 메모하고 주민등록증을 돌려주었다.

"얼굴이 많이 변하셨네요."

K는 불쾌한 표정으로 간호사를 노려보았다. 간호사가 당황했다.

"잠시만 기다리세요."

간호사는 전화기를 들고 단축번호를 눌렀다. 그리고 상대에게 용건을 말했다. 잠시 후 상대로부터 대답을 들은 뒤 K에게 전했다.

"504호실에서 격리 생활을 하고 계세요."

묵찌빠

"입원 병동 말인가요?"

"아뇨. 공공기관 연수원에 격리되어 있어요. 그곳에 가셔서 S 대학병원에서 보낸 이양 씨를 찾으세요."

간호사 설명을 들은 K는 S 대학병원에서 나왔다.

* * *

바이오쎌텍 한국 법인 건물은 올림픽대로에 있다. 6층 높이로 고층빌딩 숲 사이에 있어서 눈에 띄는 건물은 아니지만, 정면은 세련된 디자인이다. 1층에는 자동차 판매장과 카페가 입주해 있다. 한국 법인은 2층부터 6층까지 사용하고 있다.

피오나 정의 사무실이 있는 곳은 6층이다. 6층 전면은 유리커튼월이 벽을 대신했다. 내부를 들여다볼 수 있는 통유리다. 강화유리라서 파괴되면 가루처럼 부서지면서 떨어질 것이다. 하지만 강력한 충격이 아니라면 파괴할 수가 없다. 그는 150미터 정도 떨어진 10층 아파트 옥상에서 바이오쎌텍 건물 정면을 조망했다. 침입하기 어렵지 않은 곳이다.

그는 조금 뒤 K-14 조준경을 코트 주머니에 넣고 아파트 1층 현관으로 나왔다. 소포처럼 포장된 빈 상자를 들고서였다.

반백의 경비원이 그에게 말을 걸었다.

"찾는 분이 집에 있습니까?"

그는 손을 좌우로 흔들었다. 그리고 손짓과 몸짓으로 다시 오겠다고 했다. 경비원은 그의 말을 알아듣는 것 같았다.

그는 큰길을 건너 바이오쎌텍 건물로 갔다. 1층 카페로 들어가 커피를 주문했다. 영수증을 받았다. 커피를 한 모금만 마시고 일어섰다. 그는 건물 로비로 나가 엘리베이터를 탔다. 지하 1층 주차장은 좁았다. 그는 주차 관리인에게 카페 영수증을 내밀었다. 주차 관리인은 영수증을 쓱 보고는 TV를 계속 시청했다. 주차장 가장 안쪽에 벤츠 S클래스가 주차돼 있었다. 그 앞에 다른 차의 출입을 금지하는 가로막이 있었다. 그는 그 차가 피오나 정 대표의 승용차일 것이라 여겼다. 그는 자신의 오토바이와 함께 건물 옆쪽 출입구로 나왔다. 그리고 오토바이를 돌려 방금 자신이 나온 주차장 입구가 보이는 곳에 세웠다. 벤츠가 나올 때까지 기다리기로 했다.

날씨는 흐렸다. 해가 지자 거리는 어두워졌다. 6시가 조금 지나고 벤츠가 지하 주차장에서 올라왔다. 예상대로 피오나 정이 뒷자리에 타고 있었다. 그는 그 차를 쫓았다.

벤츠는 건물 오른쪽으로 돌아 올림픽대로 동쪽으로 향했다. 그도 우회전했다. 모니터를 켜고 곤충 드론을 날렸다.

묵찌빠

처음에는 가까운 거리에서 추격하기로 했다. 주택가로 들어선다면 그때는 거리를 벌려야 한다.

* * *

벽지 무늬가 미로 모양의 그림인 줄 처음 알았다. 침대에 누운 김경령 순경은 천장 벽지에 그려진 미로의 출구를 찾기 위해 무늬를 따라갔지만, 벽지의 절단면에 이르면 미로는 차단됐다. 다른 방향으로 미로를 다시 탐색했지만 결과는 같았다. 짜증이 났다. 그렇잖아도 바이오쎌텍 자료를 검토하는 데 지쳐 있었다. 김 순경은 눈을 감았다. 그러다가 자다 깨기를 반복했다. 잠이 깨면 얼음주머니를 얼굴에 댔다. 통증은 가라앉지 않았다.

"밖에 나가지 말고 일어나지도 마! 아무것도 하지 말고 누워 있어. 학교 다닐 때 맞고 다닌 거, 기억 안 나? 경찰 되고 안심했는데 또 맞고 다녀?"

"누가 맞고 싶어서 맞은 줄 알아?"

"그러니까 더 심각한 거지. 얼굴에 흉터라도 생기면 어떻게 할 거야?"

엄마는 그래도 이성적이다. 아빠는 달랐다. 때려죽이겠다고 난리를 쳤다. 그런데 죽이겠다는 그 상대가 지구대 대장이다. 부하를 제대로 관리하지 못했다는 것이 이유였다. 학교 다닐 때는 김 순경이 맞고 들어올 때마다 담임에게 가서 난리를 쳐 상황을 더 악화시키곤 했다. 대학 때는 학점을 날렸을 때, 교수를 찾아내 전화로 욕을 해대는 바람에 졸업할 때까지 그 교수 얼굴을 볼 수 없었다. 김 순경은 그런 아빠가 창피했다. 만일 아빠가 지구대장에게 가면 집에서 나갈 거라고 경고했다. 아빠는 딸의 경고를 듣고 조용해졌다. 딸이 독립하게 되면 살 집을 따로 얻어줘야 한다고 생각한 모양이다.

김 순경은 아침에 퇴근하면 24시간 PC 앞에 있거나 만화책을 봤다. 쉬는 날에는 취미생활을 할 수 있을 것 같았는데 그게 아니었다. 부모님은 초등학교 앞 문구점으로 아침 일찍 출근한다. 집에 혼자 있어 좋았지만, 그것도 하루 이틀이다. 점차 무료해졌다. 친구들은 직장에 다니거나 취업 준비를 하고 있기 때문에 만나기가 쉽지 않았다. 간혹 저녁 약속을 잡을 때도 있었지만, 화제와 관심 분야가 너무 달라 점점 멀어져 갔다.

경찰 공무원 시험에 합격했을 때, 이제는 새 출발한다고 꿈에 부풀었다. 하지만 막상 경찰이 된 뒤에는 자신에게 미래가 있기는 한 것인지, 자괴감이 들기 시작했다. 학교 다닐 때처럼 경찰서 내에서도 판단 빠르고 배경 있는 자들의 디

딤돌 노릇만 할 것 같았다. 지구대에서는 다람쥐 쳇바퀴 돌 듯 똑같은 일을 매일 반복했다. 민원인 때문에 곤란한 일을 겪기도 했다. 바이러스가 확산된 이후에는 일이 줄었지만, 이번엔 따분해졌다. 그러다가 난생처음 만난 사건다운 사건이 애플전자 간판 훼손 사건이다. 폭발 사건까지 터졌다. 누군가가 일부러 저지른 것이다.

그녀는 간판 폭발 이후에 나타났다. 외국인 킬러는 어떻게 그녀가 애플전자에 있거나 온다는 사실을 알았을까? 어딘가에 카메라를 설치해놓기라도 한 것일까?

김 순경은 침대에서 벌떡 일어났다. 엠튜브에서 서만수 기자가 폭발 당시 촬영한 동영상을 찾았다. 보지 못한 것이 있을까? 김 순경은 프레임을 하나씩 정지시켜가면서 그림을 살펴보았다. 바이오쎌틱 홈페이지 주소가 적힌 플라스틱 조각도 확대해서 다시 보았다. 눈에 띄는 것은 없었다. 김 순경은 프레임을 계속 넘겼다. 처마를 지탱해주는 철근 위에 작은 물체가 주변 어둠보다 더 진한 형태로 앉아 있는 것이 보였다. 화면을 확대해 보았지만, 그림이 깨져서 확인은 불가능했다.

김 순경은 다시 화면을 넘겼다. 전자상점 정면을 촬영한 영상이 흘렀다. 눈에 띄는 것은 없었다. 김 순경은 코트를 입었다. 털모자에 마스크를 끼고 긴 목도리를 감아 퉁퉁 부은 얼굴을 가렸다.

애플전자의 유리문은 수리됐다. 처마에 달려 있던 플라스틱 조각은 보이지 않았다. 처마 밑 철근 위에 앉아 있는 것처럼 보였던 검은 물체는 없었다. 상점 주인이 안에 있었다.

"사장님 나오셨네요, 안녕하세요?"

상점 주인은 누구인지 모르는 눈치다.

"저, 김 순경이에요."

"아, 목소리 들으니까 알겠구만. 사복 입고 얼굴까지 가려서 알 수가 있나?"

"어떠신지 궁금해서 들렀어요."

애플전자 주인은 김 순경의 방문을 탐탁지 않게 여기는 듯했다.

"간판은 없애신 모양이죠?"

"간판은 세우지 않기로 했어요."

주인은 하던 일을 계속하며 김 순경과 눈을 맞추지 않았다.

"사장님, 문 앞 처마 밑에 있잖아요. 저기 처마 아래 철근 받침들 말이에요."

"그게 왜?"

"그 위에 어떤 물체가 있었던 것 같은데 혹시, 모르세요?"

"어디?"

주인이 김 순경을 따라 유리문 밖으로 나왔다.

"바로 저 부분이요."

"거기에 뭐가 있었다고?"

"네. 뭔가가 있었던 것 같아요."

"언제?"

"간판이 빵 터진 날에요."

"몰라. 그런 것까지 신경 쓰지는 못했어. 벌레라도 앉아 있었나?"

"벌레요?"

주인은 가게 안으로 들어갔다. 그리고 책상 앞에 앉아 앞서 하던 수리 작업을 다시 이어갔다.

'벌레?'

김 순경은 자신의 어깨 위를 지나쳐 외국인 킬러의 오토바이 주변을 맴돌았던 작은 물체가 생각났다. 김 순경은 길 한가운데로 나왔다. 주변을 둘러보았다. 사방에 크고 작은 건물이 시장을 둘러싸고 있다는 것을 처음 알았다. 김 순경은 두 개의 단어를 중얼거렸다.

'하늘을 나는 벌레. 바이오쎌텍.'

12

또 다른 추격자들

"우리 모두 영창 갈 거야. 아니다. 차라리 같이 죽자. 그냥 죽어버리고 다음 세상에서 새로 살자."

김 대위는 부대장의 말이 귓가에서 떠나지 않았다. 걸려도 더럽게 걸렸다. 차 중사는 또 어떻겠는가? 나이는 두 살 어리지만, 결혼까지 했다. 김 대위와 차 중사는 암자에서 약수를 두 사발씩 마셨다. 암자는 인적 없이 조용했다.

"중대장님, 찾는 게 가능하겠습니까?"

"찾지 못하면 죽는다."

"도대체 어떻게 찾는다는 말입니까?"

"…"

"어차피 아무도 모릅니다. 이 세상에서 그 총이 없어졌다는 사실을 아는 사람은 지금도, 앞으로도 우리 세 사람 말고는 없을 겁니다."

"그렇게 단정할 수 없다."

"우리만 입 다물면 누가 알 수 있단 말입니까?"

"그렇다고 넋 놓고 지낼 수만은 없잖나?"

"장부에서 지워버리면 아무도 모릅니다."

"그러면 장부를 조작하는 거 아닌가?"

"이중장부를 만들어놓는 겁니다."

"상급 부대에서 재물 조사할 때 어떻게 할 건가?"

"위에서 나와도 총기 하나하나를 맞춰보지는 않습니다.

재물 조사 한두 번 해보는 게 아니잖습니까? 장부도 꼼꼼하게 보지 않습니다. 방공 포병 부대에 오면 미사일만 중점적으로 봅니다. 소총을 일일이 검사하는 거 보셨습니까? 검사할 시간도 없습니다. 장부에 한 자루만 있다고 기재해 놓으면 그만이죠. 두 자루가 있었는지, 누가 압니까?"

"발각되면 영창이다. 총기 분실, 끔직하다."

"모른다고 잡아떼면 그만이죠. 전임자로부터 인수한 게 한 자루고, 공군부대에서는 저격 소총을 만져볼 일이 없어서 보관만 했다고 하면 끝입니다."

"총을 훔친 놈이 그 총으로 인명을 살상하면 어떻게 하나?"

"그 총으로 저격했다고 그놈이 떠들고 다니겠습니까?"

"중요한 인물이라도 죽이면 그건 막아야 안 되겠나?"

"사전에 막으면 좋겠지만, 그 총이 그 총인지 누가 알겠습니까? 그냥 가만히 있다가 다른 부대로 전출 가면 끝입니다. 후임자한테 인계하고 말입니다."

"그렇게 할 순 없다. 무슨 수를 쓰든 찾는다."

김 대위는 하늘이 무너지는 것 같았다. 방공 포병 부대에 K-14 한국산 저격용 소총이 있다는 사실도 처음 알았다.

차 중사는 야간 당직을 서고 있었다. 아침이 밝으려면 두 시간은 더 기다려야 하는 깊은 새벽, 방금 보초 교대를 나간 병사 두 명 모두가 본부 상황실로 허겁지겁 뛰어왔다. 앞서 경비를 서고 있던 병사 두 명이 돼지처럼 손발이 하나로 묶인 채 기절해 있다면서 말이다. 차 중사는 상황실 근무병들과 전속력으로 탄약창 쪽으로 뛰어갔다. 차 중사 눈앞에 전개된 상황은 군인이 된 뒤 처음 보는 광경이었다. 영화의 한 장면 같았다. 차 중사는 기절한 병사의 손발을 풀면서 그들을 깨웠다. 병사 한 명이 물을 가져와 그들에게 뿌리고, 그들의 입에 억지로 물을 주입했다. 그들이 깨어났다. 생명에는 아무런 지장이 없는 것 같았다.

차 중사는 어떻게 된 일인지 질문부터 했다. 이때부터는 보고가 생명이다. 두 명의 진술은 동일했다. 차 중사는 병사들을 상황실로 옮기면서 김 대위에게 보고했다. 김 대위는 상황실 당직 사령으로 차 중사에게 상황실을 맡기고 부대 밖에 나가 있었다. 걸리면 징계를 받겠지만, 사실 당직 사령 장교들이 가끔 저지르는 일이었다. 김 대위는 부대장에게 보고하고 총알같이 달려올 것이다.

의무병이 다친 병사들의 치료를 신속하게 끝냈다. 퉁퉁 부은 병사들의 얼굴을 얼음 수건으로 한 번 훔치더니 연고를 바르고 뼈는 이상이 없다고 말했다. 뼈에 금이라도 가면 아파 죽는다는 것이 의무병의 지론이었다. 차 중사는 다행으로 여기면서 병사들에게 큰 사고가 아니라고 강조하고 부대 밖으로 오늘 사건을 절대로 알리지 말라고 명령했다. 군

묵찌빠

사기밀을 누설하면 영창으로 보내겠다고 겁을 주기도 했다. 병사들은 모두 자기 자리로 돌아갔다. 얼굴이 부은 병사두 명도 내무반으로 돌아갔다. 차 중사는 김 대위가 아끼던 양주 한 병을 회식 때 먹으라며 병사들에게 내줬다. 사후 필요한 조치는 김 대위와 부대장이 할 것이고 자신이 할 일은 다 했다고 여겼다.

차 중사의 의문은 그 다음부터였다. 보초병 두 명을 한방에 기절시킬만한 녀석이 이 부대에 있을까? 개머리판에 얼굴을 맞은 녀석을 찾아내면 된다고 은연중에 생각했었다. 그런데 누가 한밤중에 거기서 보초들을 때려눕힌 것일까? 그 시간에 그곳에서 무엇을 하다가 보초병들에게 발각됐을까?

차 중사는 탄약창의 자물쇠를 열고 안으로 들어가 불을 켰다. 매일 보는 탄약창이다. 그는 창고 안을 천천히 둘러보았다. 출입문 맞은 편 안쪽에 있는 무기 보관대에서 매일 보던 것과는 다른 점을 발견했다. 하단에 있는 길쭉한 상자 두 개 가운데 위에 놓여 있는 것이 약간 틀어져 있었다. 차 중사는 가까이 가보았다. 뭔가 이상해서 뚜껑을 열었다. 비었다. 차 중사는 심장이 멎는 줄 알았다.

소총을 도난당한 사건은 이 부대 누구도 감당할 수 없다. 인생을 통째로 날려버릴 수 있는 재앙이다. 차 중사는 아무도 모르게 빈 상자를 들고 나와 다른 창고 구석에 숨겼다.

또 다른 추격자들

그리고 부대로 달려온 김 대위에게 보고했다. 두 사람은 이어서 출근한 부대장에게 보고했다. 부대장은 떨면서 입을 다물지 못했다.

부대 내부에 있는 누군가의 소행일까? 가능성 없는 얘기다. 공군에서는 문제 사병의 총기 사고가 거의 없었다. 부대 내부에도 문제 사병이 없다. 병영 생활도 어렵지 않은 편이다. 병사들 간 갈등이 빚어져 누군가가 누굴 죽이려고 탄약창에 침입해서 저격 소총을 훔친다는 것은 이치에 맞지 않는다. 내무반에는 병사들의 개인화기가 있다. 사격 훈련 때 지급받는 탄약을 빼돌리는 게 더 쉽다. 누군가 저격 소총을 팔아먹으려고 빼돌린다는 것도 개연성이 희박했다. 한국에서는 구매할 자가 없다. 북한 간첩이 침입했을 가능성도 없었다. 북한에도 저격용 소총은 많다. 훔치더라고 전방 육군 부대에 침입해 훔칠 것이다.

무엇보다 두 명의 병사를 한방에 기절시킬 수 있는 강펀치가 부대 안에는 없다. 부대장과 김 대위, 차 중사는 외부에서 침입한 누군가가 저격 소총을 훔쳤다고 결론 내렸다.

정문 위병소에 있는 카메라에는 침입자가 촬영되지 않았다. 김 대위와 차 중사는 탄약창 뒤편 창문 쪽에 있는 발자국과 창틀 먼지가 지워진 흔적을 찾아냈다. 담장의 원형 철조망이 납작하게 눌린 부분도 발견했다.

묵찌빠

김 대위와 차 중사는 휴가를 냈다. 명목상 휴가였다. 그들은 차를 타고 내려오지 않았다. 산길로 내려왔다. 침입자가 차를 타고 올라온 흔적이 없어서였다.

"방공 포병 부대에 저격용 소총이 왜 있는 겁니까? 육군 특수부대도 아니고 보병도 아닌데 말입니다. 우리한테 저격수가 있는 것도 아니잖습니까? 훈련도 하지 않잖습니까?"

"나도 모른다. 전임자들에게서 인계받았을 뿐이다. 전투가 발생하면, 병사들에게 개인 소총이 필요하듯이 저격 소총도 유용하게 쓰일 것이다."

그들은 산길을 내려오면서 주변을 살폈다. 혹시나 조그만 단서라도 발견할 수 있을지 모른다. 하지만 그들 눈에 들어온 것들은 작은 돌과 낙엽, 나뭇가지 말고는 없었다.

K의 은신처 부근에 도착한 것은 햇살이 숲속을 비추기 시작할 때였다. 김 대위가 차 중사에게 물었다.

"차 중사, 이 길로 가끔 다닌다고 했나? 저 집은 뭔가? 산장 같기도 하고 식당 같기도 하고."

"민가입니다."

"그런가? 혹시 CCTV가 달려 있는지 보자."

그들은 K의 은신처를 한 바퀴 빙 돌았다. 차 중사가 김 대위에게 말했다.

"없습니다. 요 아래 아파트 단지가 있습니다. 그곳에

CCTV 카메라가 몇 군데 있습니다."

두 사람은 아파트 단지로 발걸음을 옮겼다. 관리사무소 직원들은 건장한 군인 두 명이 나타나자 의아한 눈길을 보냈다. 김 대위는 관리사무소장을 찾았다.

"저희는 방공 포병에서 나왔습니다. 긴히 협조를 구할 일이 있어서 찾아왔습니다."

"요 위 군부대 말이오?"

"그렇습니다."

"두 분 다 거인이라서 놀랐어요. 운동합니까?"

"부대에서 태권도를 병사들에게 가르치고 있습니다."

"우리 동네는 안심해도 되겠어요. 뭘 도와드릴까요?"

"어제부터 오늘 아침까지 CCTV에 찍힌 것을 보고 싶습니다."

"그래요? 무슨 일입니까?"

"그건 군 기밀상 말씀드릴 수 없습니다. 꼭 좀 부탁드립니다."

그들은 아파트 단지 앞 도로를 촬영한 CCTV 화면부터 보았다. 차 중사가 빠른 속도로 돌렸다. 수많은 사람과 차량이 아파트 단지 앞을 지나쳤다. 그 가운데 산속으로 간 경찰차에 관심이 쏠렸다. 오전에 산으로 간 경찰차에는 남자와 여자 경찰관이 타고 있었다. 경찰차가 내려올 때는 남자 경찰관만 차에 타고 있었고 여자 경찰관은 없었다. 산에서 내려온 경찰차가 한밤중에 다시 나타났다. 이번에는 남자 경찰 한 명과 사복을 입은 남자 한 명이 탔다. 내려올 때는 여자 경찰관이 조수석에, 사복을 입은 남자가 뒷좌석에 앉았다.

여자 경찰관은 산속에서 종일 무엇을 했을까? 김 대위는 경찰차 번호를 암기했다. 그들은 관리소장에게 고맙다는 인사를 하고 곧바로 나왔다.

김 대위는 서울경찰청에서 근무하는 고교 동기에게 전화했다. 그에게 차량 번호 조회를 요청했다. 동기는 난색을 표했다. 비밀리에 하는 수사라고 강조하자, 마지못해 부탁을 들어줬다. 한 시간 뒤에 전화가 왔다.

"알아봤나?"

김 대위 동기가 대답했다.

"Y시 경찰서 동부지구대 소속 순찰차야. 거기는 경기북부경찰청 소속이니까 여기까지네."

K-14 저격 소총을 도난당한 날 저녁에 경찰차가 산에 두 번씩이나 올라갔다가 내려왔다. 산에는 민가 한 채만 있을 뿐이다.

김 대위와 차 중사는 실낱같은 희망을 품고 택시를 불러 Y시 경찰서 동부지구대로 향했다.

"내일 만나면 안 되겠습니까?"

"죄송하지만 상황이 너무 급해서 지금 꼭 만나야 합니다."

"도대체 무슨 일이 있기에 김 순경을 만나야 하는지 이해가 안 되네요."

"극도의 보안을 유지하라는 명령 때문에 말씀드릴 수가 없습니다."

지구대장과 김 대위가 나눈 대화를 옆에서 듣고 있던 박동열 순경이 참지 못하고 거칠게 항의했다.

"아니, 그건 당신들 사정 아녀. 김 순경이 그 사람을 봤는지 안 봤는지 모른다고 하지 않았소?"

"그러니까 김 순경님으로부터 직접 들어야 한다는 겁니다. 정말 죄송합니다. 박 순경님, 사정 좀 봐주셔야겠습니다. 보통일이라면 저희가 이렇게까지 하겠습니까? 국가 안보를 위한 일이니까 협조를 부탁드립니다."

"박 순경, 일단 김 순경에게 전화해서 물어봐. 컨디션이 어떤지, 지구대로 나올 수 있는지."

"뭔 일만 터지면 국가 안보를 위해서라고 하니…."

박 순경은 투덜거리면서 핸드폰을 들었다. 예상과 달리 김 순경은 반색했다.

"정말요? 바로 나갈게요. 그분들 조금만 기다리라고 하세요."

묵찌빠

박동열 순경은 김 순경 반응에 짜증이 더 났다. 비번인 날에 밥을 같이 먹자고 해도 이 핑계 저 핑계 대며 거절하던 김 순경이 군인들이 만나자고 하는 말에 곧바로 뛰어나온다고 하자 괜히 질투가 났다. 박 순경 자신도 덩치가 큰 편인데, 군인들은 거인이다. 박 순경처럼 뚱뚱한 거구가 아니라 온몸이 균형적으로 발달한 전사 같았다. 얼굴도 남자답게 잘 생겼다.

'김 순경이 저 친구들 보면 표정이 확 바뀌겠군.'

실제로 그랬다. 문을 열고 들어온 김 순경은 그들의 위압적인 모습에 존경스러운 놀라움을 표시했다.

"협동! 불편하신 김 순경님을 이렇게 나오시라고 해서 죄송합니다. 저는 방공 포병 부대 김 대위라고 합니다. 이 사람은 차 중사입니다. 반갑습니다."

"안녕하세요. 저는 김경령 순경이라고 해요. 그렇잖아도 침대에 누워만 있으니까 좀이 쑤시더라고요."

김 순경은 만면에 웃음을 띠면서 목도리를 풀고 모자를 벗었다. 코트도 벗었다. 분홍색 스웨터에 회색 모직 바지를 입었고 굽이 낮은 검은색 단화를 신었다. 박 순경도 처음 보는 옷차림이었다.

"저런! 안됐습니다. 미인이신데 얼굴이 부으셨군요."

"얼굴만 안 부었으면, 마스크 때문에, 호호호…."

김 순경은 무슨 뜻인지 알 수 없는 말을 하면서 민원인 테이블에 군인들과 마주 보고 앉았다. 지구대장은 김 순경에게 그 정도라서 다행이라고 말하고 자신의 책상으로 돌아갔다. 박 순경은 못마땅한 표정으로 김 순경 옆에 앉았다. 김 순경은 들떠 있었다.

"박 순경이 설명해 드렸다고 하니까 핵심만 말씀드릴게요. 먼저 서만수 기자가 엠튜브에 올린 동영상부터 보세요."

김 순경은 핸드폰으로 동영상을 찾았다. 김 대위는 거의 반쯤 일어선 상태에서 김 순경의 손을 감싸듯이 그 핸드폰을 받아 들었다. 김 순경은 뭐가 좋은지 싱글거렸다. 박 순경은 김 순경의 표정에 속이 부글부글 끓었다.

김 대위와 차 중사는 핸드폰 화면에 시선을 집중했다. 동영상을 보는 동안 그들은 말이 없었다. 석고상 같았다. 그들은 동영상을 한 번 더 반복해서 확인했다.

"한 개 더 있어요. 이것도 보세요. 애플전자 앞에서 폭발도 있었거든요."

김 순경의 작은 손이 김 대위가 든 핸드폰을 터치했다. 두 명의 군인은 또다시 핸드폰에 얼굴을 파묻었다. 이번에는 그들이 스스로 동영상을 여러 차례 앞뒤로 돌려가면서 보았다. 그들의 표정은 심각했다.

"흥미롭군요. 계속 말씀해 주시겠습니까, 김 순경님?"

"처음 보신 동영상에서 킬러를 기절시키고 뚱뚱한 남자를 차에 태워 달아난 사람 있잖아요, 나중에 알고 보니 여자였는데, 그 여자가 쫓긴 거예요. 그 여자에게 두들겨 맞은 남자 킬러로부터요. 남자 킬러는 백인이에요. 폭발이 일어나고 어제 아침에 여자가 애플전자에 나타났는데 그 남자가 어떻게 알았는지 오토바이를 타고 그 여자를 추격했어요. 그 여자가 사는 그 산 속 집까지 말이죠. 거기서 격투가 벌어지고 여자가 남자를 산으로 유인한 뒤에 다시 집으로 내려와 도주한 거예요."

김 순경은 전날 겪은 일을 자세하게 얘기했다. 두 명의 군인은 학생처럼 한 마디도 놓치지 않으려고 김 순경만 쳐다보았다. 그들의 눈이 반짝반짝 빛나기 시작했다. 김 대위가입을 열었다.

"그 외국인, 어떻게 생겼습니까?"

"두 분처럼 건장하게 잘생겼어요. 머리는 갈색이에요. 검은색 옷을 입었고 큰 오토바이를 탔어요."

"그 외국인은 어떻게 알고 애플전자 앞에 오토바이를 타고 와서 그 여자를 기다렸는지, 짐작 가는 건 없습니까?"

"잘 모르겠어요. 어디선가 지켜보고 있었던 게 아니면 불가능하겠죠. 망원경으로 보고 있었거나 애플전자에 카메라를 설치했거나 둘 중 하나일 것 같은데, 카메라 같은 건 찾지 못했어요. 하나 생각나는 건, 그 남자 주변에서 벌레 같은 조그만 게 날아서 그 여자를 쫓아갔어요. 그 벌레 같은 게 폭발이 있고 난 뒤에도 애플전자 처마 밑에 있었던 거 같아요. 한 번 보세요."

김 순경은 동영상을 다시 플레이했다. 처마 밑 철근 위에 붙어 있는 작고 검은 물체를 보여줬다.

"드론입니다. 곤충 드론. 눈썰미가 좋으십니다."

"드론이요?"

김 순경이 놀라면서 군인들에게 되물었다.

"네, 그 남자는 그 여자를 드론으로 추격한 겁니다."

"그런 것도 있나요? 그렇다면 폭발도 그 남자가 저지른 것일 수 있겠네요?"

"그럴 가능성이 높습니다. 드론이 그 남자 거고, 폭발 뒤 드론이 그 장소에 있었다면 그놈이 폭발에 대해서도 알고 있다고 봐야겠습니다."

"어머. 어머, 어머나!"

김 순경은 군인들의 설명에 감탄사를 연발했다. 김 대위가 김 순경에게 물었다.

"바이오쎌텍에 대해서는 알아보셨습니까?"

"자료를 보긴 보았는데 잘 모르겠어요."

"바이오쎌텍과 관계있는 것이 확실한 것 같군요. 폭발 사건 때 애플전자 앞에 전에 없던 바이오쎌텍 홈페이지가 걸렸다면, 그 남자가 그 여자에게 보여주기 위해서 걸었을 수도 있습니다. 그래서 그 여자가 애플전자 앞에 나타났지, 말입니다. 두 사람의 격투, 폭발, 드론, 오토바이 추적… 평범하지 않습니다. 그리고 산에서의 추격전. 여자는 도주했고 남자는 사라졌습니다."

"그건 그런 것 같아요. 그 남자가 부대에서 무슨 짓을 저질렀나요?"

"자세한 건 말씀드릴 수가 없습니다. 또 무엇이든 좋습니다. 생각나는 것이 있으면 말씀해 주시겠습니까?"

"아, 그 여자가 제 핸드폰 번호를 땄어요."

"그렇습니까? 경찰은 지금 어떻게 수사하고 있습니까?"

"수사요? 수사는 하지 않고 있어요. 애플전자 사장님도 간판 얘기는 더 안 하시고요. 하지만 이상한 게 많아서 제가 알아보려고 한 거예요. 피해자 신고는 없지만, 이상한 게 많아요."

경찰이 수사하지 않는다는 김 순경 대답에 김 대위는 안심한 듯 낮은 목소리로 말했다.

"Y시 경찰서에 얘기해 보았자 형사과에서 인력을 풀어 수사하지는 않을 겁니다. 피해 본 사람이 없지 않습니까? 저희와 협력해서 알아보시죠. 힘이 되어 드리겠습니다. 내일 다시 오겠습니다. 혹시 그 여자로부터 연락이 오면 언제든지 알려주시면 감사하겠습니다."

박 순경이 끼어들었다.

"오늘은 휴가고 내일은 비번인디, 모레 아침에 오시죠."

김 순경이 중간에 말을 가로챘다.

"아니에요. 얼굴도 이제 아프지 않아요. 언제든 지구대로 나올 수 있어요. 오늘 저녁에라도 괜찮아요."

"알겠습니다, 김 순경님."

김 대위는 김 순경의 핸드폰에 자신과 차 중사의 번호를 입력했다.

"협동!"

군인들은 김 순경에게 허리를 굽히면서 경례했다. 김 순경은 어쩔 줄 몰라 했다. 그들은 지구대장과 박 순경에게도 고맙다는 인사를 하고 문을 나섰다.

그들은 말없이 걷기만 했다. 겨울밤 공기가 차가웠지만, 흥분한 탓에 얼굴은 화끈거렸다. 차 중사가 김 대위에게 말했다.

"냄새가 진하게 납니다."

"그렇다. 그 외국인 킬러가 산에 남겨졌던 거였다. 어쩌면 사건이 쉽게 해결될 수 있을 것 같다."

"그 외국인이 그놈이라면 보통 놈은 아닌 것 같습니다. 영

168

묵찌빠

화에서나 보는 킬러 아니겠습니까?"

"그럴 거다. 뭔가 큰일이 벌어지고 있다. 그놈을 찾아야
한다."

"어떻게 하실 겁니까?"

"나는 부대로 복귀해서 부대장님께 보고해야겠다. K-5 권
총 두 정하고 공격용 드론을 가져오겠다. 사복으로 갈아입
고, 부대장님 승용차를 타고 다시 내려오겠다. 차 중사도 집
으로 가서 옷 갈아입고 이 근처 모텔 방을 구한 뒤에 나한테
연락한다. 바로 오겠다."

"여기 모텔 말입니까?"

"그렇다, 이 동네 모텔. 드론을 사용한 장소가 이곳이잖
나. 단서를 잡을 수 있을 것 같다."

차 중사는 김 대위에게 경례하고 택시를 잡아 먼저 출발
했다. 김 대위는 박동열 순경이 말한 애플전자 쪽을 바라봤
다. 근처 모텔과 오피스 건물이 여러 채 보였다.

13

다가오는 그림자

벤츠 승용차는 2층 단독주택 앞에 멈췄다. 그도 오토바이를 세웠다. 근처에는 비슷한 단독주택이 줄지어있는 부유한 동네다. 벤츠의 뒷문을 운전기사가 열었다. 피오나 정이 내렸다. 그녀는 한 여인의 인사를 받으며 현관 안으로 들어갔다. 그녀가 들어간 뒤 30분이 지나도 2층엔 불이 들어오지 않았다. 피오나 정의 방과 거실은 1층에 있다고 생각했다. 그는 바이오쎌텍 한국 법인 쪽으로 오토바이를 돌렸다.

바이오쎌텍 한국 법인 뒤편 건물은 1층에 음식점이 있다. 2층부터 7층까지는 사무실 공간이다. 6층 높이인 바이오쎌텍 건물보다 한 층이 더 높다. 여러 업체가 입주해 있어서 방문객이 수시로 드나들었다. 그래서 주목받지 않는다. 그는 7층까지 걸어서 올라갔다. 비상계단에는 CCTV 카메라가 없다. 옥상으로 통하는 문은 자물쇠가 채워져 있었다. 그는 작은 지갑을 꺼내 그 안에서 날카로운 고리 모양의 금속 도구를 엄지와 검지로 잡았다. 쉽게 자물쇠를 열고 옥상으로 나갔다. 그는 거기서 바이오쎌텍 건물 옥상으로 뛰어내렸다.

그는 배낭에서 곤충 드론을 꺼냈다. 드론을 날려 피오나 정의 사무실로 침입할 곳을 찾았다. 건물 정면의 강화유리 벽을 피하고 건물 옆쪽 콘크리트 면에 나 있는 작은 창문 쪽으로 드론을 보냈다. 처음 들여다본 창문 안쪽에는 복도가

묵찌빠

보였다. 그 옆 창문 안쪽으로 피오나 정의 사무실이 보였다.

그는 드론을 수거한 뒤 배낭 안에서 등산용 밧줄을 꺼냈다. 옥상 난간에 밧줄의 한쪽 끝을 묶은 뒤 줄을 타고 6층 창문으로 내려갔다. 유리 절단 칼로 창틀 전체의 크기대로 창유리를 자른 뒤 강력한 투명 테이프를 붙여 유리를 들어냈다. 그 유리를 갖고 옥상으로 올라왔다. 이번에는 곤충 드론을 날려 그 창을 통해 사무실 안으로 들여보냈다. 사무실 안은 어두웠다. 드론에 장착된 카메라는 적외선 투시가 가능했다. 그는 적당한 위치를 찾았다. 드론은 큰 화분 안에 작은 금속 물체를 떨어뜨리고 창을 통해 밖으로 나왔다. 드론을 수거한 그는 다시 6층 사무실 창으로 내려가 잘라냈던 유리 창문을 창틀에 맞춰 끼운 뒤 강력 투명 테이프로 고정했다.

옥상으로 다시 올라온 그는 주위를 둘러보았다. 빌딩 숲이다. 큰길 건너 맞은편에 있는 아파트 단지가 가깝게 보였다. 적당한 거리다. 그는 내일 아침 피오나 정이 출근하면 그때, 그 집에도 도청기를 설치하기로 했다.

***

지난 이틀 동안 겪었던 일들이 영화의 한 장면처럼 지나갔다. 김경령 순경은 건장한 군인들이 구세주처럼 나타나 자신의 조사에 힘을 보태주니 다행스러웠다. 그들과 함께 라면 외국인 킬러와 마주쳐도 걱정이 없을 것 같았다.

"그 얼굴로 어딜 쏘다닌 거니? 움직일 힘이 있으면 청소나 좀 해놓지."

엄마가 청소기를 잠깐 끄고 신발을 벗고 있는 김 순경을 큰소리로 나무랐다.

"볼 일이 있어서 잠시 나간 거야. 금방 들어왔잖아."

"자, 이거!"

엄마는 선물을 내밀듯이 김 순경에게 30센티미터가 조금 넘는 곤봉을 내밀었다.

"이게 뭔데?"

"박달나무로 만든 곤봉이야. 할아버지가 쓰시던 건데, 큰 아버지께 말씀드리고 가져왔어. 강도 잡을 때 쓰라고."

"뭐라고? 제정신이야?"

"뭐? 얘가 못 하는 말이 없어. 밖에서 줘 터지고 다니니까 가져온 거 아냐?"

"이거 완전 오십 년 전 경찰봉이네. 요새 이런 곤봉 들고 다니는 경찰이 어디 있어? 쪽팔리게."

"나도 쪽팔린다. 하여튼 내일부터 몸에 지니고 있어. 코트 안에 넣으면 되잖아."

묵찌빠

"내일은 비번이야. 오늘은 휴가고. 경찰봉은 지구대에도 있어."

김 순경은 문을 쾅 닫고 방으로 들어갔다. 곤봉을 침대 위로 던졌다. 만화책을 볼 생각이었지만 손에 잡히지 않았다. 웹툰을 보려고 PC를 켰다. 외국인 킬러 생각에 웹툰도 눈에 들어오지 않는다. 망설이다가 과제물을 꺼내듯이 바이오쎌텍 홈페이지를 다시 열었다. 역시 재미가 없다. 홍보 영상만 계속 넘겼다.

'도대체 홈페이지 주소는 왜 상점 앞에 걸어놓은 거야? 홈페이지 들어가서 공부하라는 거야, 뭐야?'

몇 번을 보았을까? 홍보 영상에 등장한 뚱뚱한 사람이 갑자기 크게 보였다. 익숙한 이미지이다. 김 순경은 엠튜브의 동영상을 열었다.

'여자는 구하려고 했고 외국인 남자는 해치려고 한, 애플 전자 앞에 서 있던 그 사람?'

김 순경은 홍보 영상에 등장한 사람을 찾아야 한다고 생각했다. 하지만 어떻게 찾아야 할지, 묘안이 떠오르지 않았다. 킬러와 싸우던 그 여자는 잠적했다.

'나에게 연락이 올까?'

김 순경은 침대에 누워 천장을 보았다. 거짓말처럼 천장에 그려진 미로의 출구를 찾아냈다.

"정말 대단하십니다."

부행장은 피오나 정 대표를 보고 함박웃음을 지었다. 그는 고급스러운 종이 상자 위에 손을 얹었다. 피오나 정이 부행장에게 웃으면서 말했다.

"새 디자인입니다. 신상품이에요. 사모님이 분명히 좋아하실 거예요."

"너무 과분하게 여길 겁니다."

"어디까지나 빌려드리는 거니까 부담은 갖지 않으셔도 됩니다."

상자 안에는 명품 핸드백이 들어있다. 빌려준다고 했지만 돌려받지 않을 것임을 부행장은 잘 알고 있다.

"본사 지원 규모는 어느 정도 됩니까?"

"새로운 실험 공간, 시설, 전문 인력을 칭다오 수준까지 끌어올릴 때까지 들어가는 비용 전부입니다. 이사회가 승인한 사안이에요. 바이오쎌텍은 전략적으로 우리나라와 동남아, 중국 일부 시장까지 겨냥한 겁니다."

"바이오쎌텍 주식이 이럴 수가 있나 싶을 정도로 올랐더라고요. 브람스 주식도 바이오 헬스 케어 대장주답게 엄청나게 뛰었고요."

묵찌빠

"AI와 생명공학, 두 가지 기술이 세상을 지배할 거란 얘기는 조만간 현실이 될 겁니다."

"그런 점에서 세계 최고의 빅테크 기업과 세계 최고 제약 기업의 후원을 받는 바이오쎌텍이야말로 그 가치가 날로 커질 겁니다. 특히 요즘처럼 바이러스가 유행하는 시기에는 헬스 케어, 제약 부문은 더 중요해질 수밖에 없습니다. 한국 법인의 역할이 더욱 커지는 것은 당연합니다. 피오나 정 대표님, 진심으로 축하드립니다. 앞으로도 잘 부탁드리겠습니다."

"감사합니다, 부행장님. 부탁은 제가 드려야죠. 지금 바이러스가 크게 확산되고 있잖습니까? 바이러스가 세상을 어떻게 바꿀지 알 수가 없어요. 팬데믹 현상이 끝나면 세상은 변해 있을 겁니다. 우리나라는 공공 의료체계가 발달했지만, 제약 부문은 아직도 약합니다. 바이오쎌텍도 한국에서 큰 역할을 하지 못했습니다. 영업 위주로 사업을 했을 뿐이죠. 이제는 한국이 제약 부문에서도 두각을 나타낼 겁니다. 많이 도와주시기 바랍니다. 이번 대출 건도 감사드려요."

"네, 염려 마십시오."

부행장은 피오나 정 대표가 국내 금융권 대출 자금 일부를 활용해서 빅테크 기업 주식을 사 모은다는 사실을 알고 있었다. 최근 거대한 자금을 지원받는다면서 이를 담보 삼아 국내 대출 규모를 늘려서 투자할 것으로 예상했다. 하지만 무슨 상관이란 말인가? 돈을 빌려주고 이자만 받으면 그만이다. 상대는 세계 최고의 종합 제약회사의 한국 법인 대표다.

피오나 정은 자신의 계획이 완성 단계에 접어들었다고 보았다. 빅테크 기업의 성장성은 시장에서 이론의 여지가 없다. 자금을 굴리는 누구든지 이제는 빅테크 기업에 발을 담그고 싶어 한다.

사람들은 레토나 이데의 플랫폼에 들어가 정보를 얻는다. 사업을 진행하는 것도, 창업하는 것도 레토와 이데가 지원하는 프로그램을 활용한다. 계약서를 써서 주고받는 것도, 결재하는 것도 그렇다. 항공권을 구매하고 호텔과 교통수단을 예약하는 것도 빅테크 기업의 플랫폼을 이용할 수밖에 없는 세상이다.

어디 그뿐인가? 영화를 보는 것, 음악을 듣는 것, 요리하기 위한 레시피를 얻는 것도 빅테크 플랫폼에 의존한다. 건강을 위해서도 마찬가지다. 중국에서는 이미 원격 진료와 의약품 배달이 일반화됐다. C-바이러스의 확산은 사람들에게 AI가 보편화하는 새로운 사회의 필요성을 역설하고 있다.

세계 최고의 대표적인 빅테크 기업이 모여 바이오쎌텍을 만들었다. 피오나 정은 바이오쎌텍 한국 법인의 책임자다.

묵찌빠

피오나 정은 세상에 두려울 게 없었다. 여기까지 오는데 인생 전부를 걸었다. 이제 자신도 슈퍼 휴먼이 될 것이다. 마지막 관문을 통과하기 위해서 그동안 생각해둔 방법을 써야 할 때가 왔다.

* * *

5층까지 벽을 타고 올라가는 것은 다른 사람을 피할 수 있다는 점에서 시도해 볼만 했다. 내부 상황을 전혀 알지 못하는 상황에서 어떤 변수가 생길지 예측할 수 없다는 것이 문제다. 잘못하면 일을 그르칠 수 있다. K는 두 번째 계획을 실행하기로 했다.

K는 생활치료시설 건물 뒷면이 바라보이는 산등성이에서 내려왔다. 자신의 승용차를 몰고 시설 정문 앞으로 갔다. 차량이 통과하지 못하게 닫혀 있다. 정문 옆에는 CCTV 카메라가 설치되어 있다. K는 정문 앞에 차를 세워두고 쪽문을 통과해 현관 쪽으로 걸어갔다.

밤이 늦었다. 건물 내부의 전등 대부분이 꺼져있다. 로비에는 4인용 테이블 네 개가 연결된 상태로 놓여 있다. 조명은 밝지 않았다. K는 오래된 건물이라고 생각했다. 그곳 근무자는 여성 한 명이다.

"504호실에 있는 이양 씨에게 USB 메모리를 전달해야 합니다."

K는 메모리가 들어있는 작은 봉투를 근무자에게 주면서 말했다. 근무자는 K의 얼굴을 올려보았다.

"S 대학병원에서 이양 씨를 이곳으로 보냈다고 했습니다."

"이 시간에 이곳에 들어오시면 안 되는데요."

K는 근무자에게 사정하는 투로 말했다.

"사정이 급해서 온 겁니다. S 대학병원에서 이곳을 알려 줬어요."

"실례지만 환자와 어떤 관계이신데요?"

"이양 씨와 중국 칭다오에서 사업을 함께 하는 사람입니다."

"신분증 보여주세요."

K는 S 대학병원에서 사용한 주민등록증을 꺼냈다. 관리인은 신분증을 받으면서 출입자 명부를 K쪽으로 내밀었다.

"핸드폰 번호를 적어주시겠습니까?"

"중국에서 귀국한 뒤에 아직 핸드폰을 개통하지 못했습니다. 이양 씨에게 바이오쎌텍이라고 하고 메모리만 전해 주시면 됩니다."

근무자는 K를 잠시 쳐다보다가 주민등록증을 보면서 인적 사항을 출입자 명부에 적었다. 방호복에 고글과 마스크를 끼고 있어서 K는 근무자의 표정이 어떤지 알 수 없었다.

K는 테이블 반대편에 있는 건물 안내도 앞으로 갔다. 1층과 5층 구조를 머릿속에 그려 넣었다. 근무자가 K를 불렀다.

"이양 씨에게 이 메모리를 전달하기만 하면 되죠?"

K는 그렇다고 대답하면서 펼쳐져 있는 출입자 명부에서 '504호'와 'USB 메모리'라는, 방금 근무자가 적은 메모를 보았다.

K는 연수원에서 1킬로미터 떨어져 있는 마을에 자신의 승용차를 세웠다. 거기서부터 산을 넘어 생활치료시설 건물 뒤편으로 다시 왔다. K는 화장실 창을 들어 올려 안으로 들어갔다. 화장실을 통과해 복도로 나가는 문을 열었다. 아무도 없다. 복도로 나왔다. 어둡다. K는 화장실 옆방 문을 열고 안으로 들어갔다. '탈의실'이라는 팻말이 붙어있다. 건물 안내도에서 본 방이다. 벽에는 사진으로 구성된 '레벨 D' 방호복 착용 방법이 게시되어 있었다.

K는 방호복 착용 방법이 틀리면 의심을 살 수 있다고 생각했지만, 누군가가 탈의실 문을 열고 들어올까 봐 전신 보호복과 헤어캡부터 착용했다. 마스크와 고글을 쓴 뒤 후두를 덮었다. 몸을 먼저 가린 뒤 천천히 속장갑을 끼고 엄지걸이를 고정했다. 몸을 굽혀 방호복의 덧신 끈을 묶었다. 마지막으로 속장갑 위에 겉장갑을 착용했다.

K는 탈의실 문을 열고 복도로 나왔다. 중앙 쪽으로 가면 아까 만난 근무자와 마주칠 것이다. K는 화장실 옆에 있는 계단을 이용해 5층까지 올라갔다. 복도 중앙에는 간호사들이 근무하는 스테이션이 있다. 인기척은 없다. K는 504호실을 찾았다.

이양 박사와의 두 번째 만남이다.

K는 호흡을 가다듬었다. 조심스럽게 문을 노크했다.

* * *

탕!

처음 사격이라서 그런지 뻑뻑했다. 저격용 소총답게 노리쇠 진동은 적은 편이었다. 소음기를 장착했어도 총소리가 생각보다 컸다. 하지만 100미터 이상의 거리에서 사격한다면 총소리만 듣고 사격자의 위치를 찾아낼 수 있는 사람은 없을 것이다. 차량 소음으로 시끄러운 도시 한복판이라면 더 그럴 것이다. 현장에서 안개처럼 사라지는 것이 어렵지 않다. 목표물은 난생처음 당해보는 일이라서 방어 능력이 없을 것이다.

7.62mm 구경의 K-14 저격 소총은 800미터 거리에서도 목표물을 명중시킬 수 있도록 설계됐다. 탄창에는 71.9mm

탄알이 열 발 들어있다. 그는 탄약 네 발을 남겨놓고 여섯 발로 영점을 잡기로 했다.

첫 번째 사격에서는 종이표지판을 맞추지 못했다. 150미터 거리에서 사격한 것이다. 앞으로 다섯 발을 사용해 영점을 잡아야 한다. K-14의 정확도는 1MOA(100m 거리에서 1인치 안에 탄착군이 형성될 경우의 정확도)로 나와 있지만, 처음 사격하는 소총이라서 감을 잡을 수가 없었다. 그가 사용하는 저격용 소총인 러시아제 SVDM드라구노프와는 전혀 다른 감각의 화기다. SVDM드라구노프는 시중에 나와 있는 것이 없어 고가로 어렵게 구매했다. 짝퉁이 아닌 정품이고 총탄도 저질탄이 아니다. 정확도는 2MOA 수준이라고 하는데 그는 그보다 더 높다고 평가했다.

그는 탄속측정기를 이용해서 총탄의 평균 속도를 낸 뒤 그 수치를 기상추적계에 입력해 영점을 잡는 데 활용하곤 했다. 하지만 K-14는 서구에서 개발한 저격 소총과 비교할 데이터가 없다. 정확도를 높일 수 있는 장비도 그에겐 없다. 오직 감으로 영점을 잡아야 한다. 그는 종이표지판을 매단 드론을 80미터 거리로 앞당겼다.

산 아래에서는 고막을 찢을 것 같은, 터파기 공사장에서 나오는 소음이 주변의 모든 소리를 집어삼켰다. 공사장에 처음 도착했을 때는 소음이 너무 커서 그도 귀를 막을 정도였다. 그는 인터넷을 뒤져서 서울 외곽 개발지역인 이곳을 찾아냈다. 사격 연습에 아주 적합한 장소다. 그는 엎드려 쏴 자세로 공중에 떠있는 종이표지판을 향해 한 발 당겼다.

탕!

총소리는 공사장 소음과 섞였지만, 그는 총알이 겨울 공기를 가르며 날아가는 소리를 구별했다. 아침 공기는 총알의 속도를 줄인다. 추운 만큼 공기의 밀도가 높기 때문이다. 총탄이 동그란 종이표지판의 왼쪽 상단에 구멍을 냈다. 그는 회심의 미소를 지었다. 드론을 100미터 거리로 벌렸다. 가늠자의 클릭을 조절했다. 경험과 감을 동원했다.

탕!

이번에는 종이표지판의 오른쪽 부분에 구멍을 냈다. 그는 가늠자 클릭을 다시 조절했다.

탕!

종이표지판 가운데 상단을 맞췄다. 드론을 130미터 거리로 보내 사격했다. 150미터 거리에서도 사격했다. 정중앙에 맞히지는 못했지만, 두 차례 모두 종이표지판에 구멍을 냈다. 명중하지는 못해도 치명상을 입힐 수는 있다. 쓰러진 뒤에도 세 발을 더 쏠 수 있다.

그는 드론을 내려 박스에 넣었다. 총알 네 발이 든 탄창을 소총에서 분리했다. 여섯 개의 탄피를 주워서 땅에 파묻었

184

다. 그는 소음기만 떼어낸 뒤 저격용 소총을 천에 말아서 긴 가방에 넣었다. 분해하면 영점 맞춘 것이 틀어진다. 그는 가방과 드론 박스를 들고 산에서 내려왔다.

햇볕이 들지 않는 곳에는 눈이 쌓여 있었다. 한국의 겨울도 쌀쌀하다. 공사장에서는 귀를 때리는 터파기 공사 소음이 계속되고 있었다. 그는 오토바이에 가방과 박스를 싣고 숲에서 나왔다.

>>> **14**
아마추어

"오늘 비번이라며? 밥도 안 먹고 뭐해! 또 만화 보니?"

엄마가 문을 불쑥 열고 잔소리를 해댄다.

"웹툰 아냐. 조사할 게 있어서 보는 거야."

"조사는 무슨 조사. 파출소 순경이 뭘 조사하는데? 나 지금 나간다. 밥 잘 챙겨 먹고 쉬어. 나갈 때는 할아버지 곤봉 챙기고."

"파출소가 아니라 Y시 경찰서 동부지구대."

엄마가 나갔다. 김경령 순경은 한숨을 내쉬며 검색창에서 바이오쎌텍을 찾았다. 새로 올라온 기사가 많다. 그 가운데 눈에 띄는 기사 하나. 바이오쎌텍이 한국에 대규모 투자를 한다는 내용이었다. 바이오쎌텍 한국 법인 대표의 사진과 인터뷰도 있었다. 종합 제약회사의 영업전문 기업에서 연구와 개발기업으로 확대한다는 청사진을 제시했다.

바이오쎌텍이 잘나가는 기업인 것만은 분명하다. 하지만 돈이 모이는 곳엔 위험도 커질 수 있다. 김 순경은 Y시 경찰서에 수사 협조를 요청해야 할 것 같았다. 먼저 박동열 순경과 지구대장에게 잘 설명해야 한다. 바이오쎌텍 홈페이지에 나온 홍보 영상 속 남자의 신원을 알아내야 했다. 중국쪽 회사나 칭다오 공안에 문의할 필요가 있다. 또 핸드폰 위치 추적도 통신사 협조를 받아야 한다. 그 여자가 연락을 한다고 했기 때문이다.

묵찌빠

핸드폰이 울렸다. 김 대위다.

"머리는 갈색입니다. 얼굴이 허연 백인입니다. 덩치는 저만합니다."

잠이 깬 20대 청년은 눈을 비비다가 차 중사의 인상을 보고는 자세를 바로잡고 앉았다. 마스크를 벗은 얼굴에 짧은 머리, 검은색 양복, 머리를 접수부 안으로 들이민 차 중사의 얼굴이 무서워 놀랐다.

"그런 사람 못 봤는데요."

"그런 사람이 아니고 외국인입니다. 백인 말입니다."

"네, 백인요."

"여기 숙박하지 않은 거 확실합니까?"

"확실합니다."

"어떻게 그렇게 확신합니까? 여기 숙박하는 사람 얼굴을 일일이 확인합니까?"

"그냥 얼굴이 보이는데요. 왜 그러시는데요?"

"위쪽에 미군 부대가 많아서 미국 사람들 많이 오죠? 아닙니까?"

"외국인은 없습니다."

모텔에서 나온 세 사람은 아무 말 없이 다음 모텔로 갔다. 주차장 입구에는 셔터가 내려져 있었다. '10초만 기다리세요'라는 문구 옆으로 조그만 로비 출입구가 있었다.

김 순경이 두 사람에게 말했다.

"제가 물어볼게요. 두 분은 밖에서 기다리는 게 좋을 거 같아요."

김 대위가 놀란 표정으로 물었다.

"혼자 들어가신다는 말입니까?"

"네."

"괜찮겠습니까?"

"당연히 괜찮죠. 두 분은 수사관처럼 보이세요."

모텔 안으로 들어가는 김 순경 뒷모습을 보고 차 중사가 김 대위에게 말했다.

"자기가 수사관 아닙니까?"

현관 안쪽에 작은 접수대가 있었다. 주차장으로 통하는 문도 보였다. 직원은 보이지 않았다.

"실례합니다. 아무도 안 계세요?"

접수대 옆방에서 30대 남자 한 명이 나왔다. 밥을 먹다가 나왔는지 냄새가 풍겼다. 그는 접수대 안으로 들어갔다.

"두 시간에 이만 원입니다. 차는 주차하셨습니까?"

"아, 네."

"함께 오신 분은 주차장에 계십니까?"

"아, 네. 여기에 숙박하고 있는 사람을 찾고 있어요."

190   묵찌빠

김 순경은 지갑에서 만 원짜리 넉 장을 꺼냈다. 일종의 정보 이용료라고 생각했다. 직원은 돈을 받고 웃으며 방 열쇠를 내밀었다.

"나가실 때는 여기 접수대 위에 놓고 가시면 됩니다. 오후 4시 전에는 방을 비워주셔야 합니다."

"여기 숙박하는 사람, 마르티네스라고 하는데요. 몇 호실에 묶고 있어요?"

"네? 마르티네스? 그 사람인가? 왜요?"

"네, 그 사람이요. 남자친구예요. 여기로 오라고 하더라고요."

김 순경은 직원을 보고 마스크 속에서 웃었다. 직원은 김 순경의 아래위를 훑어보며 고개를 갸우뚱했다.

"이름은 모르겠는데 외국 사람이 한 명 있기는 있는데…."

"백인이에요. 몸이 크고 머리는 갈색이고요."

"아, 방값 열흘 치 선불한 그 외국인 말인가요?"

"맞아요. 그랬다고 하더라고요."

"10층에 있는데 언제 들어왔다가 나가는지는 잘 몰라요. 방 청소도 하지 말라고 하고…. 지금 계시는지 안 계시는지는 모르겠어요."

"호실만 알려주세요. 없으면 저녁에 다시 올게요."

"1005호실인데, 노크 해보시고 그분이 없으면 그 옆방에 들어가 계세요."

직원은 1006호실 열쇠를 김 순경에게 내밀고 그가 나온 방으로 다시 들어갔다.

김 순경은 밖에 있는 김 대위와 차 중사를 불렀다. 세 사람은 엘리베이터를 탔다. 복도는 어두웠다. 그들은 1005호 앞에 섰다. 손잡이에 청소하지 말라는 카드가 걸려 있었다. 김 대위와 차 중사가 허리 뒤에서 권총을 꺼냈다. 김 순경 눈이 휘둥그레졌다. 김 순경은 자신도 모르게 코트 안에서 할아버지 곤봉을 꺼냈다. 군인 두 명의 눈도 휘둥그레졌다. 김 대위는 김 순경에게 물러서라고 했다. 두 명의 군인은 문을 가운데 두고 양쪽에 섰다.

김 대위가 노크했다. 인기척이 없다. 다시 노크했다. 응답이 없다. 김 순경이 그들에게 말했다.

"나간 거 같아요. 청소하지 말라고 하잖아요."

"그런 것 같습니다."

김 순경은 자기 뒤에 있는 1006호실 문을 열쇠로 열었다.

"우선 이 방으로 들어오세요."

군인 두 명의 눈이 또 한 번 휘둥그레졌다. 세 사람은 1006호실로 들어갔다.

"오후 4시까지 이 방에 있을 수 있어요."

방에 들어선 김 대위는 창문을 열고 밖을 내다보았다. 옆방 창문과의 거리도 보았다. 발을 디딜 곳이 없어서 창문을 통해 그 방으로 들어가는 것은 불가능했다. 김 순경도 창문으로 밖을 내다보았다. 김 순경의 시야로 애플전자 지붕이 들어왔다.

"어머, 애플전자가 가깝게 보이네요."

"그 외국인이 드론을 조종했다면, 아주 좋은 위치인데요."

"옆방에 들어가서 무엇이 있는지 보고 싶어요. 잠시만 기다리세요."

김 순경은 방문을 열고 나갔다. 차 중사가 말했다.

"김 순경, 보기보다 당찬 것 같지 않습니까?"

"야무진 것 같다."

3분도 되지 않아 김 순경이 방으로 돌아왔다. 손에는 열쇠 뭉치가 들려 있었다.

"만능키예요."

김 대위와 차 중사가 놀랍다는 듯 서로 얼굴을 보면서 김 순경을 따라 복도로 나왔다. 차 중사가 열쇠 뭉치를 받았다.

"어느 열쇠를 써야 하죠?"

"그건 모르겠어요."

차 중사는 천연덕스러운 김 순경의 말에 난감한 표정을 지었다. 곧 열쇠를 하나씩 골라내면서 손잡이에 꽂았다.

"구식 모텔이라서 다행입니다. 만능키를 발견했습니다."

두 사람은 신속하게 권총을 허리 뒤에서 꺼내 들었다. 김 대위가 조용히 문을 열었다. 차 중사는 안쪽을 향해 권총을 겨냥했다. 완벽하게 정돈된 방에 김 순경은 몹시 놀랐다. 같은 크기의 대형 가방 두 개가 바닥에 가지런히 놓여 있었는데 놓인 위치가 각도 하나 틀리지 않게 평행으로 있었다. 테이블 위에는 노트북이 놓여 있었고 노트북과 연결선의 각도도 테이블 끝과 정확히 평행선을 이루고 있었다. 마치 각도기와 자를 사용한 것 같았다. 김 순경은 이 방의 사용자가 무서워졌다. 옷은 또 어떻게 정리해놓았을지, 김 순경은 옷장을 열어보고 싶었다. 문고리를 잡았다. 김 대위가 김 순경 팔을 잡고 고개를 가로저었다. 차 중사에게는 밖으로 나가자며 머리로 신호를 보냈다. 그들은 1006호실로 돌아왔다.

"휴!"

김 대위와 차 중사가 긴장을 풀었다. 김 순경이 김 대위에게 물었다.

"가방 안에 무엇이 들어있을까요?"

"장비들이 들어있지 않겠습니까?"

"찾는 물건이 가방 안에 들어있지 않을까요?"

"우리가 찾는 건 저 가방 안에 넣을 수 있는 물건이 아닙니다. 오히려 우리가 발각될 겁니다."

"그래요? 찾는 사람이 맞는 것 같아요?"

묵찌빠

"맞는 것 같습니다. 하지만 확인은 해야 합니다."

"어떻게 확인하죠?"

"잡아서 물어봐야 합니다."

옆에 있던 차 중사가 한마디 했다.

"보통 놈이 아닌 것 같습니다."

김 대위도 고개를 끄덕였다. 김 대위는 한동안 생각에 잠기더니 차 중사에게 지시했다.

"차 중사는 이 방에서 대기한다. 나는 김 순경님과 주차장에 차를 대놓고 기다리겠다. 그가 도착하면 문자를 보내겠다. 차 중사도 이 방에서 망을 보다가 그가 들어오면 나에게 문자를 보낸다. 혼자서 공격하면 절대 안 된다.

"알겠습니다. 들어오면 어떻게 하실 겁니까?"

"이 모텔은 놈을 제압하기에는 적당하지 않다."

"저도 그렇게 생각하고 있습니다."

"잠을 잘 때 몰래 덮친다면 몰라도 주먹으로 제압하는 것은 위험 부담이 너무 크다. 온 세상이 다 알게 될 거다. 기다렸다가 밖으로 나가면 미행해서 도대체 뭐 하는 놈인지 보고, 물건을 어디에 감췄는지도 알아보는 게 좋을 것 같다."

김 대위는 김 순경의 팔목을 잡고 복도로 나왔다. 엘리베이터를 타고 내려가려다가 계단을 이용했다.

"저 외국인, 도대체 무슨 짓을 했어요? 보통 심각한 거 같지가 않네요."

"말씀드렸듯이 극비사항입니다. 부대에서 어떤 기계를 훔쳤습니다."

"중요한 기계인 모양이죠?"

"그러니까 그를 잡으려고 하는 겁니다."

"뭐가 뭔지 잘 모르겠네요. 차를 갖고 오셨어요?"

"네, 부대 승용찹니다. 근처 모텔에 주차했는데, 이 모텔 주차장으로 가져와서 그놈을 기다리는 게 좋을 거 같습니다. 놈이 나가면 바로 뒤쫓아 가는 겁니다."

"저 외국인이 범죄를 저지른 거 맞는 거죠?"

"물론입니다. 사사롭게 저놈을 잡으려는 게 아닙니다. 세상 떠들썩하게 검거하면 귀찮은 일들이 일어나기 때문에 조용히 검거해서 조사하고 훔쳐간 것을 되찾으면 됩니다. 그리고 군법에 따라 처벌할 겁니다."

"군법이요? 그가 군인인가요?"

"그러니까 우리가 조사한 뒤에 경찰이나 국정원에 이첩한다는 얘깁니다."

"국정원이요? 그 정도라면 경찰 지원을 받아야 하지 않을까요? 제가 함께 검거하는 게 맞나 싶어요."

"무슨 말씀인지 알겠습니다. 지구대장님께 일차 보고했으니까, 김 순경님은 구경만 하시면 됩니다. 김 순경님도 저

묵찌빠

놈이 수상한 게 많다고 말씀하지 않았습니까? 우리가 조사해서 경찰에 넘기겠습니다. 걱정하지 마시고 저희를 믿으십시오."

"아, 네."

김 순경과 김 대위는 1층까지 내려왔다. 접수대는 비어있었다. 김 순경은 접수대 안으로 들어가서 열쇠 뭉치를 제 자리에 걸어놓았다.

김 대위와 차 중사가 묶고 있는 모텔은 근처에 있었다. 그 모텔의 주차장 입구는 안을 들여다보지 못하게 셔터 비닐로 가려놓았다. 두 사람은 주차장 안으로 들어가려고 몸을 굽혔다. 김 순경은 비록 공무 중이기는 하나, 남자와 함께 모텔로 들어가는 모습을 누가 볼까 봐 신경이 쓰였다. 주위를 한번 둘러보았다. 바로 그 순간, 최악의 사태와 마주했다.

"헉…, 기, 김 순경!"

김 순경도 당황했다.

"기, 김 순경, 김갱랭 씨! 저, 절마 누군교? 왜, 왜 이런 데서…."

서만수는 숨이 넘어갈 것 같았다.

"사복까지 입고…, 동네에서…."

김 대위도 당황한 모양이었다.

"김 순경님 남자친굽니까?"

"아뇨. 인터넷 기자예요. 개인적으로는 모르는 사람이에요."

"아니, 기, 김갱랭 순경, 그게 뭐, 뭔 말인교? 개인적으로 모르다니? 그럼 저, 절마는 잘 아는교?"

김 대위가 그 말을 듣고 발끈했다.

"이 새끼가 말끝마다 절마, 절마 하고 있어. 너 몇 살이야?"

"새끼라니! 아니 일마 이거 깡패 아이가?"

"뭐야, 깡패? 이 새끼가!"

"잠깐만요, 김 대위님! 서만수 기자님, 이분은 공군부대 대위님이세요. 지금 공무 중이에요. 오해하지 마세요. 남의 사생활에도 간섭하지 마시고요."

"군인? 사, 사생활? 지금 군인하고 사생활 한다는 말인교?"

"공무 중이라니까요. 하지만 사생활이라도 신경 쓰실 이유가 없다는 거예요."

"아니, 어떻게 그런 말을…. 어떤 공문교? 그렇다면 나도 공식적으로 취재 할랍니다. 무슨 일인교? 무슨 공무를 모텔에서 봅니까? 기다리소, 사진 한 장 찍게."

"만수 씨! 이게 무슨 짓이에요?"

"공무라면서요? 공문데 기자가 사진을 왜 못 찍는교?"

"찍지 마세요. 찍기만 하면 가만히 안 있어요."

"가만 안 있으면 어쩔 건데? 얘기해 보소! 그러면 당신이

묵찌빠

한번 말해보소, 군인 양반!"

김 순경과 김 대위는 어찌할 바를 몰랐다. 김 대위가 호흡을 가다듬었다. 그리고 수습하려고 나섰다.

"김 순경님이 사실대로 말씀하지 않으셨습니다. 공무가 아니고 우리는 전부터 아는 사입니다. 왜 그러시는지 짐작은 하겠지만, 그만 포기하시고 조용히 돌아가시는 게 좋을 것 같습니다."

"뭐야? 여, 연인 사이? 일마 이거 어디서 나타난 개뼉다구 같은 새끼가 김갱랭 애인이래? 잠시 기다려 바라이."

서만수는 핸드폰을 들었다. 김 대위는 얼굴이 시뻘게졌다. 한 대 치려고 주먹을 쥐었지만, 시끄러워질까 봐 이러지도 저러지도 못했다.

"동열아, 큰일 났다. 김갱랭이가 첩보는 어떤 개뼉다구 같은 놈하고 지금 동네 모텔로 들어가는 걸 내가 붙잡았다 아이가. 빨리 나와 바라. 어디냐고? 순두부집에서 들어오다가 첫째 골목에서 우회전하면 모텔 있잖아. 주차장에 비닐 천 내린. 모르겠나? 알겠지? 빨리 와 바라."

서만수는 핸드폰을 주머니에 넣고 씩씩거렸다.

"와? 한 대 치게? 어디 쳐 봐! 쳐 봐! 이 군바리 새끼야? 억!"

김 대위는 쓰러지는 서만수를 붙잡았다. 서만수는 기절한 것 같았다. 김 순경 손에 할아버지 곤봉이 들려 있었다.

"사람을 어찌 그래 무지막지하게 때릴 수 있는교? 그렇게 무식하게 생긴 곤봉으로 사람을 치는 법이 어딨는교?"

서만수의 눈에 눈물이 그렁그렁했다. 김경령 순경은 서만수가 계속 시비를 걸어와 난감했다. 말투가 얄미워서 곤봉으로 한 대 더 때리고 싶지만, 그렇게 되면 일을 그르칠 것 같아 참는다.

"죄송하게 됐어요. 혹시 동네 시끄럽게 하다가 그 외국인에게 들키기라도 하면 안 될 거 같아서 입을 다물게 하려고 나도 모르게 그만…."

"아무리 그래도 그렇게 감정적으로 때려버리면 우짭니까? 머리뼈에 금 간 거 아입니까? 속이 울렁울렁하고 토할 거 같아예."

"병원에 가서서 사진부터 찍어보시는 게 좋을 것 같아요."

서만수는 김 순경이 자신을 쫓아 보내려는 말로 들렸다. 그는 우거지상을 하고 부어오른 자신의 머리를 쓰다듬기만 했다.

"오죽했으면 김 순경이 곤봉으로 머리통을 때렸겠냐? 사정도 모르고 길길이 날뛰니까, 어쩔 수 없이 갈긴 거 아녀. 어여 병원에 가보더라고."

"넌 가만있어 쉐꺄, 한 대 얻어터지기 전에."

박동열 순경도 서만수 머리통을 한 대 갈겨주고 싶었다.

급한 성격에 난동을 또 부릴까 봐 참았다. 서만수가 운전석에 앉아 있는 김 대위의 뒤통수를 보고 거칠게 한마디 했다.

"형씨, 한 가지 분명히 하이시더. 당신하고 김갱랭 순경하고 아는 사이 아니지요? 내 말이 맞지요?"

김 대위는 조수석에 앉아 있는 김 순경을 보았다. 김 순경은 아연실색한 얼굴이다. 김 대위는 서만수의 말에 대꾸할 기분이 아니다. 엉뚱한 곳에 신경 쓸 시간이 없었다. 끈질기게 달라붙을 것 같아 성가셨다.

"아무 관계 아닙니다. 그 외국인 검거하기 위해서 서로 협조하는 겁니다."

"아니, 글마 잡으려면 당신들이 알아서 하면 될 낀데. 와, 김 순경 도움을 청하는교?"

"우리가 찾는 사람을 경찰도 쫓고 있으니까 공조하는 겁니다."

"근데 글마는 와 찾는교?"

"별거 아닙니다."

"별거 아닌데 와 이리 야단법석을 떠는교?"

"그만합시다. 우리가 야단법석을 떤 건 아닙니다. 그리고 찾는 이유를 당신한테 말할 의무도 없습니다. 기삿거리도 안 되는 사항입니다."

"한 명은 10층 방에 있다면서요? 그런 거 보면 보통 사건이 아니고마."

"휴가 갔다가 늦게 들어오는 병사를 찾으러 갈 때도 여러 명이 움직입니다. 혹시나 탈영해서 사고치는 게 아닐까 해서죠. 이건 사회적인 사건이 아닙니다. 군대 내부의 일입니다. 그러니까 가만히 계시는 게 저희를 도와주는 겁니다. 혹시 저쪽에서 도주하기라도 하면 쫓아가야 하고 그러면 시간과 인력과 비용이 더 들고 그래서 국가적으로 세금이 낭비되고 놓치기라도 하면 우리가 임무를 제대로 수행하지 못한 거고, 결국 서만수 기자가 방해해서 그런 거니까 큰일 납니다. 그러니까 질문 그만하고 가만히 계시죠, 아시겠습니까? 이 새끼야! 한 번만 더 주둥이 나불거리면 너부터 죽여 버릴 거야. 우리한테는 이 일이 얼마나 중요한 일인지 알아? 뭐 얻어먹을 게 있다고 계속 찍자 붙는 거야? 위자료라도 달라는 거야 뭐야? 아니면 김 순경님한테 사귀겠다는 약속을 받기라도 하겠다는 거야? 입 벌리지 마! 대답하지 마! 말하지 마! 그대로 가만히 있어."

끝내 폭발하고 만 김 대위 눈에서 살기가 돌았다. 김 순경은 김 대위의 눈빛에 심장이 얼어붙는 듯했다. 서만수 옆에 앉아 있던 박동열 순경은 가위에 눌린 아이처럼 움직이지 못했다. 서만수는 김 순경에게 맞은 뒤통수가 더 아팠다.

승용차 안으로 침묵이 흘렀다. 김 대위의 돌변에 놀란 김

202   묵찌빠

순경은 어찌할 바를 몰랐지만, 이번 일이 그들에겐 그만큼 중요한 사안임을 짐작했다. 부대 내에 심각한 일이 벌어진 게 분명하다.

"김 대위님, 전에도 말씀드렸지만, 지금 우리가 잡으려는 외국인, 그리고 그 외국인이 잡으려는 그 여자, 그들 사이에 있었던 남자, 바이오쎌텍, 이 모든 것이 분명히 연관성이 있는 것 같아요."

"김 순경님 말씀이 맞습니다."

김 순경은 박동열 순경을 돌아보며 말했다.

"동열 씨, Y시 경찰서에 저에게 걸려오는 전화를 추적하는 거 하고요, 바이오쎌텍 칭다오 연구원으로 보이는 그 남자에 대한 신원 조회를 요청해야 할 거 같아요."

"그래요? 근데요? 어쩌라고?"

"동열 씨가 요청 좀 해주세요."

"요청이요? 그건 김 순경이 해요."

"동열 씨가 하면 안 될까요?"

"내가 왜요?"

"저는 김 대위님하고 여기서 그 외국인이 들어오는지 지켜봐야 하니까요. 동열 씨가 지구대에 들어가서 지구대장님께 말씀드려보세요."

"나중에 같이 해요. 급한 거 같지 않은데."

김 순경은 뒷좌석에 앉아 있는 박 순경을 돌아보면서 말했다.

"동열 씨, 우리가 여기 다 있을 필요는 없잖아요."

박 순경은 김 순경과 눈을 맞추지 못했다. 김 순경의 눈초리를 이기지 못할 것 같았다. 무언의 압력이 계속됐다.

"알았어. 가면 될 거 아니여."

결국 박 순경이 툴툴거리면서 승용차 밖으로 나갔다. 지구대로 걸어가는 박 순경의 뒷모습을 보면서 서만수가 고개를 숙인 채 작은 소리로 말했다.

"나는 김갱랭 순경하고 여기 있는 게 좋겠고마."

김 순경은 서만수에게 눈을 흘겼다. 그때 검은색 승용차 한 대가 모텔 주차장으로 들어왔다. 세 사람의 눈길이 그 승용차로 향했다. 20대로 보이는 남녀가 차 안에서 내려 팔짱을 끼고 현관으로 들어갔다. 서만수의 목에서 침 넘어가는 소리가 났다.

김 순경은 그들 남녀에 쏠린 관심을 돌리고 싶었다. 김 대위에게 물었다.

"차 중사님한테서 문자 온 거 없죠?"

"제가 문자를 보냈는데 답이 없습니다."

"언제 보내셨는데요?"

김 대위는 핸드폰을 들여다보았다.

묵찌빠

"십일 분 전에 보냈습니다."

"뭐라고요?"

김 순경은 조수석 문을 열었다. 두 남자가 놀란 눈으로 차에서 내리는 김 순경을 보고 있었다.

"빨리 내리세요."

"와요, 김갱랭 순경."

"이상하잖아요."

"뭐가요?"

"이상한 거 맞으니까, 얼른 내려요."

세 사람은 현관으로 뛰어 들어가서 문이 닫히려는 엘리베이터 버튼을 눌렀다. 앞서 들어간 연인은 엘리베이터로 뛰어 들어온 세 사람을 의아한 눈길로 쳐다보았다. 여성 한 명과 남성 두 명이 모텔에 오니 흥미로운 모양이다. 연인은 세 사람을 아래위로 살피면서 여유롭게 5층에서 내렸다. 세 사람은 10층에서 내려 1006호로 달려갔다.

김 순경이 문을 열었다.

"차 중사님! 어?"

순간, 세 사람 모두 문 앞에서 놀란 채 굳어버렸다. 차 중사는 침대에 대자로 뻗어 있었다. 숨은 쉬었다. 방은 의자하나 흐트러져 있지 않았다. 하지만 김 순경은 그가 차 중사를 때려눕혔다는 것을 알았다.

15

더욱 커지는 위험

그는 전달자다. A, B, C, D, E, F, G로 불린다. 의뢰자에게, 또 의뢰받는 자에게 그렇게 불린다. 반대로 그가 부르는 이름은 맹수, 곤충, 독초 등 다양하다. 그는 동아시아 태풍 이름으로 불렀던 업무 수행자를 찾기로 했다.

그는 지금 오스트리아 잘츠부르크에 있다. '이스마일 (ISMAIL)'을 찾기 위해서 이 도시를 찾았다. 이스마일과는 10년 전과 5년 전, 두 차례 거래한 적이 있었다. 업계에서는 전설적인 킬러로 알려진 인물이다. CIA나 KGB, MI6가 이스마일에게 업무 수행을 의뢰했다는 소문도 있었다. 스파이가 그를 고용했거나 아니면 그가 스파이였거나, 둘 중 하나다.

이름에 대해서도 여러 가지 설이 분분했다. 이슬람 시아파 계열의 이스마일파에서 '아사신(Assassins:암살단)'이 유래되었다는 의미로 그를 이스마일로 부른다고도 했고, 그의 어렸을 때 이름이 이스마일이라는 주장도 있었다.

이스마일은 사고사로 보이게 일을 처리한다.

전달자는 5년 전의 접선 방법을 쓰기로 했다. 호텔에서 나와 모차르트 생가 근처로 이동했다. 어깨에 작은 배낭을 메고 손가방을 들었다. 5년 전 찾았던 보석 가게 안으로 들어갔다. 매니저가 손님에게 보석제품을 꺼내 설명하고 있었다. 가게 구석에 별도의 공간이 있었고, 그 안에 보석제품을 수리하는 남자가 있었다. 5년 전과는 다른 사람이다. 노인이다.

A는 그에게 다가가서 조용히 말했다.

"눈먼 수리공에게 전할 말이 있습니다."

머리를 파묻고 보석시계를 수리하던 노인이 그를 한참 쳐다보며 말했다.

"무슨 말씀인지…."

그는 배낭에서 책을 넣은 봉투 세 개 가운데 한 개를 꺼내 노인이 일하는 테이블 위에 놓고 가게를 나왔다.

그는 잘츠부르크 역으로 가서 비엔나로 가는 기차를 탔다. 안에서 보는 경치가 아름다워 평소 때는 관광객이 많이 이용하는 기차지만, 바이러스 때문에 그런지 관광객은 적었다. 비엔나에 도착해서는 곧바로 호프부르크 궁전 근처로 갔다. 5년 전 갔던 보석 가게를 찾았다. 가게 안에는 매니저로 보이는 중년 남자 말고는 아무도 없었다. 수리공도 보이지 않았다.

"보석제품을 수리하는 분이 한 분 계셨었는데, 잠시 자리를 비웠습니까?"

그의 질문에 매니저는 아쉽다는 표정으로 대답했다.

"얼마 전에 그만두었습니다. 고칠 것이 있으면 저한테 말씀해 주세요. 전문 업체에 맡겨서 수리해 드립니다."

"그분 아니면 안 됩니다. 실례했습니다."

그는 택시를 이용해 비엔나 공항으로 갔다.

공항터미널은 한산했다. 화장실을 찾았다. 화장실 앞 복도에 CCTV 카메라는 없었다. 화장실 안에도 인기척이 없었다. 그는 재빨리 남자 화장실로 들어갔다. 가장 구석에 있는 칸 안으로 들어가 문을 잠갔다. 가방에서 재킷과 바지를 꺼냈다. 그리고 빠른 속도로 가발과 여성용 재킷, 바지를 벗어 가방 안에 넣었다. 신발은 그대로 신었다. 크림을 꺼내 화장을 지운 뒤 가방에 넣었다. 그는 화장실에서 나오면서 가방을 쓰레기통에 버렸다.

그는 프랑스 니스로 가는 항공기에 탑승했다. 코트다쥐르 공항에 도착했다. 그는 택시를 타고 기차역으로 갔다. 거기서 동쪽으로 가는 텅 빈 기차를 탔다. 모나코에서 내렸다. 5년 전 그 보석 가게를 찾았다. 가게 안에는 보석제품 수리공이 있었다. 5년 전 그 남자다. 마스크를 쓰고 있었지만 알 수 있었다.

그는 수리공에게 다가가 작은 소리로 말했다.

"눈먼 수리공에게 전할 말이 있습니다."

수리공은 그를 한참 쳐다보았다.

"눈먼 사람이 어떻게 시계를…?"

그는 배낭에 든 남은 봉투 두 개 가운데 한 개를 꺼내 테

묵찌빠

이블 위에 슬쩍 올려놓고 밖으로 나왔다. 그리고 지중해가 보이는 호텔로 갔다. 전망 좋은 룸을 예약했었다. 달빛이 바닷물에 반사돼 반짝거렸다. 하루에 세 개의 도시를 방문했다. 5년 전처럼.

배낭에는 봉투 한 개가 남아 있었다. 그는 봉투 안에서 책을 꺼냈다. 중동학자 버나드 루이스가 저술한 '암살단(The assassins)'이다. 그는 책을 폈다. 페이지를 넘기다 보면 특정 알파벳에 동그라미가 그려져 있다. 그가 그린 것이다. 그는 모두 열 개의 알파벳에 동그라미를 그렸다. 열 개의 알파벳을 일렬로 적고 그 뒤에 '@letomail.com'을 붙이면 그의 메일 주소다.

피곤했다. 그는 잠을 청했다.

다음 날 새벽 노트북에서 알람이 울렸다. 그는 노트북을 열었다.

'용건은?'
From : Rai

답장을 보냈다.

To : Rai

'서울로 갈 것. 도착하면 메일 보낼 것.'

'한국은 어려운 나라다. 비용은 두 배다.'

From : Rai

To : Rai

'지금 1/2을 보낸다.'

'바로 출발하겠다.'

From : Rai

그는 노트북을 덮었다.

* * *

"당신은…, 그때 그 사람?"

이양 박사는 방호복 차림의 그가 자신에게 바이러스를 주입해 S 대학병원에 보낸 그자라는 걸 알아챘다.

방호복의 K는 당황했다.

"여기는 왜 왔소? 피오나 정이 보냈소?"

묵찌빠

K는 대답하지 않았다.

"나를 빼내려고 왔소? 피오나 정은 왜 대답이 없는 거요?"

K는 이번에도 대답하지 않았다. K 자신이 지금 벌어지고 있는 사태를 이해하지 못하고 있다는 사실을 이양 박사가 알게 되면 아무것도 얻지 못할 것이다. 이양 박사의 반응을 보면서 말을 해도 해야 했다.

"당신이 대답을 가지고 왔소? 나는 피오나 정을 직접 만나야겠소."

"나에게 말해도 됩니다. 정 박사님이 여기까지 오실 수 없잖습니까?"

"당신은 피오나 정과 무슨 관계요?"

"세상에서 제일 가까운 관계입니다. 정 박사님에게 그 어떤 메시지도 보내지 마세요. 오직 나에게만 말하세요. 나는 정 박사님 지시로 당신을 구했어요."

K는 반응을 기다렸다. 이양 박사에게 다른 방법이 없음을 깨닫게 해야 한다.

"정 박사에게 전해주시오. 나를 끝까지 보호해야 한다고."

"지금 잘 보호하고 있잖습니까? 무엇 때문에 불안한 거죠?"

"누군가가 나를 죽이려고 했잖소. 칭다오에서 최근에 벌어졌던 사건도 있고."

칭다오 사건이 무엇인지 감이 잡히지 않았지만, K는 알고 있는 것처럼 말했다.

"그렇게 전하겠습니다."

"또 있소."

이양 박사는 비장한 얼굴로 말을 이었다.

"만일 나에게 무슨 일이 생긴다면 전에 말한 것처럼 심각한 상황이 발생할 거란 사실도 상기시켜주시오."

"전에 말한 것을 정 박사님이 기억하고 있을까요?"

"칭다오에 있는 내 여자친구도 연구원이라는 사실을 상기해보라고 하시오."

"무슨 말인지…?"

"팜칭다오의 리칭이라고 하면 알아요. 피오나 정도 나와 리칭의 관계를 옆에서 보아왔으니까."

이양 박사는 여자친구 리칭과 함께 연구소에서 일했다. 그 사실을 정 박사도 알고 있다. 만약, 이양 박사한테 안 좋은 일이 생기면, 리칭이 가만히 있지는 않을 것임을 정 박사가 알아야한다는 얘기다. 이양 박사와 정 박사는 적대적인 관계는 아니다. 그렇다고 서로 신뢰하는 관계도 아니라고 K는 판단했다.

"정 박사님은 이양 박사님을 신뢰하고 있습니다. 같은 배를 타고 있지 않습니까? 무엇을 걱정하는 겁니까?"

"같은 배를 탔다면 과실도 나누고 기쁨도 함께 해야 한다는 거요."

K는 멀리 떨어져 있는 주차장에 승용차를 주차했다. 거
기서 정 박사 집까지 걸어갔다. 가는 길에 자주 이용한 떡집
에서 송편과 절편을 샀다.

"어머, 이게 누구야? 미라 아냐? 얼마만이야, 원 세상에."

문을 연 이 여사는 K를 보고 깜짝 놀라며 반가워했다. 그
녀는 K를 꼭 안았다.

"어서 들어와, 유럽에 갔었다고? 박사님이 미라가 유럽에
갔다고 하시던데. 영국? 프랑스? 이탈리아? 언제 온 거야?
바이러스 때문에 들어온 거야?"

이 여사는 질문을 그치지 않았다.

"이곳저곳 다녔어요. 여사님은 여전하세요."

"나야 항상 이렇지. 왜 연락 한번 안 했어? 내가 보고 싶지
않았어?"

"그럴 리가요. 살다 보니 그렇게 됐어요."

"박사님 통해서 가끔 소식 들었어. 잘살고 있다고. 여전히
늘씬하고 예뻐."

이 여사는 거실 소파에 K를 앉게 하고, 그녀가 자주 마셨
던 과일 주스를 가져왔다. 그리고 옆에 앉았다. K는 이 여사
에게 예쁘게 포장된 떡 상자를 밀었다.

"여사님 좋아하시는 송편과 절편 좀 사왔어요."

"상자를 보고 떡인 줄 알았어. 오랜만에 박사님께 인사드리러 온 거야?"

"여사님도 뵙고요."

"잘됐네? 저녁 맛있게 해줄게."

K는 이 여사와 그동안 나누지 못한 이야기를 했다. 그리고 좀 쉬겠다고 말하고 2층 서재로 올라갔다. 정 박사는 서재에서 밤늦게까지 일하곤 했다.

* * *

'서울 도착.'

From : Rai

To : Rai

'S 대학병원으로 가라.'

이스마일은 노트북을 덮었다. 그리고 항공기에서 내렸다.

"무슨 일로 오셨습니까?"

"의료봉사를 위해서 왔습니다."

"의사입니까?"

"네."

출입국관리사무소 직원은 입국 카드에 적힌 호텔 주소를 유심히 보았다.

"어디서 봉사를 하십니까?"

"S 대학병원에서 합니다."

직원은 그럴 줄 알았다며 고개를 끄덕였다. 직원은 여권을 돌려주었다. 이스마일은 여권을 받아들고 빠른 걸음으로 세관을 통과했다.

이스마일은 서울역으로 가는 공항열차에 올랐다. 외국인은 많지 않았다. 같은 객차에 탄 몇 명은 억양으로 볼 때 미국인으로 보였다. 그들 가운데 여성 한 명이 이스마일에게 어디서 왔냐고 물었다. 이스마일은 싱가포르에서 왔다고 대답했다. 그들은 LA에서 왔다면서 바이러스 때문에 걱정된다고 했다.

기차에서 내려 S 대학병원으로 출발하기 전까지 방역관리인이 이스마일을 안내했다. 관리인은 이스마일에게 119 구급차를 타고 S 대학병원으로 갈 수 있다고 얘기했다. 이스마일은 구급차를 탔다.

"한국의 의료 인력이 부족하다고 해서 자원했습니다."

지원서류와 의사면허증, 여권을 받아 든 S 대학병원 직원은 선별 진료소에서 잠시 기다리라고 하고 건물 안으로 들어갔다. 이스마일은 병원 주변을 둘러보았다. 잠시 후 건물 안에서 나온 직원은 이스마일을 병원 1층 사무실로 안내했다. 50대 여교수가 이스마일을 맞이했다.

"깜짝 놀랐습니다. 다른 병원에 자원봉사 하러 오신 외국인 의사가 여러분 있다고 들었습니다만, 우리 병원은 칼리 선생님이 처음입니다. 환영합니다."

"한국의 공공 의료시스템을 배우고 싶습니다. 선별 진료소, 생활치료시설 같은 시스템은 배울 게 많습니다."

"잘됐습니다. 우리 병원은 생활치료시설과도 잘 연계되어 있습니다. 호텔은 어딥니까?"

"병원 정문 옆에 있는 호텔입니다."

"잘됐군요. 그러면 호텔에 가서 편한 옷으로 갈아입고 오시죠. 저희 직원이 안내할 겁니다."

여교수는 돌아서서 직원과 함께 나가는 이스마일에게 말했다.

"칼리 선생님, 같은 여성으로서, 동양인으로서 자랑스럽습니다."

이스마일을 수행한 S 대학병원 직원은 로비에서 기다리고 있었다. 이스마일은 그에게 병원으로 돌아가라고 했지

묵찌빠

만, 그는 기다리겠다고 했다. 이스마일은 어쩔 수 없이 시간이 오래 걸릴 수 있다고 양해를 구했다.

이스마일은 객실로 들어와 노트북을 꺼냈다.

'S 대학병원 도착. 목표물은?'
FROM : Rai

이스마일은 샤워하고 간편한 복장으로 갈아입었다. 추운 날씨지만 병원에서 개인 방호복을 착용하고 일하려면 가벼운 셔츠에 바지 한 개면 족할 것 같았다. 그사이 답장이 왔다.

To : Rai
'이양, 한국인, 바이러스 감염, 생활치료시설 504호실 격리'

전달자는 잘츠부르크와 비엔나에서 여성 복장을 했다. 모나코에서는 남자 모습으로 나타났다. 이스마일은 전달자가 빈틈이 없을 거라고 생각했다. 5년 전에도 그랬다. 목표물의 정보는 구체적이다.

'위험도는?'

From : Rai

To : Rai
'예측할 수 없다.'

'보호자가 있나?'
From : Rai

To : Rai
'있다.'

이스마일은 잠시 생각에 잠겼다. 다음 질문을 생각해냈다.

'몇 번째 작업인가?'
From : Rai

To : Rai
'두 번째.'

이스마일 자신은 최소한 두 번째 작업자라고 생각했다. 어쩌면 세 번째 작업자일 수도 있다. 이양을 제거하려던 누군가가 실패한 것이다. 실패한 원인은 이양의 보호자 때문이거나 이양 자신의 방어 능력 때문이거나. 더 이상 실패하면 안 되기에 이스마일을 찾은 것이다.

'알아야 할 사항'
From : Rai

To : Rai
'엠튜브-Y시 사건 톡톡. 바이오쎌텍 홈페이지-칭다오팜 홍보물 남자'

이스마일은 로비에서 기다리는 병원 직원과 함께 찬바람을 맞으며 S 대학병원으로 돌아왔다. 생활치료시설은 현장 답사가 필요했다.

16

폭풍전야

실이 떨어져 있었다. 습관적으로 검은색 실을 문과 문틀에 연결해 붙여놓았지만, 한국 같은 나라에서 침입자가 있을 줄은 예상하지 못했다. 그는 핸드폰 라이트를 끄고 움직이지 않았다. 조용했다. 라이트를 다시 켰다. 주변을 비추어 보았다. 소형카메라 같은 감시 기기는 눈에 띄지 않았다. 그는 바닥을 세심하게 살펴보았다. 형태가 분명하지는 않지만, 1005호실과 1006호실 문 앞에 희미한 자국이 남아있다.

그는 10층 복도에서 철수했다. 계단을 통해 1층 로비로 내려왔다. 들어올 때처럼 아무도 없었다. 주차장으로 들어갔다. 새로 들어온 승용차는 없다. 이미 주차된 차량 가운데 사람이 타고 있는 차도 없었다. 그는 오토바이를 타고 모텔에서 나왔다. 자신의 가방 두 개가 아직도 1005호실 안에 있다. 침입자는 그 가방을 열지 않았다. 열었다면 전자 신호가 왔을 것이다.

침입자는 지금 자신을 기다리고 있다. 하지만 어디에 있는지 알 수 없다. 그는 시장 골목에서 나와 큰길을 건너 두 블록 떨어진 주차장에 오토바이를 주차했다. 그런 뒤 오토바이와 함께 빌려놓은 검은색 승용차 조수석에 드론 박스를, 뒷좌석 바닥에 저격 소총을 넣은 가방을 옮겨 실었다.

그는 승용차를 타고 모텔 근처로 돌아와 30미터 정도 떨어진 곳에 정차하고 기다렸다. 그 위치에서는 모텔 입구가 잘 보였다. 그는 곤충 드론을 박스에서 꺼냈다.

뚱뚱한 남자 한 명이 모텔 주차장 입구로 뛰어가는 것이 보였다. 여성 경관 킴과 함께 자신을 검문했던 경관이다. 남자 경관은 잠시 숨을 고른 뒤 모텔 로비 안으로 들어갔다가 바로 나왔다. 그때 그의 승용차 옆으로 세 사람이 탄 승용차 한 대가 지나갔다. 운전자와 뒷좌석 두 명이다. 승용차는 방금 도착한 남자 경관 앞에서 멈췄다. 승용차 뒷문이 열렸다. 익숙한 얼굴의 여성이 뒷좌석에서 내렸다. 사복을 입은 여성 경관 킴이다. 킴은 조수석에 탔고, 남자 경관은 방금 킴이 내린 뒷좌석에 올라탔다. 그들을 태운 승용차는 모텔 주차장 앞에 섰다. 10초쯤 지나자 주차장 문이 천천히 열렸다. 그는 곤충 드론을 날렸다. 드론은 저공비행으로 날아가 주차장 안으로 들어가는 승용차 뒤를 쫓았다.

그는 드론이 보낸 화면을 확대해 보았다. 차량 앞에는 머리가 짧은 운전자와 여성 경관 킴이, 뒤에는 방금 탄 경관과 또 다른 남자가 있다. 얼굴을 보려면 드론을 차량 앞으로 보내야 했지만, 그렇게 하면 발각되고 만다. 그는 주차장 문이 닫히기 전에 드론을 빼내 로비로 통하는 현관문 안으로 다시 날려 보냈다. 그리고 주차장 문과 마주 보는 가구 위에 앉혀 놓고 카메라를 주차장 입구로 향하게 했다.

킴 일행 네 명은 움직이지 않았다. 그들은 자신을 기다리고 있다. 그는 드론 조종기와 작은 모니터를 재킷 안주머니에 넣었다. 오른쪽 주머니에는 권총을 넣었다. 검은색 마스크에 털모자를 쓴 뒤 승용차 밖으로 나왔다. 그는 모텔 로비로 통하는 현관문으로 들어갔다. 그는 접수대 옆 가구 위에 앉아 있는 곤충 드론을 집어 코트 왼쪽 주머니에 넣었다. 그리고 현관문 옆 계단을 통해 옥상까지 천천히 올라갔다. 주차장에 있는 승용차 안에서는 그를 볼 수 없었다.

그는 옥상에서 곤충 드론을 띄워 상황을 살폈다. 1006호실 창문이 열려 있는 것이 보였다. 방 안이 다 들여다보이지 않았지만, 테이블에 머리를 짧게 깎은 남자가 앉아 있었다. 남자는 1005호실 쪽 벽에 귀를 대고 있었다. 혼자였다.

그는 10층 복도로 내려갔다. 1006호실 문 앞에 섰다. 오른쪽 주머니에서 권총을 꺼냈다. 왼손은 손잡이를 잡았다. 손잡이가 돌아가면 곧바로 뛰어 들어가 제압하고, 돌아가지 않으면 노크하기로 했다.

그는 손잡이를 천천히 돌렸다. 움직인다. 그는 빠르게 손잡이를 돌려 문을 열었다. 방 안에 있는 남자가 자기 쪽으로 시선을 돌리는 것을 보면서 권총 손잡이로 그의 머리를 내리쳤다. 그러면서 옆으로 쓰러지는 남자의 턱을 무릎으로 가격했다. 육중한 몸이 무생물처럼 공중으로 떴다가 바닥으로 떨어졌다. 그는 쓰러진 남자의 멱살을 한 손으로 잡아

묵찌빠

침대에 던졌다.

남자가 실눈을 떴다. 그는 남자의 상체를 일으킨 뒤 앞면을 주먹으로 두 차례 강타하고 머리를 다시 가격했다. 남자는 침대 위에 대자로 뻗었다. 그는 1006호실 문을 닫았다. 넘어진 의자를 세웠다. 테이블 위에 있던 전화기를 똑바로 놓았다. 그는 남자의 재킷 안쪽 주머니에서 지갑을 꺼냈다. 신분증이 들어있다. 군인이다.

그는 자신이 왜 추적당하는지 짐작했다. 하지만 어떻게 그들이 자신을 찾았는지는 신기했다. 그는 남자의 지갑을 안주머니에 도로 넣었다. 재킷 오른쪽 주머니를 뒤졌다. 핸드폰이 들어있었다. 꺼냈다. 손에 쥔 핸드폰이 그때 진동했다. 한글 문자가 보였다. 그는 핸드폰을 군인 주머니에 도로 넣었다. 조용히 1006호실에서 나와 1005호실로 들어갔다.

가방 두 개와 테이블 위의 노트북. 위치는 달라지지 않았다. 하지만 추적자들은 자신의 방에 들어왔었다. 그는 오른손으로 권총을 쥐고 문 안 쪽에서 복도 쪽으로 귀를 대고 기다렸다.

10분 정도 흘렀을까? 엘리베이터 문이 열리는 소리가 희미하게 들렸다. 이어서 여러 명의 발소리가 들렸다. 점점 더커졌다. 문에 귀를 대고 숨을 죽였다. 1006호실 문이 열렸다. 여성 경관 킴의 놀란 목소리가 들렸다. 몇 명인지는 알 수 없었다. 1006호실 문이 닫히는 소리는 들리지 않았다. 그 문은 열려 있다.

그는 자신의 방문을 천천히, 소리 나지 않게 열고 밖을 보았다. 복도에는 아무도 없었다. 모두 1006호실 방 안으로 들어간 것이 확실하다. 그는 발소리를 죽이며 자신의 방에서 천천히 나왔다. 1006호실 문 옆에서 멈췄다. 안을 들여다보았다. 세 사람이다. 모두 쓰러진 남자에게 정신이 팔려있다. 그들 가운데 한 명은 쓰러진 남자와 마찬가지로 머리가 짧았다. 건장한 모습의 거구다. 군인일 것이다. 또 한 명은 뒷모습만 보아도 알 수 있는 인터넷 기자다. 여성 경관 킴이 인기척을 느꼈는지 출입문 쪽으로 시선을 돌렸다. 눈이 마주쳤다. 킴이 외마디 비명을 질렀다. 그는 안으로 뛰어들어 킴을 지나치면서 몸을 날렸다. 뒤돌아보는 남자의 머리를 권총 손잡이로 가격했다. 남자가 침대 쪽으로 쓰러지기도 전에 그의 오른쪽 턱에 왼쪽 주먹으로 어퍼컷을 먹였다. 그리고 한 대 더 가격하려고 주먹을 들었을 때, 남자는 대자로 누워있는 다른 남자 위로 쓰러졌다. 그는 다른 두 사람은 거들떠보지 않았다. 천천히 움직여 방문을 닫았다. 돌아서서는 김경령 순경을 차가운 눈빛으로 조용히 응시했다.

김 순경은 그 자리에서 얼어붙은 채 꼼짝하지 못했다. 그는 시선을 서만수로 옮겨갔다. 서만수는 김 대위가 나가떨

묵찌빠

어지는 장면을 코앞에서 생생하게 목격하자 자신도 곧 기절할 것이라 여겼다. 몸이 떨렸다. 진정할 수가 없었다. 이가 서로 맞부딪혔다. 속도 울렁거렸다.

그는 천천히 다가가 뒤덮듯 서만수 앞에 섰다. 서만수는 승리한 적의 칼 아래에 목을 더 길게 내미는 패자처럼 빨리 끝장나는 게 좋다고 생각했다. 묵직하고 숨 막히는 고통을 복부에서, 번쩍하는 불꽃을 머리에서 느낀 뒤 서만수는 의식을 잃었다.

그는 얼어붙어 있는 김 순경 앞으로 바싹 다가갔다. 김 순경은 수평이 되도록 뒤로 젖혀진 고개로 그를 올려다보았다. 그가 김 순경 얼굴을 위에서 아래로 직각으로 내려다보았다.

"킴! 뚱뚱한 남자 경관은 어디에 있어?"

"경찰서."

짧은 영어가 그들 사이에서 오갔다.

"다시 돌아오나?"

"아마도."

"온다면 몇 명 오나?"

"한 명."

"군인이 왜 나를 쫓고 있지?"

"당신이 훔친 것을 찾기 위해서."

"그게 무엇인지 너는 알아?"

"몰라."

"어떻게 나를 찾았지?"

"그냥. 여기 있을 것 같아서."

김 순경은 묻는 대로 대답하면 자신을 무지막지하게 폭행하지는 않을 것으로 생각했다. 다른 생각은 할 수 없었다. 그는 침대 위에 뻗어있는 군인들 옷을 뒤졌다. 권총 두 정을 꺼내 자신의 재킷 주머니에 넣었다. 군인들의 핸드폰과 서만수의 핸드폰을 발로 밟아 부쉈다.

그는 사복 입은 경찰과 군인, 인터넷 기자가 한 팀이 되어 움직이는 모습에 내심 안도했다. 경찰이 조직적으로 자신을 잡으려 했다면 기동타격대를 보냈을 것이다. 상황이 이렇다면 일을 키우지 않는 것이 좋다고 생각했다. 이들이 찾을 수 없는 곳으로 몸을 숨기면 위험은 사라진다. 그는 김순경의 목덜미를 잡고 1006호실에서 나왔다. 김 순경은 사람의 손에 뒷목을 잡힌 고양이 같았다.

그는 1005호실로 들어갔다. 김 순경은 저항하지 못했다. 그는 김 순경을 구석에 세워놓았다. 그리고 침대 아래 놓아둔 큰 가방 두 개를 열었다. 김 순경은 그 가방 안에 자신을 넣으려는 것이 아닐까, 하고 겁이 났다. 하지만 아니었다. 가방 한 개에는 작은 가방들과 파우치들이 잘 정리되어 있었다. 전자제품들이 그 작은 가방과 파우치 안에 들어있는 것처럼 보였다. 그는 노트북을 그 가방 안에 넣고 닫았다. 다른 가방 안에도 알 수 없는 작은 가방들이 들어있었다. 그는 그 위에 옷장에서 꺼낸 옷을 덮었다. 가방을 잠근 뒤 일어섰다. 김 순경은 그의 움직임을 지켜볼 수밖에 없었다. 그가 김 순경에게 다가왔다. 공포가 엄습했다.

그는 김 순경 얼굴 위에 자신의 얼굴을 들이대고 물었다.

"그 여자 어디 있어?"

김 순경은 처음엔 무슨 말인지 몰랐지만 금방 깨달았다.

"몰라."

차가운 그의 눈이 무섭게 변했다. 그는 오른손으로 김 순경의 멱살을 쥐었다. 그러고는 김 순경의 등을 벽에 대고 치켜 올렸다. 김 순경의 팔과 다리가 맹수에게 물린 새처럼 퍼덕거렸다. 김 순경은 품 안에서 할아버지 곤봉을 간신히 꺼내 휘둘렀다. 빗맞았다. 그는 꿈쩍도 안 했고 상황은 변하지 않았다. 그는 왼손으로 김 순경의 곤봉을 빼앗았다. 멱살을 쥔 그의 오른손에 힘이 더욱 가해졌다.

김 순경은 주먹으로 그의 팔뚝을 내리쳤다. 돌덩이처럼 단단하다.

"그 여자, 어디 있어?"

그의 목소리는 더 굵어졌고 톤은 낮아졌다.

"몰라. 그 여자가 나에게 전화할 거야."

그는 그제야 김 순경을 내려놓았다.

"언제?"

"기다리고 있어."

그는 오른손 엄지와 검지로 김 순경의 볼을 잡았다. 김 순경은 뿌리치지 못했다.

"킴, 너는 관계없어. 그 여자와도, 또 군인들과도. 알겠어?"

그는 할아버지 곤봉을 들어 올리며 말했다.

"킴, 나는 지금 나갈 거야. 오 분 동안 여기서 움직이지 마. 쫓아오지 마. 한 번 더 내 눈에 띄면 죽을 거야."

그는 김 순경의 목을 다시 쥐었다. 그러고는 곤봉으로 김 순경의 복부를 지그시 눌렀다. 김 순경은 악, 소리가 절로 났지만 실제로 목소리가 나오진 않았다. 대신, 눈물샘이 터졌다. 눈물을 흘리는 김 순경의 옥죈 목을 푼 그는 곤봉을 침대 위에 내던졌다. 그는 가방 두 개를 양손에 하나씩 들고 조용히 방을 빠져나갔다.

김 순경은 다리에 힘이 빠졌다. 온몸이 부들부들 떨렸다. 그대로 주저앉은 김 순 경은 움직이지 못했다. 움직여도 안 될 것 같았다. 자신을 노려보던 그의 매 같은 눈이 어디선가 계속 감시하고 있을지 모를 일이었다. 어쨌든, 살았다. 다행이다. 살았으니까 다행이다.

시간이 흘렀다. 의식도 멈췄다. 얼마나 오래 지났을까?
김 순경은 옆방에 쓰러져 있는 군인들 생각이 그제야 났다.
죽은 건 아닐까? 김 순경의 뇌가 군인들에 대한 걱정으로 되
살아났다. 빠르게 회전했다. 살았다는 안도감도 잠시, 수치
심을 준 그놈에 대한 복수심이 밀려왔다.

"씨팔 좆같은 개새끼!"

김 순경은 강철 스프링처럼 튀어 올라 1006호실로 달려
갔다. 침대 위에 대자로 뻗은 군인들 몸을 거칠게 흔들었다.

"대한민국 국군이 이게 뭐야! 정신 차려, 정신!"

그러면서 김 순경은 핸드폰으로 박동열 순경에게 연락
했다.

"동열 씨, 지금 어디 있어요? 네? 지구대와 호텔 중간에 있
다고요? 아니, 거의 다 왔다고요? 김 대위, 차 중사, 얼른 일
어나요! 정신 차려요! 만수 씨, 정신 차려요! 동열 씨, 그 외
국놈 나갔는데 못 봤어요? 뭐라고요? 큰 가방 두 개 들고 지
금 차에 탄다고? 그 사람 쫓아가요. 전화 끊지 말아요. 알았
어요? 그 사람 놓치면 절대 안 돼! 김 대위, 차 중사, 만수 씨,
어서 일어나요! 씨팔 진짜, 이게 뭐야!"

김 대위가 꿈틀거렸다. 김 순경은 박 순경과 통화하면서
꿈틀거리는 그를 발로 흔들어댔다.

"정신 차려요, 정신! 킬러가 도망갔어요."

김 대위가 눈을 떴다. 빠르게 상황 파악을 했다. 그는 자기 밑에 깔린 차 중사를 인식하고 옆으로 미끄러졌다. 침대에서도 내려왔다. 김 대위는 차 중사를 흔들었다.

"차 중사! 차 중사, 일어나! 그놈 도망쳤습니까?"

"지금 차타고 도망가려고 해요."

"차를? 그 새끼, 어디 있습니까?"

"요 아래 있어요."

"차 중사, 차 중사, 정신 차려!"

차 중사가 눈을 떴다. 정신이 멍한 상태여서 일어나지 못했다.

"안 되겠다. 김 순경님이 차 중사랑 함께 옥상으로 올라가세요. 저는 주차장 좀 확인하고 옥상으로 가겠습니다."

"옥상이라고요?"

김 대위가 방을 뛰어나갔다. 차 중사도 정신이 온전히 돌아온 듯했다. 몸을 일으킨 차 중사가 손으로 머리를 감쌌다.

김 순경이 고함쳤다.

"정신 차려요, 정신! 어서 옥상으로 올라가요! 만수 씨, 일어나요!"

김 순경은 비틀거리는 차 중사의 팔을 잡았다. 방을 나가면서 서만수의 팔을 밟고 말았다. 서만수 표정이 순간 일그러졌다. 김 순경은 119에 연락해야 했지만, 박 순경과의 전화도 끊을 수가 없었다.

김 순경과 차 중사가 옥상에 올라가자 주차장에 갔던 김 대위가 박스 한 개를 들고 바로 뒤따라왔다. 김 순경 핸드폰에서 박 순경의 다급한 목소리가 계속됐다.

"김 순경, 김 순경! 그놈 승용차가 벌써 출발했어."

"동열 씨, 쫓아가요, 놓치지 말고."

김 순경은 옥상 난간 쪽으로 뛰어가 아래를 내려다보았다. 박 순경이 뛰어가는 것이 보였다. 그 앞으로 검은색 승용차 한 대가 큰길로 나가고 있었다.

"동열 씨, 여기서도 보여요. 힘내요!"

"김 순경, 저 차가 큰길로 나가면 어떻게 쫓아가?"

"대한민국 경찰이 그것도 못해요? 열심히 뛰어 봐요."

킬러가 탄 검은색 승용차가 다른 건물에 가려서 보이지 않다가 조금 뒤 큰길로 나가는 모습이 보였다.

"헉, 헉, 김 순경, 더는 못 뛰겠어. 헉, 헉, 이거 무식하게, 어떻게 달리는 차를 쫓아가냐고."

"대한민국 경찰이 왜 이래. 힘 좀 내서 쫓아가요."

그때였다. 김 순경 뒤에서 날갯소리가 들렸다. 뒤를 돌아보았다. 작은 로켓처럼 길쭉하고 날렵하게 생긴 드론이 바람소리를 내며 공중으로 올라가고 있었다. 김 대위가 리모컨을 조종했다. 차 중사는 삼각대를 설치하고 그 위에 모니터를 고정했다. 그들은 말이 없었다. 리모컨을 조종하는 김 대위가 김 순경 옆으로 와서 큰길을 내려다보았다.

김 순경은 드론의 출연에 놀라 입을 다물지 못했다. 드론의 생김새는 TV나 인터넷을 통해서 보던 것과 매우 달랐다.

"저기 가는 검은색 그랜저 승용차예요. 잠깐만요. 동열 씨 차 번호 봤어요? 네 알았어요. 번호는 24○○예요."

드론은 하늘로 계속 올라갔다. 그러더니 마치 로켓처럼 큰길을 향해 엄청난 속도로 날아갔다. 김 대위와 김 순경은 차 중사가 설치한 모니터 화면을 들여다보았다. 드론은 벌써 검은색 그랜저를 포착했다. 고성능 카메라가 피사체의 근접 화면을 제공했다.

"최첨단 군사용 드론입니다. 10킬로미터도 자기 혼자 따라갈 수 있습니다. 그놈! 잡았습니다."

김 대위와 차 중사는 모니터에 눈을 고정하고 드론을 조종했다. 그들은 심각했다. 김 순경은 그들의 심각한 표정에 오히려 안심했다.

"동열 씨, 1006호에 가서 서만수 씨 깨워요."

"뭐시여? 그놈시키, 때가 어느 땐데 엎어져 잠을 잔단 말이더라고."

킬러의 검은색 승용차가 큰길을 나가자마자, 사거리에서 좌회전했다. 두 블록을 더 간 곳에서 정차했다.

묵찌빠

"어머, 바로 옆 동네잖아. 쉽게 잡을 수 있을 것 같네요."

다행스럽다는 김 순경의 말에도 군인들은 묵묵부답이다. 킬러는 승용차 뒷좌석에서 긴 가방 한 개와 기계 장비가 든 것처럼 보이는 네모난 각진 가방을 꺼냈다. 주차장 옆에 있는 10층짜리 호텔로 들어갔다.

드론이 높은 위치에서도 선명한 화질로 그의 모습을 포착해 전송했다. 그가 호텔 안으로 사라지자, 김 대위는 드론을 불러들였다. 차 중사가 장비를 챙겨 가방에 넣었다.

"그놈이 우리 물건을 갖고 호텔로 들어갔다."

김 대위가 중얼거렸다. 그 말을 듣고 차 중사가 김 대위에게 물었다.

"저도 봤습니다. 어떻게 해야 합니까?"

"생각 좀 해봐야겠다."

김 순경의 핸드폰이 울렸다. 박 순경이다.

"김 순경 지금 어디 있어요? 서만수 이놈 정신 못 차리고 있는디. 꼴이 말이 아녀. 병원에 가야 할 거 같어."

"바로 내려갈게요. 잠시만 기다려요."

아래층으로 내려가려는 김 순경을 보고 김 대위가 말했다.

"김 순경님, 일행과 함께 병원에 가서 치료받고 좀 쉬세요. 식사도 하시고요."

"두 분도 병원에 가서야 하지 않을까요?"

"이 정도는 보통입니다."

"어떻게 하시려고요?"

"저희는 그놈이 들어간 호텔 근처로 가서 잠복하겠습니다. 거기서 계획을 좀 세워보죠. 움직임이 포착되면, 그때 연락하겠습니다."

"그자가 핸드폰을 박살냈어요."

"그렇군요. 어떻게든 연락을 하겠습니다."

"그러면 그자가 있는 호텔로 먼저 가세요. 저는 서만수 기자 병원에 데려다주고 먹을 것 좀 갖고 두 분께 갈게요."

"그래 주시겠습니까? 친절하시군요."

군인들은 무표정했다. 킬러의 주먹맛에 아무래도 큰 충격을 받은 모양이다.

* * *

"확진 환자가 계속 늘고 있습니다. 내일 오전에 환자 스무 명이 들어오면 환자를 더는 받을 수 없습니다."

생활치료시설 책임자는 S 대학병원이 파견한 중년의 남성 의사다. 이스마일은 고개를 끄덕이면서 그에게 영어로 물었다.

"이 교수님, 격리시설에서 가장 중요한 것이 통제인데, 인

묵찌빠

권문제를 제기하는 환자는 없습니까?"

"칼리 박사님이 일하는 싱가포르 병원도 마찬가지라고 생각합니다만, 생활치료시설의 가장 큰 목적은 치료입니다. 이곳은 병원이나 마찬가집니다. 하지만 환자가 생활하는 데도 불편함이 없도록 필요한 음식과 생활용품을 공급하고 있습니다. 의료폐기물이나 쓰레기도 세심하게 처리하고 있습니다. 이 부분은 지방정부가 파견한 공무원들이 관리합니다."

"이 교수님, 환자 가족이나 친구들이 방문하지 않습니까? 면회가 가능합니까?"

"2주 정도 격리하기 때문에 면회는 허락하지 않습니다. 공무로 방문한 출입자들은 신원을 확인하고요. 만일의 경우 이동 경로를 파악해야 하니까요."

시설 책임자인 이 교수와의 인터뷰는 이스마일이 S 대학 병원을 통해 신청해서 이루어졌다. 그들은 1층 현관 테이블에 앉아 대화를 나눴다. 이스마일은 이야기를 나누면서도 공무로 온 방문객의 신분증을 현관 근무자가 받아서 출입자 명부에 기록하는 것을 지켜봤다.

"저렇게 방문자 이름을 기록하는군요. 개인정보를 유출할 수 있다는 비판도 나올 텐데, 한국인은 공공 의식이 참 높습니다. 이 교수님, 저 명부를 한 번 봐도 되겠습니까?"

"물론입니다, 칼리 박사님."

이스마일은 이 교수와 함께 출입자 명부를 확인했다. 이스마일은 504호와 관련된 정보가 있을 것이란 예상은 하지 않았다. 하지만 한 장을 넘겼을 때, 어느 방문자의 이름 옆에 '504'라는 숫자와 'USB 메모리'라는 글자가 적혀 있는 것을 보았다. 목표물에게는 보호자가 있다고 했다. 접촉자가 있는지 알아보려고 했는데, 그 존재가 뜻하지 않게 포착됐다. 방문은 어젯밤이다.

이스마일은 촉각을 세웠다.

"싱가포르는 병원 곳곳에 CCTV를 설치했습니다. 이곳 생활치료시설은 본래 병원이 아니고 공공연수원 건물이라고 들었습니다. CCTV 시설이 있습니까?"

"칼리 박사님 말처럼 이 건물의 원래 용도는 병원이 아닙니다. 하지만 밖에 있는 정문과 건물 내부 복도 중앙 스테이션에 층별로 CCTV가 설치돼 있습니다."

"한국은 놀라운 것이 많군요. 여러 기반시설이 의료부문에서도 효과적으로 쓰일 수 있다니 놀랍습니다. CCTV 관리실도 볼 수 있을까요?"

"물론입니다. 따라오시죠, 칼리 박사님."

시설 책임자인 이 교수는 신이 난 듯 이스마일을 CCTV 관리실로 안내했다. 이 교수는 관리실로 가면서 이스마일

묵찌빠

에게 시설에 대해 자세히 설명했다.

"1층은 강의실과 강당이 있고 2층부터는 숙소로 사용합니다. 병실로 쓰고 있는 것이 바로 이 숙소입니다. 건물이 지어진지 삼십 년이 넘었기 때문에 시설이 낡았지만, 환자를 격리하고 치료하는 데는 어려운 점이 없습니다."

CCTV 관리실은 가까운 위치에 있었다.

"와우! 멋지군요."

작고 낡은 규모에도 이스마일은 놀라는 척했다.

"24시간 촬영하고 바이러스 유행이 끝날 때까지 보관합니다. 만일에 있을 역학조사 때문이죠. 모든 것이 자동으로 이뤄집니다."

"그렇습니까? 아까 출입자 명부에 보니까 어젯밤, 누가 방문을 했는데 그 화면을 좀 볼 수 있을까요?"

이스마일은 잠시 마스크를 벗었다가 다시 고쳐서 썼다. 그 짧은 순간에 이 교수의 눈에 이스마일의 얼굴 윤곽이 들어왔다. 정교하게 생긴 동양 미인이다. 40대 중반이라는데, 30대 같다.

이 교수는 관리 직원에게 어젯밤 CCTV를 보여 달라고 부탁했다.

이스마일은 한 여성이 정문 옆 작은 문으로 걸어들어 오는 장면과 1층 중앙 현관에서 관리자와 대화를 나누는 장면을 눈여겨봤다. 이스마일은 다른 층 복도 중앙에서 촬영된 영상도 돌려봤다. 늦은 밤 복도에는 의료진의 이동이 눈에 띄지 않았다.

"시스템이 완벽합니다. 이 교수님, 5층에 한번 올라가도 될까요?"

"격리 병동에 가려면 개인 방호복을 입어야 합니다."

"물론입니다."

이스마일은 이 교수와 5층 복도 중앙 의료진 구역과 병실 복도를 왕복했다. 그러면서 바닥과 벽의 재질을 유심히 살펴보았다. 천장은 석면 패널로 되어 있었다. 천장에 난 작은 구멍 사이로 가로세로 모양의 가늘고 긴 철골 뼈대가 그대로 보였다. 얽혀 있는 전선도 보였다. 이스마일은 빈 방에도 들어가 실내 가구와 바닥의 재질을 살펴보았다. 그녀는 504호실의 위치를 확인했다. 이스마일은 간호사에게 환자들의 상태를 물어보고 4층에서 2층까지 복도도 돌아보았다. 4층 복도 천장에도 두 군데 구멍이 나있었다.

이스마일은 개인 방호복을 벗고 현관으로 나왔다. 이 교수가 말했다.

"칼리 박사님, 119구급차를 타고 오셨지요?"

"네, 갈 때도 구급차를 타야 합니다. 조금 불편하지만, 견딜 수는 있습니다."

묵찌빠

"칼리 박사님, 저도 조금 뒤 나갑니다. 내일 야근에 대비해서 오늘은 좀 일찍 나갈까 합니다. S 대학병원에 가서 이곳 현황을 보고하고 퇴근할 겁니다."

"그러신가요? 저는 오늘 식사도 제대로 하지 않아서 병원으로 가면 곧바로 식당을 찾아야 합니다. 병원 근처 맛집이나 소개해 주세요."

"그렇다면 잘 됐습니다. 병원 근처에 멋진 식당을 알고 있는데 저녁도 함께하면 좋겠습니다. 우리나라에 오자마자 봉사활동으로 바쁜 하루를 보내셨는데 맛있는 음식을 대접하고 싶습니다."

"친절하시네요. 좋습니다."

이 교수는 쏜살같이 사무실로 뛰어갔다.

이스마일은 이양의 보호자가 외부에 있다는 생각이 들었다. 그렇다면 장애물은 없다. 그녀는 이 건물의 특성을 잘 이용할 수 있을 것 같았다.

양복 차림의 이 교수가 뛰어나와 자신의 승용차로 안내했다. 이스마일은 조수석에 올라탈 때 움푹 팬 옷 사이로 드러난 자신의 가슴을 힐끗 곁눈질하는 이 교수의 시선을 느꼈다. 그녀는 커브를 돌 때마다 치마를 조금씩 위로 당겼다. 이 교수는 이스마일이 창밖을 볼 때마다 허벅지까지 드러난 근육질의 미끈한 다리를 곁눈질로 쳐다봤다. 그녀는 조수석 유리창에 반사된 이 교수를 보며 냉혹한 미소를 지었다.

* * *

K는 사건을 시간 순서에 따라 배열했다. 이양 박사를 킬러로부터 보호하고 바이러스를 주입해 S 대학병원으로 보내라는 정 박사의 지시, 외국인 킬러의 존재, 생활치료시설에서 이양 박사로부터 들은 진술, 상호 연관성이 무엇인지 생각했다. 그러다가 끊임없이 질문하는 자기 자신을 발견했다.

'너는 왜 의문을 품게 된 거야?'

'나 자신이 위험에 빠지면서 자연스럽게 의문이 생겼어.'

'어떤 의문?'

'최근 사건에서 내가 보고 들은 모든 것의 의미가 무엇인지에 대한 의문.'

'가장 궁금한 것은 무엇이지?'

'정 박사님이 나에게 이양 박사를 구하라고 한 이유.'

K는 정 박사의 그림자 속에서 살아온 자신을 되돌아보았다. 정 박사의 도움으로 학교를 다니고, 일하고, 집을 마련했다. K에게 정 박사는 거대한 산이다. 정 박사는 천재이고 능력 있는 사업가다. 그런 정 박사를 존경하고 흠모해왔다.

묵찌빠

하지만 정 박사가 평소에 무슨 생각을 하는지는 알 수 없었다. 아니, 다시 생각해보면 정 박사가 평소 무슨 생각을 하는지 알려고 한 적이 없었다. 정 박사의 넓고 깊은 생각을 자신 같은 평범한 사람이 어떻게 알 수 있단 말인가.

K는 정 박사의 2층 서재 소파에 등을 기대고 앉아 눈을 감았다. 어렸을 땐, 이곳에서 곧잘 책을 보기도 하고 잠을 자기도 했다. K에게 2층 서재는 마음을 진정시키고 미래의 꿈을 키우던 안식처였다.

K는 인터넷을 통해 바이오셀텍의 최근 뉴스를 검색했다. 바이오셀텍 한국 법인이 대규모 투자를 한다는 소식을 언론마다 다루고 있었다. C-바이러스 팬데믹으로 인한 글로벌 제약회사의 각성이 극동지역 투자로 이어졌다는 논조가 대부분이었다. 그 외에 눈에 들어오는 다른 뉴스는 없었다. 중국 영문 인터넷 뉴스를 검색했다. K의 눈길을 끄는 소식이 보였다. C-바이러스 최초 발생 지역에 대한 미국과 중국의 공방. 중국 소식통은 바이러스가 미국으로부터 유입됐다고 주장했다. 근거는 과학자들의 추측뿐이었다.

홍콩 인터넷 뉴스로 넘어갔다. 최근 발생한 살인사건 기사가 나왔다. 이양 박사가 말한 최근 칭다오에서 있었던 사건이 이 살인사건을 두고 한 말은 아닐까? K는 관련 기사를 보이는 대로 다 검색했다. 피살자가 발견됐을 당시 상황이 자세하게 묘사되어 있지는 않았다. 피살자를 처음 발견했다는 경비원의 인터뷰가 있었다. 절벽에서 떨어진 것도, 전차에 깔린 것도 아닌데 시체는 끔찍한 형태였고, 옆에 칼 두 자루가 놓여 있었다는 내용이다.

칼을 든 사람을 참혹하게 살해한 자는 누구일까? 왜 거기서 살해했을까? K는 생각을 앞으로 밀고 나갔다. 모든 상황이 정 박사와 관련되어 있다는 생각에 불안감이 엄습했다.

"미라야, 권미라, 잠이 들었나봐. 얼굴이 말이 아니네."

K는 정 박사의 목소리에 정신이 들었다.

"살짝 잠이 들었어요."

"피곤했구나."

"오랜만에 이 소파에 앉으니까 옛날처럼 편해요."

"어렸을 때 생각나? 활발한 아이가 서재에 있으면 잠만 잤지."

피오나 정은 K와 마주 앉았다.

"다시 내 곁으로 돌아오면 좋겠어."

"박사님이 부르시면 언제든지 달려오잖아요."

"그래, 그래. 항상 그랬지. 그래도 같이 살면서 일할 때가 그리워. 네가 곁에 있어서 그땐 항상 든든했는데."

"부담도 되시잖아요?"

묵찌빠

"그것도 그래. 그래서 아이가 크면 독립하나 봐. 네가 옆에 있으면 잔소리만 해댔어. 안 그래? 호호호."

정 박사는 웃었다. K는 웃음이 나오지 않았다.

"박사님, 바이오쎌텍이 한국에 대규모 투자한다는 뉴스 봤어요. 박사님이 꿈꾸던 일이 현실이 된 거죠."

"이제 시작이야. 그래서 네가 내 곁으로 와주면 좋겠다는 거지."

"제가 무슨 일을 할 수 있겠습니까?"

"한국 법인은 중요한 제약회사가 될 거야. 바이오쎌텍 주가 봤어? 어마어마하잖아. 자금도 모으고 다른 기업도 합병할 거야. 굴지의 회사가 되면 나에게 진짜 수행비서가 필요하지 않겠어? 너만큼 나를 잘 아는 사람이 또 어디 있겠니?"

K는 정 박사의 말에 동의할 수 없었다. K는 정 박사의 속을 모른다.

"전혀 모르는 사람을 채용하시는 게 나을지도 몰라요. 어쨌든 꿈만 같네요. 어떻게 바이오쎌텍이 한국에 그렇게 투자를 하게 됐는지 믿어지지 않습니다."

"세상일이 그냥 얻어지는 건 없어. 내 요구를 듣지 않으면 안 될 이유가 있는 거야. 생각해 봐. 제약회사는 장소가 그렇게 중요한 건 아니야. 한국에 꼭 투자할 이유는 없는 거지. 그렇다면 뭐겠니? 쟁취해야 하는 거야."

"박사님이 바이오쎌텍으로부터 투자금을 쟁취하셨다는 말씀인가요?"

"나를 무시할 수 없도록 만든 거야. 여기는 전쟁이야. 그래서 네가 나를 바로 옆에 있으면서 지켜줘야 되는 거라니까."

이 여사가 차를 가져오며 들뜬 목소리로 말했다.

"이게 얼마만이에요. 모두 모였네요. 맛있는 저녁 준비하니까 조금만 기다리세요. 미라야, 배고프지?"

"네, 많이 배고파요."

"미라가 좋아하는 갈비하고 잡채 만들었어. 조금만 기다려."

이 여사는 웃으면서 1층으로 내려갔다.

"박사님, 저는 쫓기고 있습니다. Y시 시장에서 만난 그 외국인 킬러한테요."

"왜? 대체 왜 그러는 거지? 복수하려는 걸까?"

"킬러가 개인적인 이유로 움직일까요? 그럴만한 이유가 있을 것 같아요."

"어떻게 하면 좋겠니?"

"모르겠어요."

"신경 쓰인다면 한동안 외국에 나가 있는 게 어떻겠니?"

"저도 그 생각을 해봤어요. 하지만 그자는 바이오쎌텍에 대해서 뭔가를 아는 것 같아요. 그 전자상점 앞에 바이오쎌텍 홈페이지 주소를 걸어놓은 건 우리에게 보여주려고 한

묵찌빠

게 아닐까요? 박사님이 그자로부터 해를 입지 않을까, 걱정 돼요. 그래서 제가 국내에 있어야 될 것 같기도 해요. 그렇다고 제가 박사님 옆에만 있는 건 또 아니잖아요. 그자가 저를 통해서 박사님 존재를 알 수도 있으니까요."

"그자가 어떻게 바이오쎌텍이 관련돼 있다고 생각하게 되었을까?"

"그건 저도 궁금합니다."

"어떤 경로를 통해서인지 모르겠지만, 이양 박사가 바이오쎌텍 연구원이라는 사실을 알게 된 게 아닐까?"

"이양 박사를 살해하기 위해서 그를 고용한 의뢰인이 얘기해 준 건 아닐까요?"

"목표물에 대한 상세한 정보를 킬러에게 알려줄 필요는 없겠지."

K는 정 박사의 말에 깜짝 놀랐다. 일생을 연구에만 매달린 학자 같지 않았다.

"미라야, 너는 일단 피신해 있는 게 좋겠다."

"박사님은요?"

"내 걱정은 하지 않아도 돼. 네가 숨어있으면 영원히 나의 존재를 알 수 없을 거야. 그러니까 한동안 외국에 나가 있는 게 좋겠어. 너 자신도 보호해야 해."

"저도 만만한 사람은 아닙니다."

"알아. 하지만 걱정돼. 유일한 가족이잖아. 네가 다치는 건 생각하기도 싫어."

"걱정하지 마세요. 나가는 것이 좋다고 판단되면 나갈게요."

한동안 침묵이 흘렀다. K가 정 박사에게 물었다.

"박사님, 킬러가 이양 박사를 계속 노리지 않을까요?"

"당연히 노리겠지, 그때 실패했으니까."

"박사님, 왜 제게 이양 박사를 구하라고 지시하셨어요? 바이오쎌텍과는 어떤 연관성이 있는 겁니까?"

"권미라, 그만! 깊게 알 필요 없어. 이건 큰 그림의 작은 일부분일 뿐이야."

"박사님, 너무 많은 의문이 생겨요. 그를 구하고, 바이러스를 주사하고, 병원에 넣고, 킬러는 저를 쫓고, 폭발사고까지 일으키고…. 이해할 수 없는 사건이 발생하고 있는데 저와도 연관이 있는 겁니다."

"이양 박사를 구한 이유, 그건 몰라도 돼. 다 우리를 위해서야. 킬러가 쫓아올 수 없는 곳으로 나가. 가서 즐겨. 친구도 사귀고. 필요한 건 내가 다 보내줄 테니까. 집도 구해주고, 돈도 보내줄게."

"박사님, 잘 모르겠어요. 사건이 너무 커졌어요. 어쩌면 수사당국이 본격적으로 개입할지도 모릅니다."

"수사당국은 알 수 없어. 이양 박사를 구한 그 시간, 그 장

묵찌빠

소, 이 세상에서 아는 사람은 나뿐이야. 다른 사람은 그 누구도 그곳 좌표를 몰라. 누가 죽거나 피해를 보지도 않았어. 사건은 없는 거야. 발생하지 않았어. 그 누구도 발생하지 않은 사건을 수사할 수 없는 거야."

"하지만 이양 박사가 죽을 수도, 제가 죽을 수도, 박사님이 죽을 수도 있어요. 누군가는 피해를 볼 수 있어요. 바이오쎌틱 한국 법인을 이렇게 키우셨는데 그 과실을 못 보실 수도 있는 겁니다. 저는 그게 두려워요."

"못 보다니? 그런 일은 없어. 두려워할 것도 없어. 모르겠니? 나는 지금 엄청난 과실을 준비하고 있어. 바이러스 팬데믹이 계속되는 만큼, 또 신종 바이러스가 생길 때마다 바이오쎌틱은 최고로 가는 계단을 계속 올라갈 거야. 우리는 누구보다 앞서 백신을 개발했고 대량으로 보급하고 있어. 나는 최고가 되는 거야. 레토, 이데, 브람스처럼 말이야. 이양 박사의 존재는 아무도 몰라. 너는 해외에 나가있으면 그만이고. 바이러스는 사람을 죽이는 게 아냐. 죽은 사람은 C-바이러스가 아니라도 독감이나 폐렴으로 어차피 죽을 사람들이었어. 아무도 피해를 입지 않을 거야."

정 박사는 흥분했다. 자기 최면에 걸린 사람 같았다. K는 정 박사의 모습이 낯설기만 했다.

이 여사는 진수성찬을 차렸다. 오랜만에 맛보는 이 여사의 요리다. 그럼에도 K는 맛을 느끼지 못한 채 음식을 억지로 넘겼다. 이 여사가 극구 자고 가라고 권했지만, K는 핑계를 대고 집을 나섰다.

추위가 좀처럼 누그러들지 않는 겨울밤이다. 바람까지 심하게 불어 살갗이 따가울 정도다. 거리에 행인이 한 사람도 없다. K는 가슴이 뛰었다. 흥분한 상태에서 앞만 보고 걸었다.

'그 시간, 그 장소, 이 세상에서 아는 사람은 나뿐이야. 다른 사람은 그 누구도 그곳 좌표를 몰라.'

정 박사의 확신에 찬 말이 시간이 갈수록 K의 뇌리를 파고들었다.

K는 늘 확신에 찬 정 박사의 자신감과 분명한 지시, 그 같은 성격을 보여주는 말을 되새김질했다. 그러다가 문득 뇌리를 스치는 무언가를 느꼈다.

아무것도 모르던 어린아이가 계속 심부름을 시키는 어른의 의도를 순식간에 깨닫게 되는 순간이 오는 것처럼 K는 그동안 자신을 억눌러왔던 의문들이 놀라울 정도로 확연해지는 것을 느꼈다. 그리고 경악했다.

K는 정 박사를 지키는 것이 은혜를 갚는 유일한 방법이라고 여겼다. 정 박사를 떠난 후에도 시키는 일은 무엇이든

지 했다. 정 박사는 항상 옳았다. 하지만 정 박사가 변한 것일까? 아니면 욕망을 감추고 살았던 것일까? 정 박사가 저지른 일은 이미 엎질러진 물이다.

정 박사를 설득해볼까? K는 고개를 가로저었다. 이렇게까지 된 마당에 설득은 불가능하다. 정 박사가 하려는 일을 막아야 한다.

이양 박사가 위험에 빠질 수도 있다. 이양 박사가 사라지면 진실도 사라질 것이다. 그도 구해야 한다. 새로운 갈등과 더 큰 고민이 K를 흔들었다.

* * *

그는 녹음 파일을 이데 계열사가 공급하는 문자 전환 앱에 입력했다. 문자 전환 앱은 음성 신호를 문자 신호로 바꾸는 기능이 있다. 앱을 사용하려면 회원으로 등록한 뒤 약간의 사용료를 지불하면 된다. 앱은 선풍적인 인기를 끌고 있다. 학교 강의 내용, 직장 상사의 지시, 회의 때 오간 말뿐만 아니라 애인과 통화 내용까지 순식간에 문자로 바꿀 수 있기 때문이다. 그는 대화 내용을 한글로 전환한 뒤 한글을 레토 플랫폼을 이용해 영어로 번역했다.

말을 번역하는 것보다 문자를 번역하는 것이 더 정확하

다. 그는 피오나 정과 권미라 사이에 오간 대화 내용을 여러 차례 읽었다. 피오나 정이 왜 권미라에게 자신을 공격하게 하고, 이양 박사를 구하게 했는지 알 것 같았다.

정 박사와 권미라는 매우 각별한 사이다. 이양 박사를 구하는 일은 다른 사람에게 맡길 수 없는 매우 중요한 일이다. 적어도 피오나 정에게는 그랬을 것이다.

그 자신은 이양 박사를 제거해달라는 청부를 받았다. 피오나 정이 한 말의 일부가 강렬하게도 뇌리에 남았다. 자신이 왜 한국에 왔는지를 깨달았다. 왜 권미라에게 일격을 당했는지도. 그는 앞으로 어떻게 할지 장고에 들어갔다.

묵찌빠

>>> 17

대결

지난밤 그들은 뜬눈으로 지새웠다.

"서 기자님은 그만 들어가서 쉬세요. 얼굴이 말이 아니에요."

"아뇨. 그 쉐끼, 반드시 쥑이뿔 겁니다. 어디서 굴러온 지도 모르는 개삑다구 같은 쉐끼!"

김경령 순경의 권유에도 서만수는 움직이지 않았다.

"김 대위님, 차 중사님은 괜찮으세요? 얼굴이 많이 부었어요."

"훈련할 때는 더 많이 다칠 때도 있습니다. 김 순경님이 주신 도시락, 음료수, 연고, 이 정도면 호강하는 겁니다."

김 대위는 킬러의 주먹을 한 대 더 맞는다면 죽을지도 모른다고 생각했다. 그러나 김 순경 앞에서 약한 모습을 보이기 싫었다. 승용차에는 다섯 사람이 타고 있다. 앞좌석에는 김 대위와 차 중사가, 뒷좌석에는 김 순경을 가운데 두고 서만수와 박동열 순경이 앉아있다. 서만수와 박 순경은 자리가 비좁다는 생각은 하지 않았다. 김 순경과 밀착해 앉아있는 것이 좋기만 했다.

김 순경은 새벽부터 군인들에게 도시락과 음료수를 날랐다. 서만수와 박 순경은 정오쯤에 나타났다. 그들이 탄 승용차는 호텔 입구와 주차장을 볼 수 있는 곳에 정차되어 있었다. 그들은 외국인 킬러가 호텔에서 나와 승용차나 오토바

묵찌빠

이를 타고 어디든 갈 것으로 예상했다.

"얼굴이 많이 상했지만, 김 순경 얼굴도 그닥 좋아 보이는 건 아녀. 김 순경이나 좀 들어가서 쉬지 그랴."

"나는 아무렇지 않아요."

"아무렇지 않기는. 그러고 보니까 네 사람 모두 한 놈한테 죽사발 나게 얻어터져버렸네 그랴. 허허…."

박 순경이 재미있다는 듯이 웃자 서만수가 김 순경을 사이에 두고 박 순경에게 눈을 부라렸다.

"일마 이거 사람 놀리는 거가? 우리 얼굴 불어터진 거, 재밌나? 웃기나?"

"야가 또 시작이여. 누가 웃긴다고 했어?"

"웃었잖아, 개쉐까! 니 그런 주먹 맞아봤어?"

"이런 촌놈이 분위기 살리려고 한 말 갖고 또 타박이여."

"뭐라, 촌놈? 니 마린시티 가봤나? 해운대 가봤나? 외국인 관광객이 얼마나 많은 줄 아나? 제1호야, 1호. 여수에서 한 시간 걸리는 무인도하고 같은 줄 알아?"

"무인도? 말이 되는 소리를 하더라고. 촌놈시키."

"그만하세요, 싸우려면 나가요."

김 순경은 눈에 쌍심지를 켜고 두 사람을 번갈아 보며 소리쳤다. 두 사람이 입을 닫았다. 무서워서가 아니라 그렇게 가까운 거리에서 크게 뜬 김 순경의 두 눈을 마주 본 적이 없어서였다.

"동열 씨, 서에 그 남자 알아봐달라고 부탁하고 왔어요?"

"야."

"뭐라도 나왔어요?"

"함흥차사여."

"함흥차사? 그게 뭔데요?"

김 순경이 박 순경에게 묻자 서만수가 끼어들었다.

"그런 것도 모르는교? 함흥으로 이성계 만나러 간 차사들이 돌아오지 않아서 붙여진 말 아닌교? 서에 요청했지만, 소식이 없다는 얘기 아닌교."

서만수 말에 김 순경이 자존심 상한 듯 노려보며 말투를 흉내 냈다.

"그런 거 수능시험에 나오는교? 취직시험에 출제된 거 봤는교?"

"아니, 아니, 꼭 시험에 나온 건 아니지만, 워낙에 기본 상식이라서…."

"기본 상식도 없는 놈이라 죄송하고마."

"아니, 아니, 그냥 한 말이고마."

단단히 삐진 김 순경에 서만수는 당황했다. 박 순경이 그 틈새를 노렸다.

"김 순경, 쟤하고는 얘기를 하지 말어. 기분 나쁜 놈이라

묵찌빠

니께."

"동열 씨는 말 돌리지 말아요. 본서에서 조회 결과를 알려 줄 때가지 기다리고만 있을 거예요? 내가 직접 지구대장님 한테 도와달라고 말씀드릴게요. 비켜요."

"잠깐, 잠깐만요. 내가 김 순경 말하는 거 무시한 적 있어요?"

"그런가요?"

"내가 직접 바이오쎌텍 팜칭다오에 물어봤다니께."

"네? 정말요?"

"페이스북에서 바이오쎌텍 팜칭다오를 찾았지. 우선 페친이 된 다음에 '좋아요'를 열 개 누르고 질의응답을 찾아서 물어봤지. 그러니까, 그 남자 얼굴을 캡처해서 첨부한 뒤에 어디 있는지, 누구인지, 물어봤어. 이렇게 생긴 남자가 바이오쎌텍 직원이냐고?"

"어머, 동열 씨 대단하네요."

"뭐, 그런 거 가지고. 만수하고는 차원이 다르지."

"그래서 대답해주던가요?"

"당연하지. 휴가 중이랴. 얼마 전 '리 리양'이라는 그 사람이 한국에 갔는데, 휴가를 연장했다고 하더라고."

"리 리양이요? 이름이에요?"

"영어 표기로 그렇게 보냈어. 자, 페이스북에 올린 답장 봐."

"리 리양? 이양? 중국 사람인가? 와, 동열 씨, 다시 봐야겠어요."

박 순경은 의기양양하게 웃었다. 서만수는 아니꼽다는 표정이다. 조수석에 앉은 김 대위가 김 순경을 돌아보며 물었다.

"킬러가 죽이려고 한 그 사람입니까? 이양이라는 사람."

"맞아요."

그때 김 순경의 핸드폰이 울렸다. 처음 보는 발신번호다. 핸드폰 번호는 아니다. 공중전화에서 건 전화 같았다. 직감은 맞았다. 추적을 피하려는 그녀의 전화다.

"여보세요? 네 저예요…… 아가씨가 아니라 김 순경이라고 부르라고 그랬죠. 네? ……네. 어디죠? ……네. 조금만 기다리세요. 바로 갈게요."

전화를 끊은 뒤 김 순경이 말했다.

"그 여자 전화예요. 만나자네요. 가봐야겠어요."

"혼자?"

박 순경이 걱정스러운 듯 말했다.

"혼자 오래요. 다녀올게요."

"어디서 만나는디?"

"시장에서요."

"김 순경, 잠시만. 뭐가 뭔지 모르겠는데 조심 혀. 자 이

묵찌빠

거, 전자총이라도 가져가. 주머니에 넣어."

"고마워요, 동열 씨. 이동하면 전화하세요. 아 참, 동열 씨 핸드폰, 김 대위님께 빌려줘요."

"알았어요. 공동으로 사용할 테니께."

박 순경이 차에서 내려 김 순경이 나갈 수 있도록 했다. 김 순경은 시장 쪽으로 뛰어갔다. 승용차 안에는 남자 네 명이 남았다. 그동안 말이 없던 차 중사가 한마디 했다. 서만수는 차 중사의 목소리를 처음 들었다.

"중대장님, 얼굴이 욱신거리는데 시원한 함흥냉면 한 그릇 먹고 싶습니다."

네 사람은 웃음보가 터졌다. 서만수는 얼굴과 복부가 울리는 고통에도 억지웃음을 지었다.

* * *

K의 질문이 부쩍 많아졌다. 피오나 정은 K가 예전과 달라졌음을 느꼈다. K가 이양 박사에 대해 몰라야 할 뭔가를 알고 있다면 문제가 심각해진다. 이양과 자신, 피터 영, 세 사람 외에 다른 사람이 몰라야 했다.

바이오쎌텍 본사에서 약속된 전화가 왔다. 피오나 정은 전화기 스피커를 켰다. 피터 영의 목소리가 저편에서 건너

왔다.

"피오나가 보낸 구체적인 사업안도 검토가 끝났소. 이제 일을 추진하세요. 바이러스가 잠잠해지면 자문단을 서울로 보낼 겁니다. 계획을 세밀하게 세우세요."

"서울에 있는 엔지니어들과 세부안을 세우고 있습니다. 자문단이 서울에 오면 한 번 더 검토하겠습니다."

"바이러스 확산 상황, 백신 효과, 수급 상황에 따른 시장 변화를 봐야 합니다. 바이러스 변종도 주시해야 해요."

"동의합니다."

"피오나, 바이러스는 전염성이 훨씬 강한 변종 형태로 번성할 겁니다. 우리는 그 변화 때문에 더 많은 이익을 볼 겁니다. 그럴수록 비밀은 영원히 지켜져야 해요. 무슨 말인지 알겠소?"

"물론이지요."

"이양 박사는 어떻습니까?"

"그는 영원히 비밀을 지킬 겁니다."

"영원히…."

피오나 정은 전화기 스피커를 껐다.

묵찌빠

* * *

그는 피오나의 전화 상대가 피터 영임을 알았다. 피터는 바이오쎌텍 CEO이다. 피터 영은 이양이라는 이름을 이미 알고 있었다. '영원히'라는 말의 뜻은 누구보다도 잘 안다. 피터 영, 피오나 정, 이양은 수직적인 관계이다. 자신은 이양을 죽이라는 의뢰를 받았고, 권미라는 이양을 구하라는 지시를 받았다. 세 사람이 한 곳에서 만났다. 피오나 정은 세 사람이 만난 장소와 시간을 자신만 알고 있다고 권미라에게 말했다.

그는 그날 밤 유럽으로 출발하는 항공기를 검색했다. 밤 11시 45분에 인천을 출발해서 이스탄불을 경유해 암스테르담으로 가는 터키항공과 새벽 1시 25분에 인천을 출발해서 도하를 경유해 런던으로 가는 카타르항공을 예약했다. 늦어진다면 두 번째 항공기를 타고 출국할 것이다.

그는 도청 수신기와 노트북을 박스에 넣었다. 그리고 가방에서 K-14 저격 소총을 꺼내 가늠자와 조준경을 살펴보고 조심스럽게 다시 넣었다. 탄창에 있는 총탄 네 발도 확인했다.

*　*　*

　늦은 오후다. 생활치료시설을 둘러싼 분지엔 아직 따사
로운 햇살이 비추고 있었다. 이스마일은 구급차에서 내렸
다. 현관 근무자는 전날 방문했던 이스마일을 알아보고 인
사했다.

　이스마일은 탈의실로 가서 개인 방호복을 입었다. 필요
한 도구는 바지 주머니에 넣었다. 1층 중앙 현관 쪽으로 나
와 이 교수 방이 있는 2층으로 가기 위해 계단을 올라갔다.
이스마일은 지난 밤 이 교수가 술을 너무 많이 마셔서 지금
까지도 정신을 차리지 못했을 것이라 생각했다. 이스마일
은 2층 복도 중앙 스테이션을 지나쳐 이 교수 방으로 갔다.
스테이션에는 간호사 한 명이 컴퓨터 모니터를 들여다볼 뿐
이사마일을 보지는 않았다.

*　*　*

　K의 모습은 멀리서도 알아볼 수 있었다. 검은색 레깅스
에 스포츠화, 가벼운 후드티를 입었다. 후드는 바람에 벗겨
지지 않도록 턱 끈으로 조였다. 검은색 마스크가 눈만 남기
고 얼굴 전체를 가렸다. 가죽 전투화를 신었다. 처음 동영상

264　　　　　　　　　　　　　　　　　　　　묵찌빠

에서 본 모습과 비슷했다. K는 자신에게 다가오는 김경령 순경을 조용히 응시하고 있었다.

"연락을 기다렸어요. 그 외국인 킬러를 찾았어요. 감시하고 있어요."

"감시? 누가?"

"동료 경찰과 군인들이요."

"경찰과 군인?"

"K씨가 사는 집이 있는 그 산 정상에 군부대가 있잖아요. 거기서 그 외국인 킬러가 뭔가를 훔쳤대요. 그래서 군인들이 찾으러 내려왔어요."

"뭐라고?"

놀라는 K의 모습에 김 순경이 더 놀랐다.

"왜 그렇게 놀래요?"

"무엇을 훔쳤는지 군인들이 얘기하지 않았어?"

"구체적으로 말하지 않았어요. 잡은 뒤에 경찰이나 국정원에 이첩한대요."

"맙소사!"

"왜요?"

"킬러가 군부대에서 무엇인가 훔쳤다면, 그게 뭘 것 같아? 식량? 전투복?"

"아!"

"킬러가 군대에서 훔칠 게 무기 말고 다른 게 있을까?"

"어떻게 하죠?"

"무슨 일을 저지르기 전에 잡아야 해? 기동타격대가 지키고 있는 거야?"

"아뇨, 저와 동기 경찰이에요."

"군인들은?"

"두 명이에요."

"뭐라고?"

"인터넷 기자도 한 명 있어요."

"국제적인 킬러를 동네 꼬마들이 잡겠다고?"

"꼬마라니요. 덩치가 얼마나 큰데."

"킬러가 무기를 훔쳤다면 왜 그런 것 같아?"

"K씨 당신을 노리는 건 알고 있어요."

"나도 노리겠지만 나보다 더 중요한 사람을 노릴 수도 있어."

"더 중요한 사람이요? 누군데요?"

K는 주저했다.

"아직 확실하진 않아. 곧 알 수 있을 거야."

"지금 말해줘요. 누굴 노리는지 알아야 대비를 하죠. K씨가 말한 더 중요한 사람도 자신이 위험에 빠졌다는 걸 알아야 하지 않을까요?"

"알게 될 거라니까. 부탁이 있어."

"뭔데요?"

"그 킬러가 죽이려던 사람, 이양이라는 사람인데."

"알아요. 팜칭다오 연구원이죠."

"그랬군. 그 사람이 위험에 처해있어. 그 사람을 지켜야 해."

"지켜요?"

"그 사람이 매우 중요한 걸 알고 있어."

"그게 뭔데요? 중요한 걸 알고 있는데, 왜 위험한 상황에 있죠?"

"중요한 걸 알고 있으니까 위험한 거야."

"누가 죽이려고 하나요? 지금 감시하고 있는 그 외국인 킬러가 또 죽이려고 하나요?"

"그건 몰라."

"뭐가 뭔지 모르겠네요. 우리가 감시하는 킬러는 이양 씨를 죽이려고 했는데, 지금은 K씨와 K씨보다 더 중요한 사람을 군대에서 훔친 무기로 노리고 있고, 이양이라는 사람은 또 위험에 빠져 있고. 이양 씨는 지금 어디 있는데요?"

"S 대학병원에 있다가 생활치료시설로 보내져 격리돼 있어."

"그래요? 어떻게 구하죠? 경찰에 뭐라고 해야 하죠? 그냥 지켜야 한다고 말해보았자 경찰서에서 제 말만 듣고 경찰을 보내줄 리 없잖아요?"

"얘기하자면 복잡해. 경찰을 이해시킬만한 물증이나 설명 자료가 아직은 없어. 바이러스와 관계있는 거 같아."

"K씨, 당신이 경찰에 설명해요. 같이 가서 아는 것을 설명해 주세요."

"경찰에 가서 설명할 시간이 없어."

"그럼 어떻게 하자는 거죠?"

그때 김 순경의 핸드폰이 울렸다. 박 순경이다.

"김 순경, 방금 그놈이 밖으로 나왔어. 큰 가방 두 개하고, 다른 짐도 승용차에 실었어. 곧 출발할 거 같은디."

"동열 씨, 가면서 알려줘요. 저도 쫓아갈게요."

김 순경은 전화를 끊고 K에게 말했다.

"킬러가 출발해요. 짐을 다 정리해서 차에 실었대요. 군인들이 추적한대요."

"짐을 가지고 간다고? 자신이 계획한 일을 끝낸 건가? 아닐 텐데. 아니면 일을 끝낸 뒤 바로 출국하려는 건가?"

K는 자신의 승용차에 김 순경을 태웠다.

"김 순경, 동료에게 전화해. 연락을 주고받으면서 가야 할 거 같아."

"알았어요."

김 대위는 드론을 높이 띄웠다. 드론은 200미터 상공에서 킬러가 탄 승용차를 인식하고 추적했다. 차 중사가 들고 있는 모니터는 드론이 보내는 영상과 좌표를 함께 수신해서 보여주었다. 차 중사는 모니터를 보면서 길을 안내했고, 김 대위는 차 중사가 말하는 방향으로 운전했다. 박동열 순경과 서만수는 군인들의 대화를 들으면서 두 사람이 왜 킬러를 잡았다고 자신하는지를 알 수 있었다. 드론은 일단 피사체를 인식하면 놓치지 않았다.

"지금 어디로 가고 있어요?"

박 순경의 핸드폰에서 김 순경 목소리가 들렸다. 박 순경이 핸드폰 저쪽에 있는 김 순경에게 대답했다.

"노원구를 지나서 광진구 쪽으로 가고 있어."

김 순경은 운전을 하고 있는 K에게 말했다.

"광진구 쪽으로 가는데, 한강을 건넌다면 잠실대교 쪽으로 가지 않을까요?"

"잠실대교를 건너서 L타워 쪽으로 갈 거야. 우리가 먼저 가야겠어."

"거기에 뭐가 있나요?"

"킬러가 그쪽으로 간다면 한 곳 말고는 없어. 바이오쎌텍이야."

"역시 관련성이 있군요. 그런데 거기서 누구를 해친다는 거죠?"

"피오나 정 박사일 거야. 바이오쎌텍의 한국 법인 대표."

"킬러가 왜 그분을 해치려고 하죠?"

"킬러가 생각보다는 많이 아는 것 같아."

김 순경은 K의 말은 이해할 수 없었다. K는 빠르게 차를 몰았다. 건널목에서 과속으로 몇 차례 사진이 찍혔다. K는 아랑곳하지 않고 잠실대교를 건너 L타워 쪽으로 향했다. 곧, 박 순경으로부터 킬러의 승용차가 잠실대교를 건너고 있다는 연락이 왔다.

그는 바이오쎌텍 반대쪽 아파트 단지 안에 차를 세웠다. 트렁크에서 소총이 든 가방을 꺼내 물색해둔 아파트 건물로 들어섰다. 경비원이 전에 왔던 외국인이라는 것을 기억하고는 손을 한 번 흔들었다. 그의 가방을 경비원은 눈여겨보지 않았다. 그는 엘리베이터를 타고 10층에서 내렸다. 거기서부터는 계단을 통해 옥상으로 올라갔다.

옥상에는 안전을 위해서 어깨높이 정도의 펜스가 설치되어 있었지만, 그에게는 허리 정도의 높이에 불과했다. 그는 K-14 저격 소총을 꺼냈다. 소음기를 총신 끝에 끼우고 탄창을 장착했다. 받침대는 벽 상단에 세우고 그 위에 소총을 얹었다. 거리는 150미터, 바이오쎌텍 6층 사무실 안을 조준경을 통해 들여다보았다. 그는 예상 밖의 인물에 놀랐다. 킴과

270 　　　　　　　　　　　　　　　　　　　　묵찌빠

바로 그 여성이다.

　김 대위와 차 중사는 킬러가 아파트 단지에 차를 세우는 장면을 모니터를 통해 확인했다. 박 순경은 김 순경에게 핸드폰으로 이 사실을 알렸다. 김 순경은 박 순경에게 킬러의 목표물이 아파트 맞은편에 있는 바이오셀텍 6층에 있다고 알려줬다. 박 순경이 김 대위에게 전달했다.

　"저놈이 노리는 사람이 바이오셀텍 6층에 있대요. 그래서 바이오셀텍 맞은편 아파트 단지로 간 거래요."

　"정말입니까? 김 순경님이 그렇게 얘기합니까?"

　"예."

　"서두르자, 차 중사. 그놈이 올라간 아파트가 어느 건물인지 정확히 찍어야 한다. 그놈은 옥상으로 올라갈 것이다. 놓치면 안 된다. 드론은 그놈 머리 위 100미터 상공에 띄워놓고. 급하면 드론으로 공격한다."

　"알겠습니다."

　두 사람의 대화에 박 순경과 서만수는 어리둥절했다. 서만수가 물었다.

　"김 대위요, 우리는 어떻게 하면 좋겠는교?"

　"댁들은 아래서 기다리쇼. 만일 그놈이 우리 손에서 도주하면 대기하고 있다가 검거하세요."

"대기라? 우린 아무것도 없는디? 총도 없고, 전자총은 김 순경한테 줬고. 뭘로 잡는디?"

"한 대 맞으면 죽는 거 모르는교? 우리 같은 민간인이 어떻게 잡는교? 형씨들이 잡아버리소."

"그러면 댁들은 바이오쎌텍으로 가는 게 좋겠소. 김 순경이 그 안으로 갔으니까 김 순경을 도와주쇼."

"아, 그러는 게 좋겠고마. 동열아, 김 순경한테 가자."

그들은 킬러의 승용차 바로 뒤에 차를 세웠다. 김 대위는 주머니 안에서 권총을 쥐었다. 차 중사는 드론 리모컨과 모니터를 들고 내렸다.

"엘리베이터를 타면 리모컨과 드론 간 통신이 끊기지 않나?"

김 대위가 차 중사에게 말했다.

"상관없습니다. 드론을 자동운전 방식으로 전환했다가 옥상으로 올라가서 다시 수동운전으로 연결하면 됩니다."

두 명의 군인은 그들을 두려운 눈으로 바라보고 있는 경비원을 향해 뛰어갔다. 박 순경과 서만수는 차에서 내리자마자 큰길을 건너 바이오쎌텍으로 뛰었다.

정 박사는 K가 나이 어린 여성과 함께 사무실에 불쑥 찾아오자 당황했다. 한편으로는 K를 보게 되어 안심했다.

"웬일이야? 이분은 누구?"

"경찰이에요. 박사님, 그자가 박사님을 노리고 있어요."

정 박사는 K의 말에 이해할 수 없다는 표정을 지었다.

"그자가 총을 갖고 이쪽으로 오고 있어요. 벌써 와 있을지도 몰라요. 일단, 자리를 피하세요."

"총? 나를? 그래서 경찰이 나를 보호하려고 온 거야?"

"이 경찰관은 모든 것을 알고 있어요."

"모든 것을 알다니, 무슨 말이야. 신고라도 한 거야? 뭘? 왜?"

"함께 이곳으로 오자고 요청했어요."

"요청했다고? 쓸 데 없는 짓을 했어. 얘기 좀 하자. 설명을 들어야겠어."

"설명은 제가 들어야 해요. 하지만 지금은 시간이 없어요."

비서가 사무실로 들어왔다. 영국에서 전화가 왔다고 했다. 피터 영의 변호사인데 긴급한 일이 있는 것 같다고 했다. 정 박사는 K와 김 순경에게 손을 들어 잠시 기다리라고 하고 평소처럼 자신의 책상 위에 놓여 있는 전화기 스피커를 켜고 영어로 말했다.

"피오나 정입니다."

"피터 영의 지시로 전화했습니다."

"그래요? 무슨 일입니까? 피터에게 무슨 일이 있습니까?"

"피터는 회의 중입니다. 나는 피터 영에게 자문을 해주는 변호사요."

"처음 들어요, 개인 변호사 얘기는."

개인 변호사라는 말에 정 박사는 신경이 쓰였다. 기업 경영에 법률적인 자문을 해주는 회사 소속 변호사가 아니라는 이야기다.

"용건이 무엇입니까?"

"당신, 킬러를 고용해서 이양을 죽이라고 했지? 그러면서 권미라에게는 이양을 킬러에게서 구하라고 했지? 그리고 당신 계획에 피터를 끌어들인 거지? 왜 그런 장난을 친 거야?"

"뭐라고? 피터를 끌어들였다고? 무슨 뜻이야?"

"또 이양 살해를 의뢰한 킬러를 바이오쎌텍 팜칭다오로 유인해서 죽이려고 했지? 모든 것을 덮으려 한 거야? 그 덕분에 바이오쎌텍에 뭔가 있다는 걸 알았지만."

"무슨 말을 하는 거야, 피터가 모든 것을 알고 있는데. 모든 것을 아는 사람이 그런 일들을 변호사한테 확인하라고 할 리가 없어. 피터를 바꿔줘. 도대체 피터의 속셈이 뭐야?"

"피터가 모든 것을 알고 있다고? 당연하겠지. 나도 그렇게 생각했어. 확인해줘서 고마워."

정 박사는 뭔가 잘못됐다는 것을 깨달았다. 스피커에 대고 크게 소리쳤다.

"당신, 대체 누구야?"

"모르겠어?"

K가 놀란 눈으로 정 박사를 바라봤다. 김 순경 또한 동그랗게 뜬 눈으로 정 박사를 보면서 K에게 손짓했다. K는 고개를 돌려 김 순경을 보았다.

김 순경이 소리쳤다,

"킬러가 반대편 건물 옥상에 있어요!"

정 박사는 K와 눈을 마주쳤다. 그리고 통유리 밖 정면에 떨어져 있는 아파트 건물 옥상을 보았다. 그리고 스피커폰을 보았다. 정 박사는 순간, 킬러의 존재와 의도를 깨달았다.

"K! 피해!"

그러면서 정 박사는 자신을 감싸 안는 K를 오히려 두 팔로 안았다. 그러고는 총격에 파편이 되어 떨어지는 유리벽을 등졌다. K도 정 박사를 감싸 안으면서 바닥으로 쓰러졌다. 김 순경은 몸을 낮추고 그 자리에 웅크려 앉았다. 긴박한 순간에서도 'K'라고 부르는 정 박사의 외마디 소리가 김 순경의 호기심을 자극했다.

두 번째 총탄이 어딘가에 박히는 소리는 그곳에 있는 모두가 들었다. 그들은 바닥에 엎드린 채 움직이지 않았다. K의 시선은 정 박사에게서 떠나지 않았다. 충격적인 사실을 확인한 놀라움과 분노, 그리고 안타까움이 한데 뒤섞인 시선으로 정 박사를 바라보았다.

세 번째 방아쇠를 당기기 전에 쇳덩이가 그의 관자놀이 부분을 가격했다. 바람소리를 귓가에 들으면서 그는 옆으로 쓰러졌다. 강력한 펀치였다. 일어서려고 할 때 쇳덩이가 또 한 번 그의 머리를 가격했다. 일어서지 않고 주머니 안에 있는 권총을 오른손으로 쥐었다. 그때 해머로 얻어맞은 것과 같은 충격이 오른쪽 팔과 허리에 가해졌다. 바닥에 떨어진 소총이 보였다. 왼쪽 팔을 뻗어 소총을 잡으려고 하는 순간 이번에는 머리와 척추에 타격을 입었다. 이어서 온몸에 무차별적으로 타격이 가해졌다. 발은 네 개다. 그는 팔꿈치와 무릎으로 기어가려고 했다. 하지만 권총이 목 뒤에 닿아 더 이상 앞으로 움직일 수가 없었다. 자신의 목을 겨냥한 권총이 이번엔 뒷머리를 가격했다. 그는 다시 앞으로 엎어졌다. 누군가가 그의 등을 발로 밟아 누르고 권총을 목덜미에 겨누면서 주머니를 뒤져 권총 두 정을 꺼냈다. 그리고 항공권과 여권, 승용차 열쇠까지 꺼내갔다.

"무릎!"

그는 간신히 무릎을 꿇고 그들을 올려다보았다. 호텔에서 때려눕혔던 군인들이다. 한 명은 권총으로 자신을 겨누고 있었고, 또 다른 한 명은 K-14를 겨누고 있었다. 총보다 그들의 눈매가 더 매서웠다.

묵찌빠

"차 중사, 저쪽 상황 알아봐."

차 중사는 바닥에 떨어져 있던 킬러의 핸드폰을 들고 김 순경을 불렀다.

"차 중삽니다. 제 말 들립니까? 이쪽 상황 정리됐습니다. 그쪽은 어떻습니까?"

핸드폰 저쪽에서 김 순경의 목소리가 들렸다.

"모두 무사해요."

김 대위는 안도의 숨을 쉬면서 킬러를 죽일 듯이 노려봤다. 구둣발로 그의 얼굴 정면을 가격했다. 차 중사도 다시 일어나는 그의 안면을 K-14 개머리판으로 강타했다. 그들은 그의 허리와 골반을 가격하고 팔목과 하체를 짓밟았다. 그래도 성이 차지 않았다. 김 대위가 총을 그의 얼굴에 겨누고 말했다.

"무릎!"

그는 다시 무릎을 꿇었다. 김 대위가 그의 항공권과 여권을 보면서 영어로 더듬거리며 말했다.

"너, 내 말 잘 들어. 지금 바로 택시를 타고 공항으로 간다. 네 집으로 돌아간다. 여권, 항공권, 지갑만 갖고 간다. 나머지는 모두 압수한다. 돌아오지 마. 네 얼굴, 사진 찍는다. 네 여권도 사진 찍는다. 네 핸드폰도 우리 손에 있다. 돌아오면 너에 관한 모든 것을 공개한다. 너, 한국에서 할 수 있는 게 없다. 내 말 이해할 수 있나? 너는 운이 좋다. 너를 죽이지 않는다. 우리가 편하기 위해서."

김 대위는 그가 모자와 마스크를 쓰기 전에 드론 카메라로 그의 얼굴을 촬영했다. 여권도 촬영했다.

그는 자신의 얼굴을 처음 강타한 것이 드론임을 그때 알았다. 그는 간신히 일어섰다. 걸을 수는 있었다. 김 대위는 주머니 안에서 그에게 총을 겨누고 있었다. 차 중사는 소총 탄피 두 개를 집어 주머니에 넣었다.

"괜찮니?"

K는 정 박사의 손길을 뿌리쳤다.

"킬러가 한 말은 모두 거짓이야. 나는 이양을 살리려고 너를 보냈어."

"박사님은 이양을 죽이려고도 했어요."

"그걸 어떻게 알아? 킬러의 추측일 뿐이지."

"그 시간, 그 장소에서 이양 박사와 저, 킬러, 세 사람이 만나는 것을 아는 사람은 박사님과 박사님 지시를 받은 저 말고는 없었어요. 박사님 스스로 말씀하셨죠. 그 좌표를 아는 사람은 박사님 혼자뿐이라고."

정 박사는 더 이상 변명할 수 없었다.

"도대체 왜 그러셨어요? 왜 킬러를 고용해서 이양을 죽이

묵찌빠

라고 하고서 저에게는 그걸 막으라고 하셨어요?"

정 박사는 K의 얼굴을 쳐다보기만 했다.

"박사님, 이양 박사가 무슨 일을 저질렀죠?"

"……"

"모든 걸 설명해 주세요. 너무 큰일을 벌여놓으셨어요. 이젠 돌이킬 수 없게 됐어요. 이양 박사는 바이러스가 확산한 이유를 알고 있어요. 이양 박사가 거래를 원했죠? 박사님을 만나야 한다고 했어요."

"이양을 만났니?"

"네. 그는 박사님과 자신만 아는 사실을 숨겼어요. 하지만 숨기고 있다는 사실은 숨기지 못했어요. 이양과 거래한 것이 무엇이죠?"

"그는 영원히 말할 수 없게 될 거야. 우리만 입을 닫고 있으면 되는 거야. 누구도 증명할 수 없을 거야."

"영원히 말할 수 없게 될 거라고요? 영원히요? 영원히? 그게 무슨 뜻이죠? 설마….."

K는 정 박사가 이번에야말로 이양을 진짜로 제거하기 위해 손을 썼을 지도 모른다는 생각이 들었다. K는 김 순경을 돌아보며 말했다.

"김 순경, 박사님 핸드폰을 꺼내서 줘. 저기 보이는 백에 있을 거야."

김 순경은 백에서 핸드폰을 꺼냈다. K가 그 핸드폰을 받아들면서 김 순경에게 요청했다.

"김 순경, 이양 박사가 위험해. 누군가 이양을 해치려고 들 거야. 그가 죽으면 안 돼. 경찰에 연락해서 이양이라는 사람을 보호하라고 해. 시간이 없어."

K는 정 박사의 핸드폰에서 이양 박사의 번호를 검색해 그에게 전화했다. 이양은 핸드폰을 받지 않았다. 그러는 동안 김 순경은 서울경찰청 상황실에 전화해서 자신의 신분을 밝히고 생활치료시설에 격리된 이양의 신변보호를 요청했다. 급한 제보가 들어왔다고 했다.

정 박사는 K의 행동을 묵묵히 바라보았다.

"미라야, 모든 것이 너와 나를 위해서야. 모르겠니?"

"우리를 위해서요? 너무 큰일을 저지르셨어요. 이양을 해치지 마세요. 킬러를 또 고용했죠?"

"이양은 욕심이 너무 많았어. 한 번 들어주면 끝이 없을 거야."

"그러시는 박사님은요?"

박동열 순경과 서만수가 그때 들어왔다. 비서와 직원들도 그들과 함께 사무실로 들어왔다. 김 순경이 박 순경에게 말했다.

"동열 씨, 피오나 정 대표인데 박 순경이 신병을 확보하고 있어요. 지금 사건 모두 Y시 관할지역에서 처음 발생한 거니까 Y시 경찰서로 이송하세요. 저는 K씨와 함께 생활치료 시설로 가야 해요. 이양 씨가 위험해요."

"이 분을? 뭔 혐의로…?"

"일단 살인교사 혐의로요. 현행범으로 체포해요. K씨가 증인이에요."

박 순경은 눈을 크게 뜬 놀란 모습으로 고개를 끄덕였다. K와 김 순경은 사무실에서 뛰어나갔다.

정 박사는 K의 뒷모습에서 눈을 떼지 못했다. 무엇이 어떻게 됐는지, 판단할 수가 없었다. 천신만고 끝에 쌓아올린 성벽이 한꺼번에 무너졌다. 정 박사는 얼음 같은 K의 매정함에 천둥을 맞은 듯했다. 박 순경이 정 박사의 팔을 잡았다. 비서가 변호사를 부르겠다고 했다. 정 박사는 천천히 고개를 가로저었다. 박 순경은 미란다 원칙을 더듬거리며 알려주었다.

정 박사는 K가 떠난 텅 빈 공간을 하염없이 바라보기만 했다.

"글마는 어떻게 됐는교?"

서만수가 김 대위에게 물었다. 김 대위와 차 중사는 킬러의 승용차에서 큰 가방 두 개와 다른 짐들을 자신들의 승용차에 옮겨 실었다. 그들은 아무 말이 없었다. 서만수는 김 대위가 자신을 무시하고 있어서 기분이 나빴지만 대들 수도 없었다.

짐을 다 옮겨 실은 김 대위가 서만수를 보고 말했다.

"그놈은 도망갔습니다. 워낙 빠르게 내빼는 바람에 어떻게 할 수 없었습니다."

"도망이요?"

서만수는 김 대위의 말이 이상하다고 느꼈다. 하지만 그와 말싸움 할 시간이 없었다. 그는 김 대위에게 부탁하듯이 말했다.

"지금 저쪽에 바이오쎌틱 대표를 Y시 경찰서로 이송해야 하는데, 차가 필요하고마. 같이 갈 수 있겠는교?"

"일단 그놈 차가 여기 있으니, 이 차를 몰고 가시죠."

김 대위가 킬러에게서 빼앗은 차 열쇠를 서만수에게 던져주며 말했다.

"아, 그러면 되겠네. 형씨들은 어떻게 할 거요?"

"우리는 일단 도난당한 물건을 찾았으니까 부대에 반납해야 합니다."

서만수는 그들의 말에 토를 달고 싶지 않았다. 그는 킬러가 버린 차에 올라타 박 순경과 정 박사가 있는 바이오쎌틱 건물 쪽으로 몰고 갔다. 그가 출발한 뒤, 김 대위가 차 중사

묵찌빠

에게 말했다.

"차 중사, 일단 부대로 들어간다. 대장님께 보고하고 모든 걸 원상으로 해놓는다. 그놈 장비들은 천천히 분석한다. 나는 바이오쎌텍에 가야 한다."

"네, 알겠습니다."

차 중사는 김 대위에게 경례하며 씩 웃었다.

피오나 정 대표의 사무실에는 찬바람이 몰아쳐 들어왔다. 직원들이 사무실과 복도를 오가며 술렁이고 있었다. 김 대위에게 신경 쓰는 사람은 없었다. 경찰이라고 생각하는 직원도 있었다. 김 대위는 큰길 건너 아파트 옥상을 바라보았다. 외국인 킬러가 총을 쏘았던 위치에서 사무실 책상이 있는 곳까지 가상의 선을 그려보았다. 그리고 그 연장선이 도달하는 벽으로 가까이 다가갔다. 고급 나무 패널로 꾸며 놓은 벽이다. 세밀하게 살펴보았다. 두 개의 구멍을 발견했다. 그는 작은 나이프로 총알을 꺼냈다.

김 대위는 사무실에서 곧바로 나오려다가 호기심이 발동했다. 킬러는 어떻게 목표물의 일거수일투족을 알 수 있었을까? 통유리가 박살나지 않았다면 사무실은 깔끔하고 세련돼 보였을 것이다. 사무실에는 뼈대만 있는 업무용 책상과 회의용 테이블, 의자, 화분만 남아있다. 책상 위에는 전화기와 파일 몇 개가 놓여 있다. 그는 사무실을 나가려다가 혹시나 하고 화분이 있는 곳으로 갔다. 무엇인가를 숨긴다면 화분 말고는 없다는 생각이 들었다.

김 대위의 예상이 맞았다. 화분 안에 작은 도청기가 숨겨져 있었다. 그는 도청기를 집어 들었다. 그때 밖에서 정복을 입은 경찰 두 명이 들이닥쳤다. 인근 지구대 소속 경찰이다. 그들 가운데 한 명은 핸드폰으로 누군가와 전화를 하고 있었다.

"뭐라고요? Y시 경찰서로 이송한다고요? 누구 맘대로 그러는 겁니까? 송파경찰서로 이송하세요. 여기서 발생한 사건인데 왜 글로 갑니까? 뭐라고요? 여기는 유리창만 부서진 곳이라고요? 일단, 송파경찰서에 자초지종을 얘기하세요. 우리도 서에 보고해야 하니까요. 여, 여보세요! 뭐야 이거, 전화를 끊었잖아. 지구대 여순경인데 완전 신참이네. 절차도 모르고 말귀도 못 알아듣고. 막무가내야. 에잇, 모르겠다. 일단 있는 것만 보고하자."

김 대위는 정복 경찰들이 나누는 얘기를 들으며 사무실을 나왔다.

묵찌빠

이스마일

이 교수는 의자에 등을 기댄 채 코를 골았다. 이스마일은 이 교수 책상 위에서 차트 한 개를 들고 다시 복도로 나왔다. 복도 끝의 계단을 이용해 5층으로 이동했다. 복도 양쪽 끝은 CCTV 사각지대다.

이스마일은 504호실 문 앞에 섰다. 노크했다. 문이 슬그머니 열렸다. 동영상과 바이오쎌텍 홈페이지에서 본 얼굴이 문 안쪽에 있었다. 이스마일은 그를 뒤로 밀치며 안으로 들어갔다. 뒤로 밀린 이양은 의아스러운 눈빛으로 그녀를 보았다. 방호복 차림의 그녀는 아담한 체구여서 위협을 느끼진 않았다.

이스마일은 중국어로 말했다.

"이양 박사, 오늘부터는 내가 당신을 관리하기로 했습니다."

"그러신가요?"

이양은 자연스럽게 중국어로 대답했다. 하지만 순간, 이상하다는 생각이 들었다.

"박사? 중국말을…"

이스마일은 손을 칼날처럼 펴고 그의 명치를 찔렀다. 가슴을 부여잡으며 앞으로 고꾸라지는 이양을 밀쳐 침대 위로 쓰러뜨렸다. 이스마일은 그 위에 올라탔다. 이양의 관자놀이를 주먹으로 가격했다. 이양은 머리에 가해지는 충격에도 숨을 쉬기 위해서 본능적으로 몸을 옆으로 비틀었다. 이스

286

마일은 그의 멱살을 쥐고 상체를 일으킨 뒤 실눈을 뜨고 있는 그의 얼굴에 다시 일격을 가했다. 이양은 정신을 잃었다.

이스마일은 주머니에서 주사기를 꺼내 그의 팔에 수면제를 주입했다. 30분 정도 잠들게 할 수 있는 양이다. 이스마일은 다른 주머니에서 라이터를 꺼냈다. 책상 위에 있는 전화기 전선을 불로 녹여 끊어냈다. 옆에 있는 이양의 핸드폰을 집었다. 같은 번호로 전화가 다섯 통 와 있었다. 진동으로 설정해서 이양이 소리를 못 들었거나 일부러 받지 않은 것이다. 이스마일은 욕실로 가서 그의 핸드폰을 분해했다. 물에 적신 뒤 다시 조립해 책상 위에 올려놓았다. 그리고 방에서 나왔다.

이스마일은 전날 보아두었던 지점으로 갔다. 천장에 구멍이 뚫린 곳이다. 이스마일은 점프해서 천장 내부 철골을 잡았다. 주머니에서 라이터 기름통을 꺼내 천장 내부 곳곳에 뿌린 뒤 빈 통을 천장 안으로 던져 넣었다. 그러고는 라이터를 꺼내 천장 안에 얽혀 있는 전선에 불을 붙였다. 전선에 붙은 불이 빠르게 번졌다. 이스마일은 바닥으로 뛰어내렸다. 라이터 기름통을 한 개 더 꺼내 카펫에 뿌리고 그곳에도 불을 질렀다. 순식간에 불이 커졌다. 이스마일은 4층으로 내려와 같은 방식으로 복도에도 불을 질렀다. 그리고 계단을 통해 2층으로 내려와 이 교수 방으로 들어갔다.

"이 교수님, 안녕하세요."

코를 골던 이 교수가 눈을 떴다. 방호복을 입고 있었지만, 영어를 쓰고 있어서 이 교수는 이스마일임을 알아봤다.

"칼리 박사님? 어제 술을 너무 많이 마셨어요. 즐거운 저녁이었어요."

이스마일은 이 교수를 보며 의자에 앉았다. 고글을 벗으려는데, 요란한 소리가 울렸다. 화재경보다. 밖에서 "불이야!"하는 소리가 들려왔다. 깜짝 놀란 이 교수가 자리를 박차고 뛰어나갔다. 이스마일도 쫓아갔다.

"교수님, 4층에서 불이 난 것 같습니다. 얼른 피하세요."

방호복을 입은 직원이 이 교수를 보고 소리쳤다.

"방송부터 해요. 환자들 모두 밖으로 나가라고 알리세요."

이 교수는 중앙 계단을 통해 4층으로 올라갔다. 불이 카펫과 벽을 타고 번지고 있었다. 조금 지나면 복도 중앙까지 불길이 번질 듯했다. 벌써 연기가 복도에 가득 찼다. 그래도 대피할 시간은 있었다. 환자들은 중앙 계단으로 나와 아래층으로 내려갔다. 몇 명은 뒤늦게 방문을 열고 뛰어나왔다. 이 교수는 5층으로 올라갔다.

"환자들은 다 나온 것 같습니다."

간호사가 이 교수에게 말하면서 환자들을 아래층으로 안내했다. 조금 더 지나면 복도가 불과 연기로 뒤덮일 것이다.

이 교수가 큰 소리로 말했다.

"모두 아래층으로 내려가요!"

이 교수와 간호사, 관리직원들은 3층으로 내려갔다. 이스마일도 그들을 따라갔다.

"스프링클러는 작동하지 않나요? 직원들은 소화기부터 찾아봐요."

이 교수가 소리쳤다.

"오래된 건물이라서 스프링클러가 없습니다."

"이런 젠장, 119에는 연락했어요?"

누군가가 대답했다.

"했습니다."

"소화기는 어디 있어요?"

"유독가스가 많이 나와서 소화기를 들고 접근하는 것은 위험합니다."

"그러면 우선 밖으로 다 내보내고 나오지 못한 환자가 있는지부터 얼른 파악해요. 모두 내려갑시다."

이스마일은 그들과 함께 1층 중앙 현관으로 향했다. 이양이 깨어나 방문을 열면 복도에 번진 불길이 공기를 타고 방 안에 있는 그를 덮칠 것이다. 이양은 죽거나 치명적인 화상을 입게 될 것이다. 불길이 세지 않더라도 유독가스에 질식돼 죽을 것이다.

밖은 이미 해가 지고 있었다. 숲속 계곡에서 차가운 바람이 불어왔다. 누군가가 소리쳤다.

"교수님, 환자 한 명이 나오지 않았습니다."

"뭐, 뭐라고? 누군데?"

"504호실 이양 씨가 보이지 않습니다."

"어이쿠! 이거 큰일 났네. 어떻게 하지? 어떻게 하지?"

그때였다. 여성 한 명이 1층 중앙 현관으로 뛰어들었다. 민첩한 움직임이었다. 그 뒤를 따라 또 다른 여성이 뛰어 들어갔다. 이스마일의 눈이 그들을 쫓았다.

불은 건물 5층과 4층에서 번졌다. K는 아직 시간이 있다고 판단했다. 김 순경은 K가 뛰어 들어가자 무작정 따라갔지만, 무엇을 어떻게 해야 할지 몰랐다. 그들은 4층 중앙 복도까지 뛰어 올라갔다. 4층은 시커먼 연기로 가득 찼다. 그 사이사이에서 시뻘건 불길이 벽을 타고 복도 중앙 쪽으로 다가왔다.

불길을 본 김 순경은 당황했다. 엄청난 열기가 얼굴로 덮쳐왔다. 유독가스가 코와 입으로 들어왔다. 김 순경은 무릎을 꿇었다. 눈을 감고 코를 막았다. K는 중앙 스테이션에서 누군가 벗어놓은 흰 가운을 들고 왔다. 코와 입을 막으라며, 김 순경에게 내줬다. 김 순경은 받지 못했다. 움직일 수 없

묵찌빠

었다.

K는 의식을 잃어가는 김 순경의 어깨를 잡고 흔들었다.

"김 순경, 정신 차려!"

김 순경의 어깨가 축 늘어졌다. 지체할 시간이 없다.

"김 순경, 일어나!"

K는 김 순경의 팔을 자신의 어깨에 둘렀다. 시뻘건 불길이 그들 쪽으로 공기를 빨아들이면서 다가왔다. K는 중앙계단 벽에 있는 창문을 보았다. 만약, 창문이 열려 있었다면 불은 더 빠르게 번졌을 것이다. K는 있는 힘을 다해 김 순경을 일으켰다. 그리고 계단을 하나씩 밟으며 내려왔다. 3층으로 내려오자 불길은 보이지 않았다. 하지만 연기가 급속도로 퍼지고 있었다.

"김 순경, 상태가 좋지 않아. 얼른 내려가자!"

김 순경이 K의 말을 알아들은 듯 고개를 끄덕였다. K와 김 순경은 천천히 2층으로 내려갔다. 거기서 1층까지는 좀 더 빨리 내려갔다. 밖으로는 뛰어나갔다. 찬 공기가 코로 들어왔다.

밖으로 나온 K는 건물 뒤쪽으로 달려갔다. 김 순경은 비틀거리며 K를 쫓아갔다. 시설 직원 몇 명이 그들을 뒤따라갔다. 방금 도착한 정복 경찰 두 명도 그들을 따라 뛰었다. 소방차 사이렌 소리가 멀리서 들려왔다.

건물 뒤쪽으로 돌아간 K는 504호실 아래 지점에 멈췄다. 거기서부터 벽을 타고 오르기 시작했다. 전에 보았던 곳이다. K는 연통과 에어컨 실외기, 창틀을 이용해서 5층을 향해 빠르게 올라갔다. 그곳에 있던 사람들은 숨을 죽이고 바라봤다. 이 교수도 쫓아와 입을 다물지 못한 채 K를 올려다보았다. 이 교수와 함께 있는 이스마일의 표정은 냉담했다.

K는 504호실 창문에 도착했다. 커튼이 쳐져 있었다. 불이 방안으로까지 번지지는 않은 듯했다. K는 발로 창문을 깼다. 오래된 건물이라서 그런지 단일창이다. K는 창틀을 밟고 젖힌 커튼 안쪽으로 들어갔다.

이양은 자고 있었다. 문틈으로 매캐한 연기 냄새가 들어왔다. K는 이양을 흔들었다.

"정신 차려요, 이양 박사!"

이양이 눈을 떴다. K의 얼굴을 보고 화들짝 놀라 상체를 일으켜 세웠다.

"누구요?"

"밖에 불이 났어요. 문을 열면 폭발할 겁니다. 창문으로 가요."

이양은 상황을 파악한 듯 K의 말에 따랐다. K는 밖을 내려다보았다. 김 순경이 이리 뛰고 저리 뛰며 소방차를 지휘했다. 사다리가 올라오고 있었다. K는 책상 위에 있는 이양

묵찌빠

의 노트북을 챙겼다. 핸드폰에는 물기가 묻어 있었다. 그대로 주머니에 넣었다. 전화기 선이 불에 타 끊어져 있었다. K는 킬러가 왔다 갔음을 알았다. 이양 박사가 깨어나도 전화를 쓸 수 없게 만든 것이다. 불이 방까지 번지면, 전화기와 전화선도 불에 탈 테니 의심받을 일은 없다고 여겼을 것이다. 불은 킬러의 방화다.

"누가 왔죠?"

"중국말 하는 여성. 나에게 수면제를 주사한 거 같소."

창밖에서 소방대원이 외치는 소리가 들렸다. 그들은 사다리차에 올라탔다. 이양 박사가 K에게 소리쳤다.

"그 여자는 방호복을 입고 있었소."

K는 아래를 내려다보았다. 고개를 젖힌 사람들의 시선이 K를 향해 있었다. 하지만 중년의 남자 의사 옆에 있던 방호복 차림의 누군가는 슬그머니 자리를 뜨고 있었다.

"김 순경, 지금 걸어가는 저 방호복, 잡아."

"누구?"

"오른쪽으로 5미터 정도 떨어진 사람. 지금 걸어가는 방호복 여자."

김 순경은 걸어가는 방호복을 찾았다. 그 여자는 K를 올려다본 뒤 김 순경을 보았다. 김 순경이 그 여자를 붙잡기 위해서 다가갔다. 그때 K는 자신이 실수했음을 알았다.

"아니, 아니, 잡지 마! 전자총!"

하지만 이미 늦었다. 여자는 자신에게 다가서는 김 순경의 얼굴을 발로 가격했다. 김 순경은 그 자리에서 고꾸라졌다. 정복 입은 경찰 두 명도 그 여자에게 다가갔지만, 그들도 발길질 두 번에 나가떨어졌다.

이 교수는 표정이 굳은 채 여자를 바라보기만 했다. 다른 직원들도 입을 다물지 못했다. 여자는 유유히 그곳을 떠났다.

사다리차는 움직임이 둔했다. K가 내려갔을 때, 그 여자는 이미 보이지 않았다. 김 순경은 코를 움켜잡고 일어섰다. 두 명의 정복 경찰은 어리둥절한 표정으로 바닥에 주저앉아 있었다.

K가 김 순경의 어깨를 잡았다.

"괜찮아?"

"그 여자를 잡아요."

"이양 박사를 잘 보호하고 있어. 절대로 놓치면 안 돼. 이양 박사의 노트북하고 핸드폰이야. 매우 중요한 거야. 곧 돌아올게."

"알았어요."

K는 전속력으로 달렸다.

이스마일은 건물 앞으로 돌아와 S 대학병원 구급차로 뛰어 갔다. 운전기사를 끌어 내린 뒤 올라타 곧바로 시동을 걸었다.

이스마일은 이 교수와 생활치료시설 직원이 자신을 안다 는 것이 치명적이라고 생각했다. 신분이 노출됐다. S 대학 병원으로도, 호텔로도 갈 수 없다. 여권은 호텔에 있다. 공 항을 통해서 출국할 수도 없게 되었다. 한국에는 다른 접선 책이 없다. 낭패였다.

우선은 서울 시내로 잠입해 숨는 것 말고, 이스마일에게 다른 방법은 없었다. 이스마일은 정문을 통과했다. 50미터 쯤 가자 길이 두 개로 갈라졌다. 마을로 가는 길과 서울로 가는 길이다. 처음 운전하는 길이라서 그런지 순간적으로 어느 길로 가야 할지 잠시 머뭇거렸다.

그때 뒤따라온 승용차 한 대가 구급차를 강하게 추돌한 뒤 흔들리는 구급차를 45도 각도에서 한 차례 더 들이받았 다. 구급차는 180도로 회전했다. 이스마일은 밖으로 나와 자신의 구급차를 추돌한 승용차 보닛 위로 뛰어오른 뒤 운 전석 문을 열고 나오는 K를 향해 이단 옆차기로 발을 날렸 다. 공격을 피한 K를 스쳐 지나가며 이스마일은 칼처럼 편 손가락으로 K의 목을 찔렀다. K는 목을 잡고 그 자리에 주 저앉았다. 이스마일은 K의 옆구리를 발끝으로 가격하고 K 의 머리를 잡아 올려 얼굴을 세운 뒤 주먹으로 연타했다. K

는 충격을 받았다. 이스마일은 몸을 세워 K를 내려다보았다. K는 가까스로 두 팔로 바닥을 짚고 일어나 앉았다. 이스마일은 몸을 한 번 더 날려 발로 K의 안면을 강타했다. K는 뒤로 쓰러졌다. 이스마일은 쓰러진 K에게 다가갔다. K는 그 여자가 자신을 죽일 것이라는 생각에도 몸을 움직일 수가 없었다.

"억!"

이스마일이 갑자기 뒷머리를 감쌌다. 두 번째 공격은 팔로 막았다. 곤봉을 든 여성 경관이 뒤에 있었다.

"손들어! 도, 동작 그만! 다, 당신을 현주건조물방화 혐의와 살인미수 혐의로 긴급 체포한다. 벼, 변호사를… 억!"

덜덜거리던 김 순경은 이스마일의 주먹을 안면에 한 대맞고 쓰러졌다. 이스마일은 다시 K를 향해 갔다. 자신의 허리를 거머쥔 K가 천천히 일어서고 있었다. 그리고 방어 자세를 취했다. 서있기도 힘들어보였다. 이스마일은 K와 거리를 좁혀갔다.

K는 킬러의 시선을 끌며 죽을힘을 다해 방어 자세를 취했다.

"악!"

이스마일이 갑자기 경련을 일으키며 그 자리에서 쓰러졌다. 쓰러진 이스마일 옆으로 김 순경이 다가왔다. 김 순경

묵찌빠

손에는 전자총이 들려 있었다. 김 순경은 아직도 분이 안 풀렸는지 씩씩거렸다.

"머, 머리를 부숴버려. 다시 일어날 거야. 일어서면 우리가 죽어."

K가 소리쳤다. 목을 가격당해서 그런지 쉰소리가 났다.

김 순경은 죽을지도 모른다는 말에 오히려 용기가 났다. 할아버지 곤봉으로 기절해 쓰러져 있는 이스마일의 머리를 한 대 더 내려쳤다. 너무 살짝이다. 효과가 별로 없을 것 같다. 김 순경은 눈을 감고 있는 힘껏 또 한 차례 킬러의 머리를 곤봉으로 강하게 갈겼다.

'어라?'

곤봉이 튀어나오지 않았다. 킬러에게 곤봉을 잡힌 김 순경은 당황했다. 곤봉을 놓고 뒤로 물러섰다. 그 모습을 본 K가 절뚝거리면서 쓰러진 킬러에게 다가갔다. 킬러는 일어서려고 안간힘을 썼다. 하지만 몸이 말을 듣지 않았다. K는 발을 들어 올려 킬러의 두 손목을 차례로 내리쳐 부러뜨렸다. 킬러가 비명을 질렀다. K는 곤봉을 집어 들었다. 이번엔 킬러의 무릎과 발목을 계속 내리쳤다. 킬러의 얼굴이 일그러졌다.

"그만!"

김 순경은 K에게서 곤봉을 빼앗았다.

>>> 19
반격

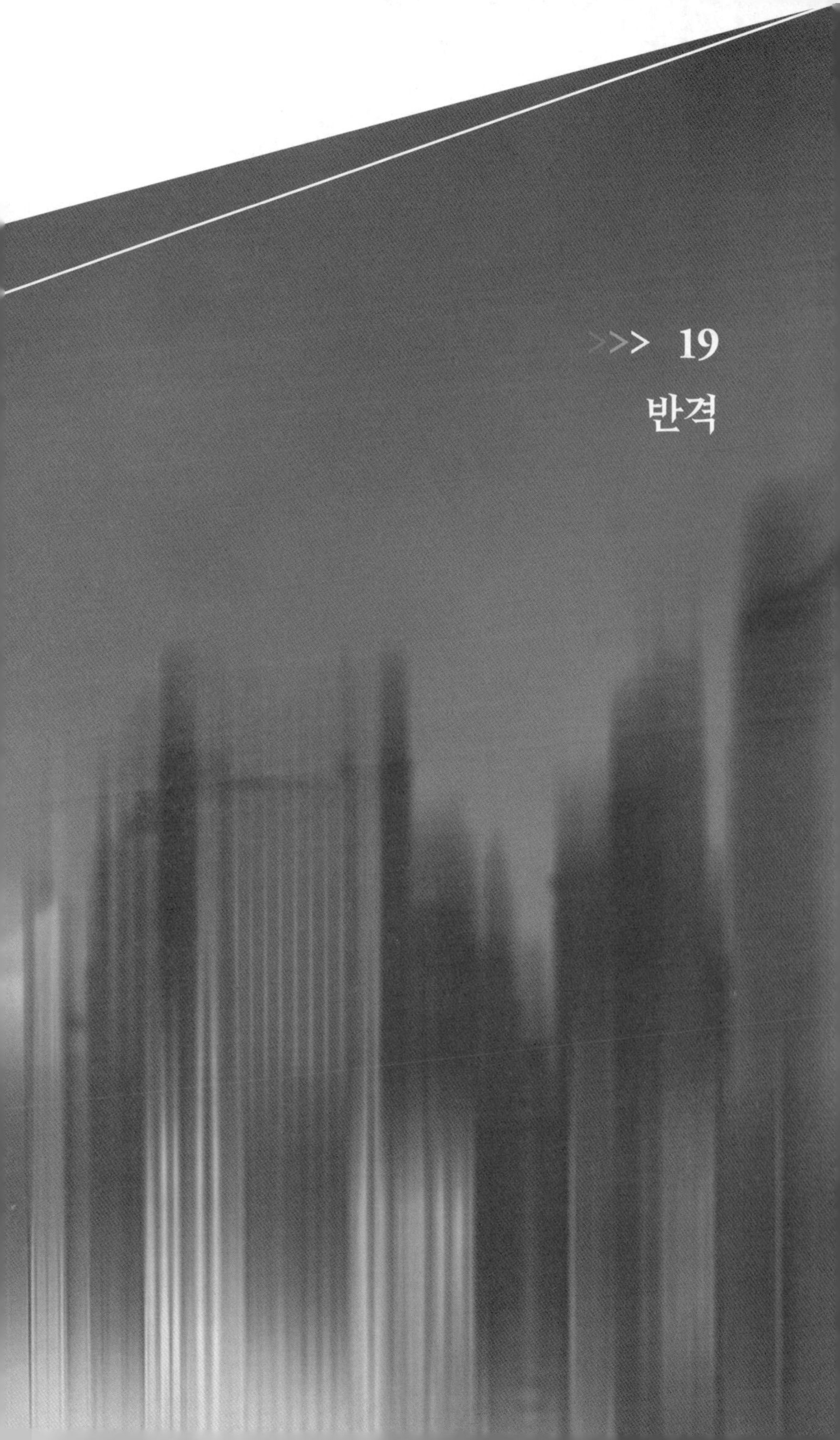

여론이 아우성쳤다. 세계 언론이 앞다퉈 헤드라인 뉴스로 다뤘다. 미국 정부는 중국이 바이러스의 진원지라 비난하며 여론 공세를 멈추지 않았다. 중국 정부는 미국에서 만들어진 신종 바이러스 샘플이 중국 내 연구소로 전달되는 과정에서 문제가 생긴 것이라며 미국이 바이러스를 생성시켰다고 공격했다. 거기에 더해 미국에서 C-바이러스 환자가 먼저 발생했다고 주장했다.

미국과 중국의 패권전쟁에 바이러스 확산 책임 논란까지 더해져 양국 간 갈등은 최악의 상황으로 전개됐다. 양국 정부는 한국 정부가 신속하고도 객관적인 수사를 통해 바이러스 전파 원인을 철저하게 밝혀내야 한다고 압박했다. 한국 정부는 두 나라 눈치를 보는 상황이 되었다.

서울중앙지검과 서울경찰청이 합동으로 구성한 정부의 특별수사본부는 언론 브리핑을 했지만 내용이 빈약했다. 상황이 이렇다보니 한국의 언론들은 추측성 소설들을 쏟아냈다. 외신은 그 소설을 일부 받아 보도했다.

드디어 특별수사본부장을 맡은 서울중앙지검장이 중간 수사 상황을 발표하는 기자회견을 열었다. 호텔에 프레스센터가 설치되었고, 한국 언론뿐만 아니라 외신 기자들이 대거 참석했다. 지상파와 종합 유선방송, 뉴스전문 채널 등이 생중계를 했다. 인터넷 언론과 신문도 엠튜브를 통해 실

시간 생방송을 내보냈다. 미국 뉴스 전문 채널 CNN과 중국 국영 텔레비전 CCTV, 영국 BBC, 일본 NHK 등 해외 주요 언론들도 실시간으로 뉴스를 송출했다.

"중국 칭다오에 위치한 바이오쎌텍 팜칭다오 연구원인 이양은 바이오쎌텍 미국 내 연구소가 발견해 보낸 신종 바이러스 샘플을 받아서 연구했습니다. 샘플을 연구한 것은 신종 바이러스가 유행할 경우, 이에 대비한다는 바이오쎌텍의 내부 방침에 따른 것입니다. 특별수사본부는 이양이 중국에서 바이러스를 전파했는지의 여부에 관해 중국 당국과 공조하여 수사 중에 있습니다."

특별수사본부장이 연단에 나와 그간의 수사 내용을 브리핑했다. 알맹이 없는 형식적인 브리핑에 미국 CNN 기자가 질문했다.

"특별수사본부는 이양의 노트북에서 바이오쎌텍 팜칭다오 연구원 이양 박사와 바이오쎌텍 한국 법인인 피오나 정 대표 사이에 오간 메일을 복구했습니다. 이양은 피오나 정에게 보낸 메일에서 미화 500만 달러를 요구했고, 돈을 주지 않으면 피오나 정이 바이러스를 퍼뜨리라고 지시한 사실을 폭로하겠다고 협박했습니다. 여기에 대해 피오나 정은 이양에게 Y시에서 만나자는 메일을 보냈습니다. 이 같은 내용들은 서만수라는 기자가 최근 엠튜브에 올린 내용으로 모든 언론이 알고 있습니다. 서만수 기자의 보도에 따르면 이양은 피오나 정의 지시에 따라 중국에서 바이러스를 전파시켰다고 추정됩니다. 복구된 메일 내용을 공개하고 이양이 어떻게 중국에서 바이러스를 퍼뜨렸는지 밝혀주세요!"

"메일 내용은 공개할 수 없습니다. 그 안에는 바이러스 연구와 관련된 기밀 사항도 포함되어 있어서 곤란합니다. 이양이 피오나 정을 협박한 것은 맞지만, 이양은 자신이 바이러스를 전파하지 않았다고 진술했습니다. 팜칭다오에서 C-바이러스 샘플을 연구한 연구원은 이양 한 사람이 아닙니다. 여러 명이죠. 샘플이 누구에 의해서 밖으로 유출됐는지는 중국 당국에서 바이오쎌텍 팜칭다오를 상대로 조사하고 있습니다. 특별수사본부는 중국의 조사 결과를 기다리는 중입니다."

중국 CCTV 기자는 특별수사본부장 발표에 불만이 가득 찬 표정으로 마치 중국 외교부 대변인처럼 강한 어조로 말했다.

"중국 당국은 팜칭다오에서 바이러스가 유출된 증거가 없다고 이미 밝혔습니다. 하지만 바이오쎌텍 팜칭다오가 미국 연구소인 팜 메릴랜드로부터 바이러스 샘플을 전달받은 사실은 확인했다고 밝혔습니다. 이송 과정에 허술한 점이 많아 전달 경로를 세밀하게 조사하고 있다는 발표도 했

묵찌빠

습니다. 이는 다국적 제약회사인 바이오쎌텍의 의도적인 바이러스 유출을 추측할 수 있는 대목이라고 봅니다. 바이오쎌텍은 바이러스 팬데믹으로 인해서 엄청난 이익을 눈앞에 두고 있으니 말입니다. 백신 개발도 어느 기업보다 빨랐습니다. 특별수사본부가 바이오쎌텍에 대해서 수사하고 있는 부분을 구체적으로 설명해 주십시오. 아울러 이양의 국적은 어디이고 이양과 피오나 정의 혐의 내용이 무엇인지도 말씀해주십시오."

"바이오쎌텍에 대한 특별수사본부의 입장은 말씀드릴 수 없습니다. 이양의 국적은 한국입니다. 아버지는 한국인이고, 어머니는 중국인입니다. 중국에서 대학을 나왔고, MIT에서 박사학위를 받았습니다. 혐의에 대해선 구체적으로 말씀드릴 수 없습니다. 피오나 정의 혐의는 아직 특정되지 않았기 때문에 조사가 이뤄지는 대로 종합적으로 말씀드리겠습니다. 피오나 정은 이양을 잘 알지도 못한다고 주장하고 있습니다. 팜칭다오도 한국 법인과 마찬가지로 바이오쎌텍 런던 본사의 지시를 받고 있어서 회사 차원의 일은 런던 본사를 통해야 할 것 같습니다."

이번엔 영국 BBC 기자가 나서서 질문했다.

"바이오쎌텍 런던 본사는 이양과 피오나 정 간의 메일과 관련해 전혀 아는 것이 없다고 발표했습니다. 팜칭다오에서 바이러스가 유출된 증거는 없다고 자체 조사 결과를 발표하기도 했습니다. 미국에서 중국으로 바이러스를 이송한 과정 또한 전혀 문제가 없었다고 밝혔습니다. 제 질문은 이겁니다. 피오나 정이 만나자고 한 Y시 모처에서 이양을 살해하려는 시도가 있었는데, 실패했습니다. 또 이양이 격리되어 있던 생활치료시설에서도 이양을 살해하려고 침입자가 건물에 불을 질렀습니다. 모두 한국 안에서 발생한 사건입니다. 이 부분에 대한 지금까지의 수사 내용을 말씀해 주십시오."

"그 부분은 바이러스 전파와는 직접적인 관련이 없는 것으로 파악하고 있습니다. 어쨌든, 다각적으로 사실관계를 조사하고 있습니다. 어디까지나 가정입니다만, 원한 관계가 있을 수도 있고, 그래서 청부살인 시도가 있었을 수도 있다고 봅니다. 그 모든 것은 수사 결과가 나오면 그때 말씀드리도록 하겠습니다."

기자들 질문엔 자국 정부를 방어하고 타국 정부를 공격하는 내용이 들어 있었다. 특별수사본부는 핵심 내용을 피해 갔다. 특별수사본부장은 결국 바이러스의 최초 전파 경위에 대해서는 한 마디도 하지 않았다.

묵찌빠

***

    김 순경은 침상에 누워 병실 천장만 바라보았다. 전등, 화
재경보기, 스프링클러가 무질서하게 자리를 잡고 있었다.
얼굴 타박상은 벌써 치료했지만, 특별수사본부가 신변 보호
가 필요하다며 지구대에서 근무하던 김 순경을 뒤늦게 강제
로 병원에 입원시켰다. 말이 입원이지 구금된 상태다. 게다
가 경찰을 때려치우라는 엄마의 성화까지 계속돼 김 순경은
마음이 심란했다.

    옆 병실에는 K가 입원해 있었다. 정 박사와 이양 박사, 칼
리라는 킬러는 아무도 모르는 곳에 구금된 상태로 특별수사
본부의 조사를 받고 있다고 했다. 한창 머릿속이 어수선한
데 노크 소리가 났다. 방호복을 입은 남자가 문을 열고 들어
와 인터뷰할 시간이 됐다고 전했다.

    김 순경은 복도 끝에 마련된 방으로 안내됐다. 그곳엔 K
가 먼저 와 있었다. 김 순경은 K 옆의 빈 의자에 앉았다. 테
이블 위 유리 칸막이를 사이에 두고 반대편에는 방호복을
입은 세 명의 남자가 앉아 있었다. 두 명은 특별수사본부를
실무적으로 지휘하는 서울중앙지검 3차장 검사와 수사 검
사고, 다른 한 명은 서울지방경찰청 수사차장이다. 그들은
이미 여러 차례 K와 김 순경을 상대로 조사했다.

수사 검사가 먼저 말문을 열었다.

"두 분, 불편한 건 없습니까? 병원 측에 잘 봐달라고 당부했습니다만, 불편한 게 있으면 언제든지 특수본에 말씀하세요. 집에 격리할 수도 없고, 생활치료시설로 보낼 수도 없는 상황이라는 점, 이해해주시기를 바랍니다."

김 순경은 검사가 입으로만 친절한 척 한다고 생각했다.

"불편한 건 없어요. 오늘은 무슨 일로 보자고 하셨죠?"

"그동안 특수본이 확보하고 분석한 증거를 통해서 알 수 있는 사실이 무엇인지 확인하기 위해섭니다. 김경령 순경이 제출한 이양의 노트북과 핸드폰, 전자상점 주인이 촬영한 동영상, 서만수 기자가 촬영한 동영상, 그리고 권미라 씨의 증언이 핵심 증거입니다. 그런데 피오나 정과 권미라 씨의 대화, 피오나 정과 바이오쎌텍 본사 CEO인 피터 영의 대화 내용이 담긴 파일을 김 순경에게 보낸 자가 누군지 정말 모릅니까? 짐작 가는 사람도 없습니까?"

"모르겠어요. 전에 말씀드린 대로 지구대로 배달된 봉투에는 제 이름만 적혀 있었어요."

김 순경은 질문하는 그들의 얼굴을 볼 수 없었다. 세 명의 남자는 고글을 끼고 헤어 캡과 마스크까지 쓰고 있었다.

"6층 사무실에 있을 때 갑자기 벽유리가 깨졌다고 하지 않았습니까? 조사를 해봤지만, 멀쩡한 그 유리가 왜 깨졌는

묵찌빠

지 원인을 파악할 수가 없었습니다. 어디서 총알이라도 날아온 게 아닌가 싶었지만, 탄알 같은 건 발견되지 않았습니다. 그 반대쪽 아파트 옥상에서도 탄피 같은 것은 없었습니다. 방공 포병 부대에서 나왔던 군인들도 총 같은 건 보지도 못했고, 외국인 남자 킬러가 망원경 같은 것을 갖고 있었다고만 했습니다. 물론, 그 킬러를 놓쳐서 그게 진짜 망원경인지 총인지 알 수 없습니다만."

"총소리는 듣지 못했어요. 킬러를 놓친 군인들은 어떻게 됐나요?"

"군 내부 사정은 모릅니다. 징계를 받지 않겠습니까? 상황실에 있었던 작전 계획도를 눈앞에서 도난당했으니까요. 어쨌든 작전 계획도를 회수한 건 다행이라고 말하더군요."

"외국인이 왜 군부대 지도를 훔쳤대요?"

"지도와는 다른 겁니다. 작전 계획도는 브로커들 사이에서 비싸게 거래된답니다. 북한군에게 팔아먹으려고 훔친 거라고 확신하더군요. 워낙 중요한 곳에 있는 부대니까요."

수사 검사는 김 순경 질문에 답변을 마치고는 K를 향해 시선을 옮겼다. 이제 K가 질문을 받을 차례였다.

"권미라 씨, 피오나 정이 이양을 제거하기 위해 외국인 킬러를 보냈고, 다른 한편으로 권미라 씨를 보내 이양을 구하게 했다는 거죠? 본사로부터 지원금을 받아낸 뒤에는 이양을 진짜로 죽일 요량으로 여자 킬러를 또 보냈고?"

"네. 피터 영도 관계했을 거라고 봅니다. 이양을 두고 거래를 했을 수 있으니까."

"우리도 그렇게 판단하고 있습니다. 이양을 죽이라고 킬러를 보낼 때는 그 사실을 피오나 정과 피터 영이 공유했지만, 권미라 씨를 보내 이양을 구하도록 한 것은 피오나 정혼자서 계획한 거죠. 이양을 살려놓고, 이양의 입막음을 조건으로 본사 피터 영에게 자금 지원을 해달라고 협박한 거고요. 자금 지원이 확정된 뒤에는 다시 피터 영과 공모해서 여자 킬러를 보내 이양의 입을 영원히 막으려고 한 것이죠. 그런데 칼리라는 그 여자의 노트북 파일을 복구해도 피오나 정이나 피터 영과 주고받은 메일이 없습니다. 이양 살해 지시를 암시하는 그 어떤 내용도 없습니다. 칼리라는 그 여자는 일체의 진술을 거부하고 있습니다."

"칼리라는 사람의 정체는 밝혔습니까?"

"누군지 모릅니다. 이름도 가명이고, 싱가포르 여권도 위조된 거였습니다. 호텔에 있는 가방에서 나온 여권들 모두 가짭니다. 의사면허증도 위조된 거라 국적이 어딘지도 모릅니다. 자신의 출생지가 기록된 나라가 있는지도 의문입니다. 노트북에 있는 증거를 복구할 수 없도록 미리 없애버린 기술이나, 이양을 제압하고 수면제를 주사한 뒤 시설에

묵찌빠

불을 지른 방법, 앞의 두 분을 그렇게 만든 뛰어난 무술 실력을 보면 완전 프로죠. 물론, 김 순경의 전자총에 당하긴 했지만."

검사는 파일을 덮었다. 김 순경과 K는 기분이 은근히 상했다. 특별수사본부가 드러난 것만 조사하고 있다는 생각이 들었다. 정해 놓은 방향대로 수사하는 것은 아닐까.

차장 검사가 그들에게 조용히 말했다.

"두 분께 부탁할 게 있어요. 오늘 진술을 포함해서 우리와 나눈 모든 대화는 비밀로 해주시기 부탁합니다."

그 말에 K가 심드렁한 표정으로 말했다.

"피오나 정 박사님과 피터 영이라는 사람이 이양에게 시킨 것, 그들 지시대로 이양이 저지른 것, 그것을 밝혀내는 게 더 중요하지 않을까요?"

"미국과 중국, 영국이 관련되어 있습니다. 잘못하면 국가적으로 적지 않은 타격을 받습니다. 나머지는 우리가 알아서 할 테니까 두 분은 무조건 함구하시면 됩니다. 아시겠죠?"

차장 검사의 말은 위압적이었다. 김 순경과 K는 마지못해 고개를 끄덕였다. 그리고 자리에서 조용히 일어섰다.

"이양은 어떤 방식으로 바이러스를 퍼뜨렸을까요? 피터 영이 남자 킬러와 여자 킬러를 이양에게 보내는데 진짜 관계했을까요?"

병실로 돌아오는 길에 김 순경은 K에게 물었다.

"바이오쎌텍은 바이러스 샘플을 보유하고 있어. 그 샘플을 나도 갖고 있었어. 이양에게 주사했지. 이양은 샘플을 연구했으니 연구실 밖으로 얼마든지 유출할 수 있었을 거야. 당시는 바이러스의 존재가 알려지지 않았을 때였으니까. 누구도 경계하지 않았을 테고. 바이러스 전파를 어느 선에서 지시했는지가 중요한 문제지."

"어느 선이라면? 피터 영까지 올라간다는 거예요?"

"피터 영은 당연하고."

"그 위에 또 누가 있어요?"

"……."

"김 대위가 녹음 파일을 주면서 자신들과 나눈 말은 아무한테도 얘기하지 말라고 했어요. 특히 총 얘기는 무덤까지 갖고 가라고 부탁했어요. 안 그러면 자신들은 죽는다고."

"끝장이겠지."

"이양은 어떻게 될까요? 저 칼리라는 괴물은요? 그리고 정 박사님은요?"

K는 얼굴빛이 어두웠다. 그의 시름은 깊었다.

"…."

"정 박사님은 미라 씨 이름을 부르다가 그날 그 순간에 K

310   묵찌빠

라고 불렀어요. 왜 그렇게 불렀죠?"

김 순경 질문에 K는 살짝 웃으면서 화제를 돌렸다.

"우리 정부는 사실이 알려지면 감당하기 힘든 일이 일어
난다고 생각할 거야. 미국 정부편도, 중국 정부편도 들 수
없고, 영국 정부를 곤란하게 할 수도 없으니까."

"그러면 진실은 덮어진 채 피터 영과 바이오쎌텍은 아무
런 벌도 받지 않고 앞으로도 잘 먹고 잘 사는 거예요?"

"…."

"K씨!"

"…."

"피터 영과 피오나 정이 이양에게 바이러스를 퍼뜨리라
고 지시했어요. 바이러스를 유행시킨 뒤 백신으로 떼돈을
벌려고 말이죠. 이양 박사는 지시대로 했어요. 자기도 한 밑
천 잡으려고요."

"말하고 싶은 게 뭐야?"

"그런데 피터 영과 정 박사가 자신들이 저지른 일을 영원
히 감추기 위해서 킬러를 고용해 이양 박사를 죽이려고 했
어요. 그런데 정 박사는 한 수 더 쓴 거예요. 당신에게 이양
박사를 살리라고 지시한 거죠. 당신이 이양 박사를 살려내
니까 이번에는 이양의 목숨을 담보로 본사 자금 지원을 받
은 거예요. 돈을 받은 뒤에는 다시 피터 영의 도움으로 또

다른 킬러를 고용해 이양 박사를 죽이려고 한 거고요. 여기 까지는 확실하잖아요."

"하고 싶은 말이 뭐냐니까?"

"그런데도 가만히 있어야 돼요?"

"어떻게 하자는 건데? 주모자는 외국에 있는데, 우리가 뭘 어떻게 할 수 있다는 거야? 정부도 강대국 눈치만 살피면서 진실을 밝히지 못하는데…. 우리가 뭘 할 수 있겠어?"

"죄를 지은 놈들에게 벌을 줘야죠. 수많은 사람이 바이러 스 때문에 고통을 당하고 세상이 엉망진창이 됐는데, 바이러 스를 퍼트려서 떼돈 버는 새끼들을 구경만 할 수 있겠어요?"

"그래서? 우리가 직접 수사라도 하자는 거야?"

"이양 박사 애인이 중국에 있다고 했잖아요. 리칭!"

김경령 순경은 자신의 핸드폰 번호와 문자 메시지 기호가 적힌 종이를 한 손에 들고 또 한 손으로는 할아버지의 곤봉 을 어깨 위로 높이 쳐들었다. 김 순경은 갈색의 짧은 원피스 에 가죽 전투화, 그리고 선글라스에 검은색 마스크를 썼다. 그 옆으로 검은색 스웨터와 청바지에 갈색 가발을 쓴 박동 열 순경이 손으로 전화를 받는 시늉을 했다. 곤봉으로 나쁜 놈을 때려잡는 김 순경과 김 순경에게 전화하는 킬러를 연 출했다. 서만수가 그들의 모습을 핸드폰으로 촬영했다.

"이게 뭔 짓이여. 이런 걸 꼭 해야 되겠어?"

박 순경이 투덜거리자 서만수가 소리치며 말했다.

"이노마야, 김갱랭 순경이 시키는 대로 잔말 말고 해란 말이다. 권선징악을 실현해야 할 꺼 아이가, 곰 같은 쉐꺄!"

"뭣이여, 곰? 촌눔시키, 죽고 잡냐?"

"그만해요! 얼른 촬영이나 하세요. 동열 씨는 포즈 좀 잘 잡아요."

서만수는 김 순경의 핸드폰 번호와 문자 메시지 기호가 잘 나오도록 정면에서 촬영했다. 그는 편집되지 않은 그대로 엠튜브에 올렸다.

며칠 동안 김 순경에게 전화가 빗발쳤다. 엠튜브를 본 장난기 있는 남자는 모두 다 폰질을 하는 듯했다. 무심코 핸드폰을 받기라도 하면 이름과 나이부터 물어보는 무례한 놈들이 대부분이다. 그게 아니면 보험회사나 카드회사의 콜센터 직원 전화였다. 한번은 외국 발신지 번호로 전화가 왔다. 혹시나 해서 그 전화를 받았다. 하지만 상대는 알아들을 수 없는 말을 하더니 전화를 끊었다. 박 순경은 김 순경이 그런 전화를 받는 순간 전화요금이 수십만 원씩 나간다고 겁을 줬다. 일종의 폰 사기라는 것이다. 김 순경도 거액의 전화요금이 진짜로 빠져나갈까 봐 겁이 났다. 하지만 그런 일은 없었다.

그리고 며칠이 지났다. 점심식사 시간이었다. 김 순경이 혼자 김밥식당에서 라면을 먹고 있는데 문자가 왔다. 전화를 할 거니까 받으라는 영어 문자다. 전화는 곧 걸려왔다. 김 순경은 기다렸다는 듯이 핸드폰을 들고 구석 자리로 옮겼다. 영어로 말하는 상대의 목소리가 들려왔다.

"헤이 킴, 내게 데이트 신청을 했더군."

"당신에게 할 말이 있어."

"만나러 갈까?"

"나는 당신을 만나기 싫어. 내 말 잘 들어."

"긴장되는데."

"이양 여자 친구도 바이오쎌텍 팜칭다오 연구원이야. 이름은 리칭이야."

"그래서?"

"이양이 바이러스를 퍼트린 사실을 리칭이 알아."

"그래서?"

"이양은 억류되어 있어. 아무 말도 하지 않고 있어."

"그래서?"

"이양은 자기가 죽으면 리칭이 비밀을 공개할 거라고 했어."

"그래서?"

"리칭을 찾아서 어떻게 바이러스를 퍼트렸는지 알아봐줘."

"내가 왜 그래야 하지?"

"피터 영과 피오나 정이 당신도 죽이려고 했잖아. 그들이 부자가 되는 것을 구경만 할 거야?"

그는 잠시 침묵했다. 그리고 묵직한 목소리로 말했다.

"어떤 증거가 필요하지?"

"무엇이든지."

"증거를 확보한 다음에는?"

"내게 보내."

"헤이 킴, 당신은 나한테 무엇을 줄 거야?"

김 순경은 기가 막혔다. 화가 났다. 그에게 얻어터진 장면들이 머리를 스쳤다. 순간 참지 못한 감정이 폭발했다. 영어가 아닌 한국말이 터져 나왔다.

"씨팔 좆같은 개새끼, 아직도 정신 못 차렸니? 사람 죽이려면 너 같은 졸병 개새끼 말고 대가리 개새끼를 골라서 죽여 봐. 불쌍한 쪼다 새끼야!"

김 순경은 욕을 퍼붓고는 통화를 먼저 종료해버렸다.

* * *

김 순경과 통화를 한 그날 오후, 그는 명품 재킷을 여행 가방에 넣고 칭다오로 가는 항공기에 탑승했다. 칭다오 공항에 도착했을 때는 그 다음 날 아침이었다. 그는 공항에서 중국 사람이 좋아하는 영국산 대형 SUV 차량을 렌트했다.
호텔에 도착한 뒤에는 오후까지 쉬면서 리칭과 어떤 식으로
대화하며 정보를 캐낼 것인지 생각했다.

오후 5시. 그는 바이오쎌텍 팜칭다오로 갔다. 정문 옆에
는 건물 안쪽이 훤히 들여다보이는 외부인 접견실이 있었
다. 그는 그곳의 직원에게 곧바로 갔다. 고급 SUV 차량에서
내린 명품 재킷의 서양인이 실내로 들어와 자신에게 다가오
자 직원이 활짝 웃으며 자리에서 일어섰다.

"환영합니다. 무엇을 도와드릴까요?"

"이곳에서 일하는 리칭 연구원을 만나려고 왔습니다."

"실례지만 누구십니까?"

"저는 알렉산더 리건이라고 합니다."

"어떤 용무 때문에 그러십니까?"

"개인적인 일입니다."

직원은 잠시 주저하더니 말했다.

"개인적인 일이라면 리칭 씨에게 직접 전화하면 되잖습
니까?"

"폰 번호를 잊어서 여기까지 온 겁니다."

그는 환하고 매력적인 웃음을 지어보였다.

"리칭 씨가 어디에서 근무하는지 알아보겠습니다. 잠시
만 기다려 주시죠."

"전화가 연결되면 저를 바꿔주세요."

직원은 '리칭'이 어느 부서에서 근무하는지를 찾았다. 그러고는 사내 전화번호를 눌렀다. 직원과 리칭의 대화는 중국말로 오갔다. 직원이 찾아온 그의 외모와 옷차림을 리칭에게 설명했다. 통화가 길어졌다.

그는 수화기를 넘겨달라고 직원에게 손짓했다. 망설이는 직원은 리칭에게 상황을 설명하고는 수화기를 내줬다. 그의 상냥하고 부드러운 영어가 전화선을 타고 리칭에게 건너갔다.

"리칭 씨, 나는 한국에서 왔어요."

전화기 저편의 리칭이 놀라 되물었다.

"한국이요? 한국에서 왜 저를?"

그는 옆에 있는 직원을 의식해 몸을 돌리고 목소리도 낮췄다.

"이양 씨와 관련된 일입니다. 우선은 직원에게 저를 만나겠다고 해주세요."

그는 웃으며 수화기를 직원에게 건넸고, 직원은 리칭과 다시 얘기했다.

"리칭 씨가 기다려달랍니다. 여기로 온다고."

통통한 얼굴에 안경을 쓴 리칭은 흰색의 연구원 가운을

입고 나타났다. 그녀는 빠른 걸음으로 그에게 다가왔다. 직원이 그와 리칭을 감시하듯 쳐다보았다. 그는 리칭이 가까이 오자 덥석 안았다. 리칭은 거부하지 않았다.

그는 리칭의 귀 가까이에 입을 대고 속삭였다.

"이양 박사 소식을 전하러 왔어요. 이곳은 안돼요."

눈시울을 붉히는 리칭은 불안하고 긴장된 표정이었다.

"이양은 잘 지내나요?"

"한 시간만 있으면 퇴근이죠? 조선족이 하는 '연변'이라는 식당이 있어요. 전에 이양 씨와 한 번 갔던 곳입니다. 일 끝나면 바로 그곳으로 오세요."

"이양에게 무슨 일이 있는 거죠?"

"마음의 준비를 하고 오세요."

그는 더 말하지 않고 밖으로 나왔다. 유리 건물 안의 리칭은 그 자리에 주저앉아 두 손으로 얼굴을 가린 채 울고 있었다. 직원이 그런 리칭을 걱정스럽게 바라보고 있었다.

그는 리칭을 납치해서 바이러스 전파 과정을 알아낼까도 생각했다. 리칭이 순순히 말을 할지 확신은 서지 않았다. 리칭을 어떻게 처리할지도 문제였다. 어떤 경우든 그와 리칭이 노출될 가능성이 높다.

그는 리칭 또한 영원한 침묵 속에서 자신을 드러내지 못

318   묵찌빠

한 채 살아야 할지도 모른다는 점을 이용하기로 했다. 그는 공중전화로 한국에 있는 여성 경관 킴에게 전화해 역할을 맡기고 연변식당으로 가 기다렸다.

연변식당은 연변지역 조선족 가무단 출신들이 운영하는 식당이다. 8인용 둥근 테이블이 오십 개가 넘고 한쪽에는 무대가 들어서있었다. 여기서 일하는 여성들은 모두 얼굴과 몸매가 빼어나 남자 손님이 많았다. 이곳 식당에서 거두는 수익 대부분이 북한으로 흘러간다는 것쯤은 그도 잘 알고 있었다. 이런 종류의 식당은 익명성을 보장받을 수 있다.

온 지 30분이 지나자 리칭이 식당에 나타났다. 리칭은 두려움 가득한 얼굴로 대뜸 물었다.

"이양은 어떻게 됐어요?"

그는 급하지 않았다. 뜸을 들였다. 리칭이 불안에 떠는 것을 보면서.

"이양 씨는 죽었습니다. 미안합니다. 이런 소식을 전해서."

리칭은 짐작은 했지만 막상 확인하고 나니 아무 말도 나오지 않았다. 그는 리칭을 재촉하지 않았다. 아무 말도 없이 조용한 상태로 그렇게 있었다.

곧 그녀가 말문을 열었다.

"어떻게 죽었나요?"

"바이오쎌텍 한국 법인 대표 아시죠? 피오나 정 박사."

"당연히 알죠. 피오나 정이 팜칭다오에서 근무한 적이 있으니까요."

"그녀가 고용한 킬러에 의해서 살해당했습니다."

"그렇군요."

"이양 씨는 본인에게 무슨 일이 생기면, 리칭 씨를 만나라고 했습니다. 그 이유는 잘 아실 것이라 생각됩니다만."

"이양과는 어떻게 알게 됐죠?"

"나는 독일 '쉬드도이체 자이퉁'지 특파원입니다. 한국에서 피오나 정을 취재하다가 그녀를 보좌하던 이양 씨와 알게 됐고, 그 후로 가끔씩 전화로 소식을 주고받았습니다. 칭다오에 출장 왔을 때, 이 식당에서 본 적도 있습니다. 실은 며칠 전에 한국에서 이양 씨로부터 만나자는 연락이 왔습니다. 자세한 이야기는 할 수 없었지만, 누군가로부터 쫓기고 있다고 했습니다. 피오나 정과 이야기가 잘 안 되고 있는 것 같더군요. 당신을 보호하기 위해 이양 씨는 전화나 메일도 하지 않은 겁니다. 이양 씨는 자신이 죽으면 당신에게 영원히 연락을 못하게 될 테니 내게 칭다오에 가서 당신을 만나라고 했습니다."

"킬러에게 어떻게 당한 겁니까? 시신은 어디에 있습니까?"

그는 리칭의 핸드폰을 달라고 한 뒤 엠튜브를 열었다. 서만수가 처음 올린 동영상을 보여주었다. 리칭은 동영상에

묵찌빠

서 눈을 떼지 못했다. 그는 애플전자 앞 폭발 동영상도 플레이시켰다. 경관 킴의 얼굴이 등장하면서 동영상은 끝이 났다. 서울 근교에 있는 생활치료시설의 화재 뉴스도 찾아 보여줬다.

"이양 씨는 킬러에게 납치됐습니다. 그들은 이양 씨에게 바이러스를 감염시킨 뒤 치료시설에 감금했습니다. 그리고 치료시설에 불을 질렀습니다. 이양 씨의 시신은 한국 특별수사본부가 인수해 사건 조사가 끝날 때까지 보관하고 있을 겁니다. 사망 사실은 숨기고 있습니다. 이런 사실들은 모두 극비라서 저도 그 사건을 담당했던 경찰관한테 직접 들은 겁니다. 그 경관과 연결시켜 드릴 테니, 직접 궁금한 것들을 물어보십시오. 아까 엠튜브에 등장한 여성 경관이죠."

그는 리칭의 핸드폰으로 화상 통화를 시도했다. 경관 킴의 모습이 핸드폰 화면에 나타났다. 리칭은 킴에게 이양이 사망한 경위를 물었다. 말이 잘 통하지는 않았지만, 그의 말과 킴의 말이 동일하다는 것은 알 수 있었다. 리칭이 눈물을 보이는 바람에 경관 킴도 눈시울을 붉혔다.

리칭은 전화를 끊고 그를 보며 말했다.

"이양은 만일 자신이 죽거나 행방불명되면 그걸 공개하라고 했어요."

"그게 무엇입니까?"

리칭은 잠시 생각하는가 싶더니 결심한 듯 말했다.

"C-바이러스를 사람들에게 주입한 기록입니다."

"역시, 그렇군요."

"독감 백신이라고 속이고 C-바이러스가 들어있는 주사약을 보건당국에 공급한 겁니다. 지난시에 군관구가 있어요. 그곳 군인들 일부가 지난해 12월 독감 백신을 맞았는데, 그때 바이러스 주사약 스무 개를 독감 백신 주사약들 속에 섞어서 보냈죠. 또 충칭에 있는 체육학교 학생들에게 접종하는 독감 백신 속에도 스무 개를 섞어서 보냈고요. 이양이 혼자서 그 일을 했어요. 바이러스 샘플을 이양이 통제했으니까요. 그 바이러스를 보낸 날짜와 보낸 곳을 기록해서 이양이 피오나 정에게 메일로 보냈죠. 그 전에 이양은 피오나 정으로부터 일반 사람에게 C-바이러스를 감염시키라는 내용이 담긴 메일을 받았어요. 서로 메일을 파기하기로 했지만, 이양은 메일을 복사해서 저에게 주었습니다. 만일을 위해서 보관해달라고 말이죠."

"그 메일이, 바이오쎌텍이 바이러스를 의도적으로 유행시켰다는 사실을 객관적으로 증명할 수 있습니까?"

"이양은 피오나 정을 의심했어요. 피오나 정은 본사 피터영 대표로부터 받은 메일까지 복사해서 이양에게 보내줬습니다. 바이오쎌텍 회사 차원에서 추진하는 프로젝트임을

묵찌빠

이양이 믿을 수 있게 말이죠. 그리고 실제로 바이러스는 지난과 충청지역에서부터 전파되기 시작했어요. 피오나 정은 미국보다는 중국이 인구밀도가 높아서 바이러스를 쉽게 전파시킬 수 있다고 했어요. 그리고 돈을 주고받기로 한 약속까지 메일로 주고받았습니다."

리칭은 잠시 숨을 고르고 다시 덧붙였다.

"이양은 이렇게 많은 사람이 C-바이러스로 죽게 될 줄은 몰랐어요."

"그 메일을 저한테 주세요."

"어떻게 하려고요?"

"한국으로 가서 한국 언론을 통해 보도하도록 할 겁니다. 리칭 씨도, 저도 노출되면 안 될 것 같으니까."

리칭은 자기 목걸이를 블라우스 밖으로 꺼냈다. 거기서 메모리칩을 분리했다. 그가 리칭에게 물었다.

"혹시, 복사본이 또 있습니까?"

"하나 더 있습니다."

"잘 관리하세요. 공안이 이곳 연구원 모두를 조사하게 될 겁니다."

리칭은 고개를 끄덕였다. 그들의 대화는 거기까지였다.

***

'서만수 기자의 Y시 사건 톡톡'은 모든 사람들에게 큰 충격을 주었다. 피오나 정과 이양은 특별수사본부가 구금하고 있어서 언론은 접근조차 불가능했다. 결국 서만수 기자가 언론사 취재 대상 1호가 되었다. 그의 몸값이 천정부지로 뛰었다.

수사본부의 브리핑은 없었다. 그렇다고 서만수 기자의 보도를 부정하지도 못했다. 엠튜브에 나온 자료는 충칭과 지난에서 바이러스가 처음 전파됐다고 한 역학조사 결과와 일치했고, 시기 또한 맞았다. 바이오쎌텍 연구원이나 책임자가 아니면 알 수 없는 내부 시스템과 용어가 기술되어 있기도 했다. 인쇄된 메일 서식 암호도 바이오쎌텍 내부 문서임을 증명했다. 바이오쎌텍 영국 본사와 팜칭다오, 팜메릴랜드 관계자 누구도 언론과의 접촉을 피했다.

각 나라의 정부도 언론 접촉을 막았다. 오직 서만수 기자만이 바이러스 전파 경로를 떠들어댔다. 그는 외신과 메이저 언론사 기자들만 상대했다. 언론사 가운데는 그를 경력 기자로 채용하려는 곳도 있었다. 그가 가지고 있는 정보를 사느니 아예 데려가겠다는 것이다. 서만수 기자의 엠튜브 'Y시 사건 톡톡' 영상 조회 수도 기하급수적으로 늘었다. 그

묵찌빠

로 인한 수입도 늘었다.

미국과 중국, 영국 정부 간의 논쟁은 더욱 치열했다. 결사적으로 서로의 책임을 회피했다. 비난도 비난이지만 경제적인 배상 문제로 발전하면 그 누구도 감당할 수 없기 때문이다. 미중 패권전쟁은 새로운 양상으로 전개됐다. 정치적인 수단은 물론 할 수 있는 모든 경제적인 수단을 동원해 전면전을 벌였다.

세계 경제가 암울한 시기로 접어들기 시작했다. 그런 가운데 모두가 동의하는 부분도 있었다. 바이오쎌텍을 범죄집단으로 보는 시각이었다.

>>> **20**

그들만의 리그_ 석 달 후

레토 이사회 의장이 상기된 표정으로 말했다.

"최근 이데의 계열사가 클라우드 서비스를 확대하고 영상 서비스까지 사업 영역을 넓히고 있습니다. 또 다른 계열사는 인터넷 뱅킹, 핀테크, 게임에도 진출하고 있습니다."

레토 이사회 의장의 말이 끝나기도 전에 이데 CEO가 레토를 비난했다.

"레토는 소프트웨어와 클라우드 서비스뿐만 아니라 회원 고객을 대상으로 인터넷 상거래를 하고 있습니다. 최근에는 AI 소프트웨어를 개발한다는 명목으로 드론과 전기차 사업에까지 진출하고 있습니다. 어떻게 설명하시겠습니까? 브람스도 헬스 케어 고객에게 약품을 보낸다는 이유를 대면서 실제로는 다른 상품까지 거래하고 있습니다. 중국 업체와 합작해 드론 개발까지 하고 있습니다."

브람스 회장이 얼굴을 붉히면서 말했다.

"이데도 원거리 진료와 약품 배달을 하지 않습니까? 우리는 모두 플랫폼 사업자이기도 합니다. 사람과 사람을 연결하고 문화와 문화를 이어줍니다. 사업 영역이 어떻게 독립적으로 존재할 수 있겠습니까? 자이그룹을 보십시오. 반도체 설계와 공급에 그치는 것이 아니라 세상에 존재하는 그림과 소리의 영역에서 할 수 있는 사업은 다 하고 있습니다. 핸드폰을 만드는데 그치는 것이 아니라 운영체제까지 넘보고 있습

묵찌빠

니다. 중국 안에서는 무슨 일이 벌어지는지 모릅니다."

자이그룹 회장이 참지 못하겠다는 표정으로 항의했다.

"건물만 지을 수는 없습니다. 건물을 지으려면 설계를 해야 하고 설계하려면 빅데이터 정보가 있어야 합니다. 각종 전자제품을 효율적으로 운영하는 방안을 마련해야 합니다. 뼈와 살만 어떻게 만들까요? 피와 영양분, 뇌도 함께 만들어야 사람이 되지 않겠습니까?"

그 말에 레토 의장과 이데 CEO가 발끈했지만, 브람스 회장이 손짓으로 진정시켰다. 그러고는 그들을 향해 말했다.

"앞으로는 내가 만지는 어떤 것이든 그것을 조작해서 애인에게 전화하고 인터넷을 할 수 있으며 집에 있는 에어컨도 가동시킬 수 있습니다. 모니터로 CNN을 보다가 월스트리트저널을 보고, 영화를 보다가 화면을 핸드폰으로 전환해 사업파트너와 통화하고 다시 화면을 전환해 계약서를 교환할 겁니다. 자율주행차를 타고 가면서 모니터로 집에 있는 제습기를 켜고 아내에게 꽃을 배달시킬 수 있습니다. 차에서 내려 걷다가 길가에 있는 전자 간판을 터치해서 의사와 인터넷으로 만나 고혈압 치료제가 떨어졌다고 말할 수도 있습니다. 약이 올 때까지 그 모니터에서 BTS 음악을 들을 수도 있죠. 노트북이나 핸드폰을 가지고 다닐 필요가 없어집니다. 이런 세상에서 서비스 간 경계, 사업 영역을 어떻게 고립화할 수 있을까요?"

레토 의장이 시무룩한 표정으로 말했다.

"바이러스 팬데믹은 예상보다 훨씬 빠르게 기술 변화를 촉진시켰습니다. 기술이 발전하면 결국 하나로 통일됩니다. 그렇다고 혼자만이 승자가 되어서는 안 됩니다. 기술은 통일하더라도 영역은 분리할 수 있어야 합니다. 산업사회의 가장 큰 미덕 가운데 하나가 분업 아니겠습니까? 미래로 나아가는 것이 본능이라 하더라도 뒤도 돌아보고 옆도 보면서 함께 가야 진정한 성공을 담보할 수 있는 것 아니겠습니까?"

그들은 모두 고개를 끄덕였다. 레토 의장의 말에 동의해서는 아니었다. 논쟁이 의미가 없다고 생각해서였다. 돌아가면 치열한 경쟁을 마다하지 않을 것이다.

브람스 회장이 묵직한 어조로 말했다.

"사회적이라는 인간의 속성이 지극히 개인적으로 변화하고 있습니다. AI가 비대면의 세상을 만들고 있는 것입니다. 바이러스 팬데믹은 AI시대를 앞당기고 있습니다. 바이러스가 일시적인 고통을 주긴 했지만, 그것을 극복한 이후의 더 안락한 AI의 세계를 미리 경험하게 했습니다."

이데 CEO가 대답을 하려다가 혼잣말로 중얼거렸다.

"바이러스는 그래도 탐욕을 전파하지는 않죠."

브람스 회장이 듣지 못했다는 듯 그녀를 보고 말했다.

"뭐라고 말씀하셨죠?"

이데 CEO가 브람스 회장을 보면서 얘기했다.

"혼잣말입니다. 바이오쎌텍 CEO는 새로 지명해야 되지 않을까요?"

브람스 회장이 말했다.

"곧 파산할 회사에 CEO로 오겠다는 사람은 없을 겁니다. 누군가 말했습니다. 남아있는 자산을 잘게 잘라서 매각하라고, 최대한 손실을 줄이라고 말이죠. 아마도 그 정도가 피터 영이 남겨놓을 유산이 아닐까요?"

그때에 비서가 와서 식사가 준비되었다고 알렸다. 그들은 식당으로 자리를 옮겼다. 그들 중 누군가가 혼잣말처럼 중얼거렸다.

"혼란스러워. AI의 세계는 도대체 누구를 위한 것일까?"

귀담아 듣는 사람은 없는 듯했다.

* * *

새벽 비가 주룩주룩 내렸다. 바람도 세게 불었다. 이런 날씨에 혼자서 골프를 한다는 것은 아무리 영국이라고 해도 이해하기 어려웠다. 바이오쎌텍에 쏟아지는 비난을 잠시라도 잊고 싶어서일까? 앞에도, 뒤에도 플레이하는 팀이 없다.

총소리를 들을 만한 사람이 주변에는 없다.

시체는 골프를 하러 오는 팀이 있을 때까지 발견되지 않을 것이다. 어쩌면 빗속에 혼자 필드에 나간 사람이 클럽하우스로 복귀하지 않았다는 것을 골프장 직원이 알아차릴 수도 있다. 그렇더라도 많은 시간이 지난 다음일 것이다. 그동안 그는 멀리 갈 수 있다.

7번 홀은 롱홀이다. 그는 그린 뒤 낮은 절벽 위에서 기다리고 있었다. 그가 있는 곳에서 7번 홀 티박스까지는 450미터 정도 떨어져 있다. 피터 영이 티박스에 나타났다. 비를 맞은 채 백을 끌었다. 움직임이 느렸다. 혼자서 라운딩을 하니 서두를 이유가 없을 것이다. 피터 영은 백을 세우고 드라이버를 꺼냈다. 그리고 박스 한가운데에 섰다. 연습 삼아 두 차례 휘둘렀다. 티를 꼽고 공을 그 위에 놓았다. 방향을 보았다. 그리고 공 옆으로 가서 휘둘렀다. 소리는 났는데, 공은 보이지 않았다. 피터 영은 티를 다시 꼽았다. 공을 그 위에 다시 놓았다. 이번에는 제대로 맞은 것 같았다. 다른 사람이라면 환호했을 것이다. 하지만 피터 영은 조용했다. 그는 드라이버를 백에 넣은 뒤 페어웨이 한가운데로 걸어왔다. 그와의 거리가 줄어들었다.

440미터, 420미터, 400미터.

그는 SVDM 드라구노프 저격 소총의 방아쇠를 부드럽게 당겼다. 반자동 소음을 비와 바람과 높은 습도가 모두 흡수했다.

그는 런던 시내 아파트로 돌아와 노트북을 열었다. 전달자에게 메일을 보냈다.

TO : G
'목표물 제거.'
FROM : Jackal

조금 뒤 나머지 돈이 일요일용 통장에 입금됐다. 그는 다른 통장으로 돈을 이체하고 가방을 꾸렸다. 노트북과 분해된 소총을 가방에 넣었다. 안가에서 히드로 공항까지 택시를 타고 갔다. 공항의 짐 보관소 가장 큰 칸에 가방을 넣었다. 한동안 가방을 사용하지 않을 것이다. 그는 케이프타운으로 가는 항공기에 탑승했다. 여객기는 한산했다.

G로부터 연락이 온 것은 의외였다. 누가 G에게 의뢰했는지, G는 또 왜 자신에게 의뢰했는지 궁금했다. 의뢰자는 피터 영의 존재가 자신의 인생에 방해가 된다고 생각한 사람일 것이다. 하지만 더 이상 생각하지 않기로 했다. 남아프리카에서 바이러스가 잠잠해질 때까지 조용히 지낼 것이다.

그는 의자를 뒤로 눕혔다. 어쩌다가 여기까지 왔을까? 지난 몇 달 동안 벌어진 일들을 생각했다. 권미라와 경관 킴이 머리에서 떠나질 않았다. 갑자기 생각나는 것이 있었다. 그는 노트북을 꺼냈다. 리칭을 찾아가라고 하면서, 킴이 마지막에 알 수 없는 말을 했다. 화를 내는 것 같았다.

그는 레토에서 '말소리를 글로 바꾸기' 앱을 가동해 핸드폰으로 녹음한 킴의 말을 한글로 전환한 뒤 '한글을 영어로 바꾸기'검색창에 넣었다. 그는 두 개의 네모 창이 보여주는 문자를 보며 피식 웃었다. 번역에 오류가 조금은 있겠지만, 실제 뉘앙스는 더 강할 것이란 생각이 들었다.

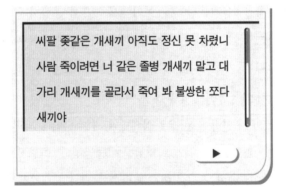

묵찌빠

Fuck you bastard are you still out of your way If you want to kill people instead of a bastard like you pick a head asshole and kill it poor pecking bastard

▶

작가의 말

지금 이대로 간다면 세상은 기술 권력을 장악한 극소수와 그들이 만든 상품을 소비하는 다수로 나뉠 것이란 시각이 있습니다. 정보기술과 생명기술이 결합되어 새로운 생태계를 만들고 있음을 주목한다면 양극화의 형태도 더 극단적인 모습으로 전개되지 않을까, 생각됩니다. 이 같은 세상에서 우리 사회의 평범한 젊은이들이 기술 권력을 독점하는 거대 세력의 음모에 저항하는 모습을 그리고 싶었습니다.

이웃 가운데는 우당탕탕 좌우충돌하면서도 중심을 잃지 않고 핵심을 파악해내는, 성장하는 젊은이들이 많습니다. 실패하고 넘어진들 그게 무슨 대수이겠습니까? 기성세대가 만든 문제를 해결할 수 있는 것은 다음 세대라고 말하고 싶었습니다.

하나의 사건이 발생하면 그 양상은 복잡하게 전개됩니다. 그 사건과 관련된 사람이 한둘에 그치지 않고 이해관계 또한 저마다 다르기 때문입니다. 누군가가 가위를 내면 누군가는 주먹을 내고 또 다른 누군가는 보자기를 냅니다. 인간이 욕망을 포기하지 않는 한 물고 물리는 게임 묵찌빠 또한 끝나지 않습니다. 이처럼 끝없이 전개되는 복합적인 갈등 구조를 그리고 싶었습니다.

그동안 기자를 탐정으로 등장시킨 단편 추리소설 두 편과 장편소설 《기억의 저편》을 발표했습니다. 또 형사과장이 주인공으로 등장하는 단편 추리소설 네 편을 발표했습니다. 모두 본격 추리소설입니다.

그런데 한편으로 우리나라뿐만 아니라 국제무대를 배경으로 전개되는 액션 스릴러도 쓰고 싶었습니다. 머릿속 한 곳에 폴더를 만들어 글을 쓰고 저장하기를 반복했습니다. 그러니까 《묵찌빠》는 등단 직후부터 기획하기 시작한 작품입니다. 앞으로도 김경령 순경과 K가 등장하는 스릴러를 시리즈로 내고 싶습니다.

이 작품은 스무 개의 장으로 구성되어 있습니다. 한 개의 장이 완성될 때마다 아내가 읽고 상식적인 시각으로 비판해주었습니다. 덕분에 추리라인을 계속 보완할 수 있었습니다. 아내에게 감사의 말을 전합니다.

2023년 새해 벽두에

김세화

묵찌빠

초판 1쇄 인쇄일 2023년 01월 19일
초판 1쇄 발행일 2023년 02월 03일

지은이 김세화
펴낸이 양옥매
디자인 표지혜 박예은
교정교열 인'사이시옷

펴낸곳 도서출판 책과나무
출판등록 제2012-000376
주소 서울특별시 마포구 방울내로 79 이노빌딩 302호
대표전화 02.372.1537 팩스 02.372.1538
이메일 booknamu2007@naver.com
홈페이지 www.booknamu.com
ISBN 979-11-6752-268-9(03800)